心的形状

SHAPE OF THE HEART

二湘 著

河南文艺出版社
·郑州·

目　录

* 母亲节的礼物 *

1.

母亲节那日，周瑷琦看到朋友圈那些粗制滥造的手绘妈咪卡和鲜花巧克力，心里勾起一丝淡淡的失落。珍妮什么礼物都没有给她。她不得不承认，那些能摆到台面上的东西，俗是俗，却是踏踏实实、岁月安好的一个表征。

自己连一张廉价的卡片都没有得到，她心里的酸涩如德国汽水里的泡泡一样冒出来。去年的母亲节也没有。那一次她忍不住问了一句。珍妮脸上有些不安，搪塞了一句，就回了自己房间。她和女儿的关系不能算糟。事实上，她们看起来像是一对相安无事的母女。女儿的学业很好，她上的高中竞争激烈，可她这三年都是拿 A，她还是学校科学竞赛队的成员和校报的副主编。瑷琦是一个尽职的母亲，孩子的各项活动接送从不含糊，哪怕是要提前下班，哪怕是要改会议的时间，好在她的工作比较自由，做财会的，大多数时候一台电脑就能干活。

珍妮是在母亲节一个星期后告诉周瑷琦她怀孕的消息的，是周五吃过晚饭后瑷琦在收拾碗筷的时候说的。瑷琦心里一震，手里的碗又滑腻，掉在水槽里，还好没有摔破。她回过头，看见珍妮坐在沙发上，两手有些不安地交叉在一起。瑷琦马上转过身，不敢和女儿对视，像是那样的对视会泄露她的心思。有一种熟悉的慌乱很快地充满了她的身体，她得好好消化一下这个消息，她得思索一下，说什么呢？孩子是谁的？已经怀孕多久了？打算怎么办？最后她听到自己的声音说：“是吗?”她把自己的千言万语压缩成一个问句，这个问句里带着点不甘心和要进一步求证的意味。

“嗯。”珍妮一个字也不肯多说。她不得不逼了回去：“你知道多久了?”

“上个周末我买了个早早孕测试的。”珍妮说。

上个周末？她在心里盘算了一下，上个周日就是母亲节呢。细想一下，珍妮没有那天告诉她实在是仁慈，不然，那将是多么特殊的一个母亲节礼物。她镇静地把碗一个个冲刷好，放进洗碗机，塞了一块洗碗机专用清洁剂，打开按钮，又拿纸巾擦干净了手，坐到了女儿对面的沙发上。她凝视着对面那张和自己很相似的脸。在这个五月的凝视里，她感觉自己正坐在高高的云霄飞车上，阳光晃荡，脸庞灼热。

“我周一给我的妇产科医生打个电话，我们先约医生做个检查。”她的语气还算平静。她有些惊诧自己的这种本事。平日里没一点主意的人，真的碰上事倒能很快稳住阵脚了。

“嗯，好的。”珍妮说。

“那个医生不错的，这么多年我一直没有换过妇产科医生。你就是她接生的呢。”她说出这句话的时候，心里像是被某种尖锐的东西蜇了一下，然后眼泪都要涌了出来，她用了气力把刚刚抵达眼眶的泪水硬生生按了下去。

“那好的啊。”珍妮说，“我上楼了啊。”珍妮匆匆上了楼，像是要逃避接下来的尴尬场景。

瑷琦看着她白色小开衫的背影消失在楼梯拐角，雾霭一般。她想，是从什么时候开始，自己和女儿的关系也变得雾霭一般飘离？现在，女儿对她是疏离的、防范的，她根本不知道她在约会，不然今天也不会如此惊诧。她原本安慰自己只要女儿学业好也就罢了，哪知道会出这样的大娄子？

周一她打电话给妇产科医生约好了时间。当她把时间告诉珍妮时，珍妮犹豫了一下，我再问问迪伦，看看这个时间他可不可以去。

迪伦？她在脑子里努力搜索这个名字对应的面庞。但是指针却没能把后面的内容调出来，她脑子里根本没有这个人。

“他是谁?”她只好无力地问。

“孩子的爸爸。”珍妮轻声说。

“我知道。他是什么人?”瑗琦有些没好气。

“嗯，他是校报主编，和我一个年级。”珍妮说。

瑗琦想，原来是办公室恋情，经常在一起做事，有了感情，可是居然能搞出孩子，他们自己还是孩子！马上又要申请大学了，这对申请影响多不好！申请大学可不是这一辈子最重要的事？她心里烦闷，嘴里却说:“好吧，那你赶紧告诉我，医生时间很紧，都排到了两周以后。”

“好，还有，你最好约下午三点以后的时间，我不想耽误上课。”珍妮说。

瑗琦一时说不出话，这是个认真的好学生，怎么就做出这样出格的事?!

瑗琦又一次走进那家妇产科医生的诊所时，有些恍如隔世的感觉。她久不来这里了。她现在不大去看妇产科医生，年检也是在家庭医生那儿做。小小的等候室布置得依然温馨，几张浅蓝色布艺的沙发，墙角是几盆高高的巴西铁树，青绿的叶子中间是浅绿的一道。茶几上是一大簇的银后万年青，叶子上有灰绿色的条状斑痕。只是台灯的光线有些暗淡，房子里又有了丝晦涩。她记得十多年前这里的沙发似乎是深蓝的，似乎那深蓝在时光的洗涤下渐渐褪色，褪成了如今的浅蓝。似乎，只能是似乎，记忆是非常善于欺骗人的。她签了到，和珍妮坐在相邻的沙发上。

没等多久，门推开了，一个高高的白人男孩走了进来，后面是一个白人女子，那么相似的两张脸，连头发都是一样的棕色。珍妮看到他们便站了起来，瑗琦也站了起来。白人女子走过来对她们微微笑了一下："我是迪伦的妈妈，我叫爱玛。"她穿着得体的休闲黑色西装，尖头的高跟鞋，跟很细。她说话的时候就差把手交叉放在胸前了。瑗琦感觉到她有些高冷的目光，心里一凛，便也做出了同样的微笑："我叫瑗琦。"她觉得自己不需要再陈述她和珍妮的关系。

大家都坐了下来。迪伦坐在了珍妮的一旁，他们相视一笑，然后都低下头不怎么说话了。

他们的样子倒是般配呢。瑗琦暗想，这个男生看起来不错，倘再过几年，珍妮把这样的男孩带回家，她是不会反对的。只可惜他母亲太强势。瑗琦没有觉得珍妮一定要找亚裔男孩，她自己单身这么多年，约会的对象从亚裔到墨裔到纯种的白人。她知道白男是特别懂得女人的心思，如若不是考量太多，也是不错的交往对象。她惊异自己居然会这样想，难道她不该痛恨这个男孩把珍妮的生活全部打乱吗？难道她不该怪罪他不负责任吗？难道她不该问问孩子该怎么处置吗？她不由看了一眼爱玛，她坐在那儿，凝视着眼前的这对小恋人，似乎也是愁眉暗恼。

“珍妮周是哪位？”门口一个穿着深蓝色护士服的亚裔女人眼睛迅速扫过等候室的每一个人，然后把眼睛锁定在珍妮身上。

“在呢。”珍妮应着，站了起来。瑗琦和迪伦都站了起来。爱玛犹豫了一下，也站了起来。

“或者，我就在外面等你们吧。”爱玛说。瑗琦松了口气，她实在不愿意自己女儿的肚子被一个外族的女人看来看去。她甚至都不愿意迪伦进去，但是她知道珍妮会觉得这个想法太中国，太匪夷所思，她于是什么都没有说。

做B超的亚裔技师让珍妮换上一件后背开的短衫，然后在她的肚皮上涂了一点润滑胶。

“是热的。”珍妮对着迪伦笑了一下，瑗琦有些不自在，眼睛转向了桌子上那个黑白的屏幕，技师也看着那个屏幕，“看，这是婴儿的头。”瑗琦看着那个黑黑的有些像史前异物的小东西，心里有些颤。珍妮的脑袋和迪伦的脑袋凑在一起，他原本棕色的头发在黑黑的屋子里也成了黑色。瑗琦像是泅越了十七年的时光之水，看到自己和辛鸣一起看屏幕的情景。瑗琦有些恍然，一切似乎都是如此相似，连这些设备也是十七年前一般的模样——那也是一次计划外的怀孕，命运总是无耻地重复，瑷琦想到这儿，嘴角露出一丝苦笑。

“要听听小婴儿的心跳吗?”那个越南裔的技师问。房间里响起了咚咚的声音，屋子里乌漆一团，这声音便愈发响亮。技师并未说自己是越南人，这是瑷琦自己的推测，在这里，每一个第一代移民都带着烙印一般的口音，清晰无误地透露出每一个人迁徙的路径。

“真是奇妙!”迪伦说了一句。越南裔技师看了他一眼，又看了一眼珍妮和瑷琦，没有说什么。

他们又回到等候室等妇产科医生来解读这份B超图。珍妮和迪伦头又凑在一起看着那份B超图，嘴里还在评点着，像是在看一份他们正在编辑的校报。两个沉默如海的母亲看着对面的两个孩子不言不语，像是看着两尾鱼在时光之水里没有方向地游弋。

妇产科医生汉娜是个五十多岁的女人，胖胖的身子还是和原来无异，只是脸上多出了许多皱纹，她的神情是和她的身架并不相称的清淡。瑷琦当初也是觉得她不够有亲和力，她的家庭医生总是笑容可掬，但是这个却是不太笑的。她那时怀珍妮的情形有些急，没有太多选择，就选了她。相处下来，发现她还是不错的，那份清淡就成了淡定。

“瑷琦，你好，好多年不见了。”汉娜还是那个浅浅的笑容。“这是女儿吗?”汉娜显然不记得珍妮的名字，就用一个泛指的 the daughter 滑过去了。她又看看迪伦和爱玛。“哇，你们整个部队都来了。”她打趣地说，她用的英文是“the whole troop”。瑗琦想，没呢，爷爷辈的都没来。

汉娜看了看超声波造影，又问了一些基本情况，然后说我现在要做一个手检，她说着戴上了手套。爱玛说，那我先出去，迪伦没动，瑗琦说，你也出去吧。她想，他看到珍妮的肚皮尚可忍受，怎么可以再看珍妮那么私密的地方。她知道这非常可笑，但是她不想让步。迪伦看了一眼珍妮。

“出去，你们都出去。”珍妮突然有些生气。瑗琦知道她大概是冲着自己生气，她没有作声，看着迪伦出了房间才出去。

十分钟后，汉娜把他们三个又都喊了进来。

“小婴儿现在七个星期了，一切都挺好。”汉娜平静地说。

珍妮开了口：“如果要堕胎的话，是多少周之前？”爱玛看着珍妮，脸色有些难看。迪伦神色也暗淡了下来。

“加州的规定是二十周。”汉娜还是那种超然物外的微笑。别说一个少女妈妈，她什么没见过。

“那我还有一点时间。”珍妮皱了眉头。

四个人走出诊所，进了电梯，电梯里就他们四个人，但是谁都没有说话。到了楼下，爱玛说：“现在也五点多了，我们一起找个餐馆吃个饭？”瑗琦心里是不大想去的，这一天可够长的了，但是想想总要把事情说清楚，就答应了；珍妮和迪伦看了看彼此，也点头答应了。

他们在附近的一家意大利连锁店坐定。进去以后，瑗琦暗忖，爱玛真是会选地方。这家餐馆灯光暗淡，地方大，桌子隔得远，正适合他们来讨论这样比较私密的家事。

服务生殷勤地端上来一大盘新烤的面包和两盘橄榄油，又用一个长长的竹式转筒在装橄榄油的盘子里加了点黑胡椒。面包是现烤的，麦香四溢。

“好好享受吧，菜单在这儿，你们先慢慢看。”他留下四份菜单。

“你们打算怎么办?”爱玛开口了。瑷琦想，她倒是把自己要说的话说了出来，然而她不喜欢爱玛语气里那种居高临下的做派。

“我还没想好是不是要这个孩子。”珍妮并不看爱玛，伸出手撕了一块面包，蘸了一下橄榄油，塞到嘴里。瑷琦几乎要给她鼓掌了，不卑不亢，对付爱玛这种有种族优越感的西方人就得这样。瑷琦想，这孩子其实是个挺有主见的人，看得出在她和迪伦的关系中，她是占强势的一方，至少是势均力敌，不然也不会说“我”，而不是“我们”。

“那你们什么时候能决定？我们家信天主教，孩子是上帝给我们的礼物，无论如何要留下的。”爱玛又发话了，语气倒是缓和了些，意思却是武断的。

“应该很快，这是个意外，我可不想让这个孩子耽误我正常的生活。”珍妮说。

这之前，瑗琦只知道珍妮是个好好学习的乖孩子，现在，她看到了她的另一面，她强硬的一面。这孩子什么时候变得这么皮实刚硬了？小时候，她是个小甜心，甚至是有些讨好型的性格呢。

他们出来的时候，天下起了雨。瑗琦打开了雨刷，雨刷打在玻璃上，有些涩。瑗琦问珍妮："你需要和你爸爸商量一下吗？"

"哦，不必了。"珍妮回答得很干脆。

瑗琦正在开车，忍不住看了一眼珍妮的侧影，她看到了十七年前的自己，她的方向盘抖了一下。车子里放的是一首中文歌曲，外面雨雾蒙蒙，车内似乎也沾染了潮气。瑗琦说，外面的雨好大。是啊，好大，珍妮应着，不再说什么，两个人又陷入了令人不安的沉默。瑗琦叹了口气，为什么她们现在都说不上话了？以前那个一上车就叽叽喳喳的小姑娘去哪儿了？她继续开车，继续听着那首歌，车子里氤氲着一丝淡淡的哀愁和一抹凄凄的凉意。

2.

一个星期后的晚餐之后，珍妮跟瑗琦说她决定了，孩子要生下来，爱玛有个有钱的朋友，单亲妈妈，准备做一个公开领养（open adoption）。

“我想清楚了。孩子是一个搅局的东西，很多女人就是怕年纪大了，生不出孩子，所以匆匆结婚。我不想因为这个结婚，不如先把孩子生了。”珍妮还是选择在饭后说出她的决定，瑷琦想她是担心自己吃不下饭吧。

“你确定？怀着孩子你这学期的课怎么上？会影响你大学申请的。”瑷琦说，“是不是爱玛给你加压了？”

“和她有什么关系？孩子正好是明年年初生，我在那之前把大学申请的事情都搞定。”珍妮说。

“你就忍心把孩子生下来就送出去？”瑷琦还是没有缓过劲来。

“我会常去看这个孩子。这个妈妈住在新港，离我们也不远。不然怎么办？我也想过堕胎，可是迪伦很难过，他是个虔诚的天主教徒。”

“虔诚？天主教不是谴责婚前性生活吗？他这叫虔诚？”瑷琦嘴角露出一丝鄙夷的笑。

“又来了，最受不了你这副冷嘲热讽的态度！”珍妮有些生气。

“我就知道是爱玛一家鼓动你生下来，那让她来带好了！”瑷琦也有些生气。

“怎么可能？迪伦还有两个妹妹，一个高中，一个小学。”

瑷琦暗想就算迪伦没有妹妹，爱玛也不会给你带孩子的，老美可不都这样，她想说，那我来养好了，却没有勇气说出来。她自己这么多年做单亲母亲，已经辛苦得够够的了。愣了半晌，她问："这个领养家庭是单亲家庭，你放心？"

"单亲家庭怎么了？我不就是单亲家庭出来的？"珍妮挑衅地看着她。

瑗琦想，或者就是因为单亲，她才会这样早恋早孕，但那不是给自己一耳光吗？她半天说不出话来，眼睛望向了窗外的山峦。淡淡的草黄的山头，样子柔顺得像日本女人头上高高的发髻，颜色却黄得有些刺目。

没过几天，她接到了辛鸣的电话，说是要和她商量珍妮申请大学的事情。他们约在一家韩国餐馆见面。这些年，他们一直住在同一个城市。辛鸣周末过来带珍妮出去玩，有时候也帮忙接送。瑗琦有时候出差，珍妮就住到辛鸣那边。瑗琦原来还担心辛鸣现在的老婆王思萌对珍妮不好，结果珍妮说王阿姨对她还不错，专门留了间房给她，房间里还挂着珍妮的画。瑗琦就不说话了。辛鸣有几个外地的工作机会也都拒绝了，为的就是和孩子同城。他算是个负责任的父亲，至少每个月的抚养费一直没有断过。

两个人坐定，点好了菜，辛鸣说他的一个朋友介绍了一个大学申请咨询师，非常厉害，朋友家儿子 GPA（平均成绩绩点）非常差，只有3.2，居然进了纽约大学。“咱们珍妮一直很优秀，找个大学申请咨询师可以锦上添花如虎添翼。”辛鸣说。

瑗琦说：“你难道不知道珍妮，她现在压根不听我的了，我都劝了好多次，她说她自己能搞定，不想听人指手画脚。”

“我知道。这个不太一样，你那个是跟四年的计划，这个就是最后一年，帮忙改申请大学的文书，帮你挖掘闪光点。咱们临时抱佛脚也要抱的。”

“唉！还大学申请，她现在怀孕了，眼下哪有心思考虑大学申请的事情。”

“啊？你说什么？”辛鸣非常吃惊，“什么时候的事情?！她也太不懂事了！是哪个浑小子干的?”

瑗琦没有说什么，只是看着他。他像是意识到什么，声音低了下来：“你们准备怎么处理这个孩子?”

“你们？珍妮会听我的？她已经决定把孩子生下来。”瑗琦有些委屈，珍妮初中的时候还乖顺得很，到了高中简直换了个人。

“啊?”他再度惊诧,“这么小就生孩子！她以后怎么办?!”他把水杯重重地蹾在桌子上。

瑗琦没有回话，只是看着他，这个男人，还是这样孩子气，脾性都写在脸上。那么多的事物在堆积的时光里慢慢扭曲，衰老或是变质，唯独脾性，却是时间之风里的一根牛皮筋。

“你们两个真是一模一样，性子都这么刚愎自用。”辛鸣气呼呼地说。

辛鸣的手机响了，他说了几句，然后转向瑗琦：“我就不吃了，得先走了，王思萌说凯文在学校发烧了，我得立即去把他接回家，回头我同你电话上说。”他说着起身就走了。

服务生推着小车过来了，把七八个饭前小菜摆了上去，再加上一个砂锅豆腐汤和一大盘烤牛肉，满满当当地摆了一桌子。

瑗琦看着这一满桌的菜，心里发恨，这个男人，总是留下一大堆残局等她一个人收拾。

吃过饭，她一个人走出餐厅。一阵寒意瑟瑟而来，瑗琦像猫一样抖了抖身子。加州今年的天气怪异，往年春天去得快，几场雨几阵风就打发了。今年却是抽风似的忽冷忽热，谁能信这是快到六月的天？

她们约好去那个准备领养孩子的家庭看看。新港在尔湾的南面。车子一路向南。向南，便是奔着大海的方向。很快便开上了通往新港图书馆的那条大路。那是条下坡路，海就在脚下，这个时刻的太平洋平静如绸，像一个浅蓝色的梦。她向着大海而去，像是一踩油门，车子就会开进一个迷失了方向的梦里。

她想起珍妮小时候，她们几乎每周都要去新港图书馆。每次开到这条路，眼前便顿然开阔。海是那么辽远浩瀚却又近在咫尺。时光是怎样把那个扎着小翘辫子的丫头一下子变成这个一意孤行的少女妈妈的呢？她觉得似乎命运把所有的起伏不定、莫测幽远都深藏海底，而她看到的却只是梦幻寂静的海面。

爱玛和迪伦已经先到了。女主人叫瑞秋，灰绿色的眼睛，留着一头精干的短发，酒红色，不知道是天生的还是染的。她热情地把瑗琦和珍妮引到客厅。她们的房子就在新港图书馆对面一条街的小区里。

“你知道，新港图书馆扩建之前，我这个房子还能看到一点点海，现在是一点都看不见了。还好，政府赔了我们一笔钱。我们也知道，图书馆对于孩子有多重要。”瑞秋可真是能说啊。瑗琦想，这也好，是个活泼外向的性格，对孩子也好。

四个人坐定，瑞秋很快就说到正题：“我已经咨询过律师了，领养手续稍微有些麻烦，但是还好啦，跟拥有一个孩子比起来，这些麻烦简直微乎其微。”

“哦，珍妮说你的工作是咨询，会不会经常要出差？”瑗琦以前最怕公司派她出差，还好辛鸣在附近，能把珍妮暂且放到那儿。

“哦……这个，你放心好了。我肯定是有办法的。”瑞秋一时有些支吾，瑗琦心里咯噔了一下。

“是啊，瑞秋特别能干。我们以前在杜克上学的时候，她就是全校闻名的活动家，女权运动的领袖呢。”

“哦。”瑷琦不好再说什么。

“我们……哦……我一直想要个孩子。”瑞秋说，“你放心，我的经济条件不错，新港的学区又好。你瞧，图书馆就在对面，我可以经常带孩子去那里看书。”

“啊，我小时候也常去那儿的。”珍妮说，“我最喜欢他们的讲故事时间了。”

“那太好了，我们会保持这个家庭传统的。”瑞秋脸上露出笑。

回去的路上，瑷琦问珍妮：“没有更好的选择了吗？”

“怎么，你不喜欢她？”珍妮反问。

“也没有，就是有些不大对劲。”瑷琦说。

“找起来很费劲，这个人正好是迪伦妈妈的老同学，知根知底。她看起来不是挺好的吗？”珍妮看着瑷琦。

瑷琦没有说什么，看起来，可是真实的生活是看不见的，当然不会让你看见。看见的都是体体面面的人，规规矩矩地办着事，那些男盗女娼，或者说刺激苟且的事情怎么能摆到台面上说呢？人人都在演戏，正儿八经放到台面上这戏就演不下去了。

珍妮这几天早上一起来就吐。瑗琦听到她在洗手间一阵阵呕吐。珍妮走出来，一屁股坐在餐桌旁，脸色比墙还白。瑗琦心里有些发疼，这孩子受苦了。她把做好的面条放到珍妮面前，可是珍妮一点也不想吃。

“不吃怎么行？你待会儿要上学，不吃没有力气啊。”瑗琦劝她。

“吃了还是要吐出来，为什么要吃？”珍妮说。

“唉，这不是你自找的吗？你真的想清楚了？会耽误你的学习和大学申请的。”瑗琦还想说耽误一辈子的前途，想想有些夸张，就没说了。

“你就是这样，什么都要管着我！”珍妮皱了眉头，“我早说了，这件事我已经想得很清楚了。”

“都是为你好，你现在太年轻，根本不知道你自己在做什么！”瑗琦声音大了些。这一阵她心里一直有一种沉闷的情绪，乌云过境一样压过来，堵得她有些喘不过气。她想，不能再这样了，这件事太大，她不能再由着珍妮的性子了。

“Control freak！Psycho！”珍妮看着她，冷冷地用英文回了一句。她的中文其实还行，和瑗琦常用中文对话。

“你说什么？”瑗琦的火气顿时就升了起来。

“Control freak！Psycho！”珍妮撇撇嘴说。

“怎么说话的！”瑗琦心里的火腾地一下子升到嗓子眼，她平素最恨人不尊重她，辛辛苦苦养大的女儿居然骂自己是控制狂，精神病！愤怒夹杂着一股无名之火，她一巴掌就甩在了珍妮的脸上。

珍妮惊呆了，捂着自己被打过的脸颊，一句话也不说，就那么直直地看着瑗琦。瑗琦也说不出话来了。她没想到自己会真的动手，她沮丧极了，坐在那儿一动不动。珍妮长这么大，她这是第一次打她。

珍妮跑回了自己的房间。过了一会儿，瑗琦听到她房间传来一声尖叫："蚊子！"瑗琦依然坐在那儿，沉浸在自己的烦恼之中。珍妮房间听不到一点动静了。瑗琦回过神，走了进去。珍妮趴在那儿，一动不动。瑗琦心里一软，把手伸了过去，怎么了，她问。

别碰我！珍妮尖厉地叫了起来。瑗琦吓了一跳，还是把手伸了过去。珍妮手一抬，把她推开，不要碰我！她突然就大声地哭了起来。瑗琦又不由自主地想伸手去触碰她，但是她更强烈地反抗。"别碰我，我厌倦了这个家，厌倦了你，什么事情都管着！迪伦就不会，他什么都顺着我！"珍妮一边哭，一边嚷着，她说的是英文，I am so sick of you！瑗琦怔在了那里，心里又沮丧又懊恼，还夹杂着一种强烈的挫败感。墙上那只大得惊人的蚊子爬了过来，瑗琦一巴掌伸过去，把蚊子打了个稀烂。

再看看表，马上就到上学时间了，她忍住气说："好了，我送你去上学。"珍妮是今年年初开始自己开车去学校的。她怀孕以后，常呕吐，精神又不好，瑗琦就主动要求重新做司机。

“不用你送！我已经给迪伦打电话了，他来接我。下午也不要你接!”珍妮冷冷地说。

珍妮侧坐在那儿，只露出半张脸给瑗琦，可这半张脸已经让瑗琦一句话也说不出来了。

晚上瑗琦公司有个活动，她给珍妮发了个短信，珍妮没有回复。瑗琦回到家，珍妮的房间还亮着灯，瑗琦拧门想进去，才发现珍妮已经反锁了。瑗琦有些生气，也不好发作，便闷了气回到自己房间。快十二点，瑗琦看到她的房间灯还是亮的，忍不住去敲门，“这么晚了，还不睡?”房间里没有一点声响，瑗琦突然有些慌，“珍妮，你说话啊!”房间还是悄无声息，过了片刻，灯灭了。瑗琦放了心，只是心里更堵得慌，“这个孩子，是在惩罚我吗？居然学会了冷战。”她想起女儿还小的时候，会跟她说那么甜蜜的话：“妈妈，你放心，将来我生了孩子，还是最爱你。”那是九岁的女儿，穿着学校抵制毒品的T恤衫，在野餐会上说的话。“妈妈，你永远都是我生命中最重要的人。我确信。”那是十二岁的女儿，穿着绿色的运动衫，在去女童军旧金山之旅的路上说的。那时候，她也确信，女儿是她生命中最重要的人，是上帝给她最好的礼物。她不知道那个甜蜜得像天使的小姑娘怎么突然变得这样离经叛道，这样一意孤行。她努力思索她成长轨迹上的蛛丝马迹，试图给现在的她一个合理的解释，自己真的是女儿口中的控制狂吗？还是这不过是青春反叛期的必然？她无法找到答案，似乎答案已经藏匿在坚硬的地核深处。她脑子里氤氲着薄薄的白雾，她在那白里穿梭，辗转起伏，毫无倦意。

3.

瑗琦第二天中午有个约会，约会对象是一个同事介绍的，是个东欧的移民，名字叫伊万诺维奇。两个人其实已经约会有一阵了，但是瑗琦一直没有在珍妮面前提起。珍妮很小就和瑗琦说不要继父。瑗琦那时觉得她耍孩子气，等到了珍妮十多岁的时候，她还是态度坚决不同意瑗琦再婚。瑗琦觉得不可理喻，实在不像是美国长大的孩子的做派。她断断续续也在约会，但是一直都没有再婚，一是没有找到合适的，二是珍妮的话多少起了作用。或许话语真的是有暗示作用。

伊万诺维奇是一家技术公司的中层经理，平素不太说话，一说起来又没个完。他老婆跟一个小伙子好了，要和他离婚。两个人折腾了几年，终于分了手，好在没孩子，没有太多财产纠葛，没有闹得太难看。

伊万诺维奇注意到瑗琦脸色不大好，便问：“亲爱的，怎么了？”瑗琦勉强笑笑：“没什么。”

“我真的不明白你们中国人，明明不太好，为什么不说说，还是你不信任我？”伊万诺维奇说。

“说了你也帮不上什么忙。”瑷琦说。

“那可未必。不过你不说我肯定帮不上。”

瑷琦想想，便把珍妮的事情说了说，不过她没有说昨天打了珍妮的事情。她觉得自己似乎还没有办法在他面前完完全全展露自我，是因为他是异族，还是自己天生如此？那个完完全全的自己又是什么样子？

“其实你不想让她把孩子生下来，是不是？”伊万诺维奇手指头敲着桌子，眼睛却看着她。

她看到他的目光，心里一动，“是，她还那么小，已经犯下早孕的错误，不能一错再错了。”瑷琦说出这话时，心里松了口气，原来这才是她的真实想法，这些年，她一个人带孩子的艰辛让她深谙“含辛茹苦”四个字的内蕴。她似乎被掏空了一切，又似乎被时刻充盈着，为各种可能出现的状况整装待发。多少个早晨，她手忙脚乱地忙上忙下。多少个夜晚，她坐在后院甜橙树下看自己孤寂的影子静默无声。她不想女儿再受这些苦。她却从来没有把这个想法坦白地和女儿说过——或者，也是因为珍妮关闭了和她沟通的渠道，她们已经多久没有好好说过话了！看医生，看领养人，这些过场她不得不走，她其实一直是在找理由引导（或者是珍妮口中的控制）女儿，然而女儿根本不听她的，她感到无力，感到愤怒，感到失落，感到一切都失控了——这或许是她打珍妮的深层原因。

“可是她已经是个自由人了，她有权决定自己的身体。”伊万诺维奇说。

“我就知道你们西方人会这么说，她还不到十八岁呢。”瑗琦撇嘴。她知道这些白人的相貌其实根据种族稍有差异，但在她眼里，都只有一个标签，西方人。这就好比不管是韩国的、日本的还是中国的，在他们眼里都是一个模子的。

“是早了点，可是孩子已经来了，能怎么办?”伊万诺维奇说。

“不是可以堕胎吗?”

“唉，堕胎，你不知道那些怀不上孩子的人的痛苦。像我和我前妻一直想要个孩子，却一直未能如愿。后来她怀上了她的小男友的孩子，我们才离婚的。”伊万诺维奇说。

瑗琦抬头看了他一眼，有些吃惊他愿意分享这段故事，不过旋即心情便更沉郁，斑驳往事纷至沓来。她暗叹，又是孩子，这世界上多少关系因为一个孩子成了一团麻，一辈子绕不清解不开，多少关系又因为一个孩子而如绷断的琴弦，戛然断裂，原来这个准则东西方皆通的。珍妮这么坚持要这个孩子，大概还是喜欢那个迪伦吧。女人啊，总是过不了男人这一关，就像男人也总是过不了女人这一关……

伊万诺维奇本还想说什么，看瑗琦陷入沉思，一语不发，便不再说什么。

晚上瑗琦又失眠了，睡眠如一条滑溜溜的泥鳅，总是在她以为就要抓住的时候从指间溜走。夜晚的气息浑浊不安，她浸润其中却无法沉睡。珍妮的话还回响在她耳边，你什么都管着我，迪伦就不会！瑗琦眼前闪过那张笑起来有些腼腆的脸。

第二天还是迪伦来接送珍妮，下午瑗琦特意早点下班。三点多的时候，迪伦的车子停在了家门口，瑗琦乘珍妮上楼的间隙，问迪伦要了个电话。

她和迪伦约在高中附近一个购物中心的咖啡店见面。是家星巴克，里面人满为患，他们在外面找了张桌子，闲聊了几句。瑗琦对迪伦还颇有些好感，和那些气盛的白人孩子比起来，迪伦是有些羞涩的。

"其实……我们两个一开始就是好朋友，有一次，她和我说起你……"迪伦停顿了一下，"我深有感触。两个人觉得特别能说到一块儿。"

瑗琦震了一下，她眼前闪过爱玛的样子，说什么都不容置疑的样子。他们在一起吐槽他们各自强势、喜欢管束的妈妈吧，瑗琦想到这儿，笑了，"一起说妈妈的坏话吧？"

迪伦有些不好意思，"嗯……不完全是，她压力很大，不敢和家里人说，就和我说。我曾经劝她去咨询，她不肯，说去那儿的学生都是精神上有问题的，她不好意思去。有一阵，我真的觉得她抑郁了……"

“什么时候?”瑷琦张大了嘴。

“就是去年秋天的时候，她选了四门AP的课，有一门一开始总是B。”

“噢……”瑷琦陷入沉思。她想起去年秋天的时候珍妮的确抱怨功课太多，她没有太在意，只是鼓励她坚持，“坚持就是胜利！我这么多年一个人不也熬过来了嘛。”瑷琦想起了那次对话。

“她那时候都睡不着觉，后来……嗯，她听说那个……对睡眠有促进。”迪伦吞吞吐吐地说，“我们有一次，嗯……那天，她果然发现自己睡得特别好……”

瑷琦又一次张大了嘴，原来珍妮和迪伦好是有这个目的在里头，促进睡眠！她想笑，又想哭，却愣在那儿半天说不出一个字，心里一阵阵绞痛，又夹杂着一种身处局外的不甘和怨愤。为什么女儿这样不信任自己？当她陷入这样的困境时，为什么不是转向自己，而是用性这种最本能、最原始的办法?

车子开进小区，停在那个熟悉的十字路口，她听到了一个小姑娘的声音:“你快点开啊，我要迟到了。”那是十三岁的珍妮的声音，接着，她又听到一个尖厉的带着愤怒的声音:“不会的，现在才八点！你不要老是催!”天哪，那不是自己的声音吗？十三岁的小丫头抽噎着说，我没有啊。她不再说话，为自己的无名火感到惭愧，但是她知道，下一次她大概还会如此，她的脾气随着年龄的增长越来越暴躁，她暗想是不是和自己缺乏性生活有关，心里总是郁结，睡眠总是断断续续。

瑷琦的车子还停在路口，一个又一个往事的场景再现。那个总是看微信而对女儿爱理不理的她。那个厉声催促女儿弹琴的她。她一次又一次的暴躁和对女儿的严格管教终于把女儿越推越远，以至于女儿在困境深处转向了别人。她感到一种深深的悲哀从心底升腾而来，那是一种因为愧疚而引发的悲哀。悲伤来得如此迅猛又汹涌，她坐在那儿，眼泪就那么没知没觉地流了下来。她听到了后面车子嘀她的声音，她回过神，慌慌张张地把车子往前开。

天色阴沉，雨是她回到家不久后下起来的，她一进门就听到珍妮呕吐的声音。瑷琦忙跑到她房间。“你没事吧?”这几天她们都在冷战，彼此都不言语。“没事。”珍妮躺在床上有气无力地说，刚说完，又是一声干呕，她忙又跑到洗手间，昏天黑地地吐了起来。

“这不行，这好像不是一般的怀孕呕吐，我得带你去看急诊!”瑷琦看着窗外的雨，心里有些发蒙，雨已经很大了，汹涌而来的雨水水帘般地挂在屋檐前，落了地，鼓点一般。她开着车，带着珍妮，冲进了无边的雨的帐幔。上高速的时候，她看见前面匝道上的车从一片水洼冲过，溅起一片水花，很快，她的车也落入同一片水花。水的力量令她的方向盘都歪了，车子向一旁歪，她一凛，马上把方向盘打正，车子已经上了高速。

高速上更加令人心惧，她像是开进了好莱坞大片世界末日的片场，天地间都是雨，天是灰的，地也是灰的，迷茫一片，什么都看不清楚。两旁的车一个个都在疲于奔命，向着未知的远方。有一阵，她几乎看不清路，而雨声却是越来越响。雨越来越大了，她心里开始害怕，她很想停下来，可是她知道她不能，她转头看到珍妮在副驾驶座上有气无力地歪着，更是慌张。然而她只能一个人在暴雨里孤身作战。她突然想哭，害怕得想哭，世界变成了一头怪兽，一头随时会把她吞噬的怪兽。现在，她在孤独地和这头怪兽搏斗。但是她知道她没有时间哭泣，她没有资格哭泣，她得首先开出这雨的世界，冲出这雨的包围。当她终于把车子开进医院的停车场时，她趴在方向盘上哭了起来。“妈妈……”珍妮把手搭在了她的肩上。她擦干了眼泪，扶着珍妮走出了车门。

珍妮是食物中毒，大概是在哪家餐馆吃坏了肚子。她在家休息了两天。

第三天，瑗琦开车送她去学校。她们一路都没有说话，一路上照样是堵得像个停车场，好在她们很快就下了高速，却是照样堵。有一个人见缝插针地在车流里窜来窜去，试图找到一条捷径，可是照样被一个红灯堵了下来，停在她们车子的前方。瑗琦心想，急什么呢，不照样停了吗？这个世界可曾对哪一个人永远大开绿灯?

到学校后，珍妮下了车，“谢谢!”她说了一句，声音不大，瑷琦却听得真切，心里有了一股暖意，就如喝了一杯热巧克力一般舒坦。她想，事情并没有那么糟糕，是的，比这更糟糕的事情她都经历了，这个没那么糟，尽管生活总是如此出其不意，尽管她总要和无形的命运之手掰腕子。

没过多久，她所在的一个高中父母群里有个华人母亲在倾诉她的烦恼，她的儿子认定自己是个女儿身，要做变性手术。那个华人母亲历数孩子这些年的成长痕迹，也是非常诧异，她从来没看出儿子有什么异样，怎么突然就要做变性手术了。群里的父母纷纷出来安慰她，有人让她接受事实，有人让她去找找事情根源，是不是有人挑唆，还有人抱怨现在美国中学的性教育太开放，据说孩子想堕胎或者是做变性手术都不需要父母同意。瑷琦在这样的微信群里从来都是潜水，她暗想这孩子要做变性手术，孩子的父母不知道要比自己烦恼多少倍。比起来，珍妮做少女妈妈倒是小得多的一个事情了。她想她得学会接受，不管命运赐给她什么，好的，坏的，酸的，涩的，苦的，甜的，她得学会张开双臂，她得学会放手。

4.

珍妮已经过了二十周了，那天瑷琦陪她去做了一个检查。做B超的还是那个越南技师，“你确定你不想知道婴儿的性别吗?”“确定，我想要一个惊奇。”珍妮坚定地说。走出医生办公楼的时候，有风飒飒而来，吹起了珍妮的长发。

“再也没法回头了。”瑷琦轻叹。珍妮没有说什么，只是挽住了她的手臂。瑷琦有些慌张，她们已经很久没有走得这样近了。珍妮小时候，是必要拉着她的手的。她觉得有一种温暖人心的东西在她们之间生长，她觉得横亘在她们之间的冰雪在缓缓消融，她似乎又找回了珍妮小时候那种相依为命的感觉。

“瑞秋那边的手续办得如何?”她问了一句。

“好像还好。”珍妮回答。

她不再问什么，她们眼前出现了一排山脉，轻雾萦绕其中，青黛色的山就有了隐隐若若的迷蒙。车子在山峦脚下的道路之上，在黄昏的迷雾之中穿梭。

一个周日的下午，秋阳正好，瑷琦去新港附近的一个购物中心里逛荡，想给孩子买些衣物。她知道，自己到底还是接受这个安排了。这个购物中心最近扩修了，苹果搬到了一个更大的角落，四周都是落地的玻璃窗，敞亮极了。又添了几个高档的餐厅，窗明几净。她不去想珍妮，不去想那个即将降临的孩子，她只觉得，这一刻，阳光是和暖的、仁慈的。她买了些不分性别都可以穿的连襟衣，有些累，便坐在橘红色的椅子上，看着喷水池发呆，看着稀落的几个人从她面前走过。她看到不远处两个人走了过来。一个留着利索的酒红色短发，另一个却是笔直的长发。留短发的是瑞秋，她正想站起来和瑞秋打个招呼，却看到她旁边那张熟悉又陌生的脸——一张来自记忆深处的脸，略微有些方的脸盘，细细的眼睛。瑗琦心里猛地一跳，赶紧转过身。那两个女人从她身边走过。瑗琦停了好一会儿才转过头，她盯着那个不高的背影看了一小会儿，忙又转过头，似乎生怕那个人回头看她。

那个人叫马凌，一个她这一辈子也没有办法绕过的人。

可是马凌怎么会和瑞秋在一起呢？而且，看起来还相当熟悉。

瑗琦给辛鸣打了个电话。

“你看到马凌了？还有瑞秋，哪个瑞秋？”辛鸣在电话那头问。

“就是要领养珍妮孩子的人。”

“马凌不是搬到凤凰城了吗，你没看错？”辛鸣又问。

瑗琦说不出话来了，这么多年了，多少往事纷扰，从往事里走出来的人也面目模糊了，没准真搞错了。再说，这两个人就算是认识，是朋友，那又怎样？“好吧，那不管它了。”瑗琦挂了电话。

第二天，她接到了辛鸣的一个微信：瑞秋家的地址你给一下。

瑗琦把地址发了过去。

辛鸣没多久就回了一个信息：“他妈的，原来马凌是个同性恋！”

什么?！瑗琦脑子里还在处理这条信息，辛鸣的微信语音过来了，她接了他的微信电话。

“马凌是个同性恋。瑞秋也是。”辛鸣说，“她们两个地址一模一样！”

瑗琦心里又是一个趔趄，最近这几个月她面对的讯息实在有些纷繁。“你是说，她们是 partner?”瑗琦实在找不到一个合适的中文来替代这个 partner。伴侣？伙伴？中文还没有来得及制造一个和这个英文内涵相当的词。

“是，partner。”辛鸣说。

“你怎么查出来的?”瑗琦问。

“网上那个叫什么 fast people search（快速搜索某人）的网站。我查了一下自己，好家伙，我的岁数，老婆是谁，连同我在北卡买的几个投资房的地址都找了出来。这年头压根没有个人隐私了……”

“或许，她们只是普通朋友合租一个房子?”瑷琦打断了他。

“不可能，我查了，她们几年前在凤凰城的地址就一样了。现在又同时搬到这个新地址。”

“那时候，我跟你说她性冷淡，原来他妈的只是对男人冷淡。”辛鸣还在不忿。瑷琦却突然有了种前生后世宿怨纠缠的感慨：“真是不是冤家不聚头……”

“爱玛不是说瑞秋是单亲妈妈吗？难道瑞秋撒了谎？还是她们两个人合伙骗了我?”瑷琦突然意识到珍妮的孩子将被瑞秋和马凌共同抚养大，她被这个事实吓着了，“不行，这不行的，我得去和珍妮谈谈！”

她回到家，几乎是直奔珍妮的房间，珍妮在电脑上敲着什么，瑷琦扫了一下屏幕，注意到她是在写作业，心里舒坦了点，她在床沿坐了下来：“珍妮，我得和你谈谈。我刚发现瑞秋是个同性恋。”她把最后一句“你不能让她来领养孩子”硬生生憋了回去。这个孩子，最喜欢唱反调。

“噢，真的?”珍妮显然也有些吃惊，瑷琦松了口气，哪想珍妮很快又加上一句：“只要她们有爱，可能比单亲家庭更好呢。”

真不愧是个白心黄皮的香蕉人啊，瑷琦在心里冷笑了一声，嘴里却说：“话是这么说，你不介意你的孩子被女同养大，耳濡目染也成了同性恋?”

“什么叫耳濡目染，这个是基因好不好!”珍妮撇了撇嘴。

“其实和环境也有关，不然军队里同性恋为什么比例那么高。”瑗琦也不退缩。

“那能怎么办?现在也没有更好的选择了。”珍妮很快把头转向了电脑，“我得赶一个报告。”

瑗琦坐在那儿，看着珍妮的背影，突然说了一句：“不行，你绝对不能让瑞秋来领养你的孩子。”

珍妮回过头：“妈，你又来了，我说了不要你管我的事!小时候，我每次牙刷头朝下放，你都要说我，我真的受够了!”

瑗琦手有些发抖，她的心更在发抖，自己原来真的是女儿叛逆的一个根源，可是到底要不要跟珍妮说实话呢，那个她和辛鸣这么多年小心翼翼包裹起来的秘密，现在，要不要全盘抖搂出来?

邻居家的灯光从窗户里透了过来，带着涟漪般的晕影，珍妮的脸在那昏黄迷离的光亮里若隐若现，那是张多么酷似年轻的自己的脸啊，瑗琦心里一颤。

那时候，她比现在的珍妮大不了多少。她是通过学生配偶的F2签证过来的。她和张战是在网上聊天室认识的，张战喜欢上她了，她知道自己并没有那么喜欢张战。他笑起来会露出一嘴需要从头到尾矫正的牙齿，他的个子不高，人也不够聪明，但他是个好人。是的，现在说一个人是好人几乎等于骂人。但这真的是他最准确的标签。瑗琦的父母喜欢张战，尤其是她母亲，“傻囡囡，结了婚你就知道了，男人对你好比什么都强。”瑗琦是个有主意的人，她的耳朵没那么软。她高考失手，考得不好，只上了个普通大学的会计专业。她心气儿高，一心想出国，出人头地，然而在20世纪90年代初，她上的大学和专业要拿奖学金出国，比登天不会简单多少。她知道自己动机不纯，张战多少也知道。但那时候的张战已经被无法冲释的荷尔蒙弄得神魂颠倒。他需要一个女人来填补他寂寥的留学生涯，尤其是瑗琦这样模样俊俏的南方女孩，他准备赌一把，最差的就是当个搬运工了，那也认了，至少能解决当下的饥渴。

瑗琦就是这样来到美国的。她和张战住在加州大学尔湾分校给有家庭的学生安排的住处。半年以后，她拿到了加州大学的财务专业研究生录取书。她没有奖学金，靠着张战那一份奖学金，两个人日子过得挺紧巴。

瑗琦和张战楼下也住了一对中国留学生夫妇，他们的名字，是的，他们的名字叫辛鸣和马凌。

他们两家经常在一起玩。周末总是两家聚餐，先吃饭，再一起打牌，打双升。有一次，打牌休息的时候，张战端了一碗葡萄上来，那之后就少了张牌，大家怎么也找不到。辛鸣说，咱们按刚才同样程序重演一遍，看看到底怎么回事。大家照做，发现是张战端葡萄的时候手肘碰了牌，掉到了靠桌脚不起眼的地方。大家都夸辛鸣聪明。接着打牌的时候，瑷琦就向她旁边的辛鸣撒起了娇："你不许老是压我嘛!"她说完，心里有些慌乱，不由抬头看看辛鸣，他看了她一眼，马上收回目光，她对面的马凌眯起眼睛看着她，张战最木头，什么都没有注意到，嘴里还在唠叨牌好差。那之后，她觉得和辛鸣之间就有了种莫名其妙的化学反应，有几次在牌桌上，他们四目相对的时候，瑷琦心里有一种柔软的刺痛感，那是多么奇妙的感觉。那时候，她有多么渴望周末，渴望坐在那个高个子男人旁边，她为自己的欲望感到羞耻，却无法停步，反而越陷越深。春节的时候，张战开了个大 party（聚会），请了好些中国留学生，他们那间小小的一居室挤得满满当当。瑷琦和辛鸣几个人在阳台上，一人一瓶啤酒，瑷琦紧挨着辛鸣，她闻到他的气息，她觉得有一股热流从心窝子里向外扩散。她使劲地喝酒，想把那股子热流压下去，却是越喝越 high（兴奋）。晚上，客人都走了，她少有地主动要求和张战好，她知道，她把张战完全当成了辛鸣。她趴在他身上，心里充满了依然无法稀释的欲望和无与伦比的恐惧。

那个夏天，张战去外州实习。没过一个星期，马凌的母亲生病了，她匆匆回了国。楼上楼下的孤男寡女很快成了一张床上一上一下的干柴烈火。有一次完事后，辛鸣对瑷琦说，马凌和你比起来，简直就是性冷淡。

夏天快要结束的时候，瑷琦告诉辛鸣她怀孕了，辛鸣非常慌张，他觉得她应该把孩子打掉。她于是也慌乱起来，她想到过他会如此，只是真实面对的时候，还是有些不知所措和心寒。但她却一直在犹豫，一直没有勇气去打胎。比起来，生下来似乎只需要被动地什么也不做，放弃是比坚持更需要勇气的。在某个满天星辰的夜晚，她看着星空，想起了小时候那个电影《鲁冰花》里的一句歌词："天上的星星不说话，地上的娃娃想妈妈。"那样的星光让她有一种身处纯净之地的幻觉。她内心爱意满盈，那一刻，她决定把孩子生下来。她心里也残存着一丝希冀，或许，这个孩子能帮她赢得辛鸣。

多年后，瑷琦在网上看到两对留学生夫妇，其中一家的丈夫和另外一家的妻子出轨的狗血帖子时，惊诧得目瞪口呆。多么相似的场景，多么相似的情节。原来历史真的总是无耻地重复。唯一不同的是，她怀孕了，怀上的是辛鸣的孩子，而不是像那个帖子里那样，出轨丈夫的妻子怀孕了，她一气之下把丈夫和邻人之妻出轨的事情全数搬到了网上。瑷琦暗自庆幸她那时候网络没那么发达，四个当事人也都足够冷静。当然，当她的肚子一天天隆起，当她和张战分居，当辛鸣，而不是张战陪着她一次次往诊所跑的时候，他们的事情还是传遍了整个校园。

后来，她和张战离了婚。辛鸣过了一阵也离了婚。再后来，她在尔湾找到了工作。辛鸣也在本地找到了工作，马凌搬到了外州。瑗琦和辛鸣曾经在一起生活过一段时间，却发现很难过下去。陡然地从对爱情的幻想落在生活的实地上，又是这样的尿片奶粉、洗衣擦地，他们自己工作忙，婴儿事情多，各种最切实的琐碎事情凑在一起，磨人心肺，磨人脾气，把他们都磨得难受，又难受又失望。她因为是拼了婚姻和名声把孩子生下来，这样的失望便更戳心。她决定一个人带孩子，她当然不是完全没有心理准备，她是个有韧劲的人。她只是低估了一个单亲母亲的辛劳，她没有想到那些琐碎和疼痛会伴随她的一生。她被一点点磨蚀，一点点风干，变得和秋阳一样绵软而沉闷。可是，她已然走上这条少有人走的路，退无可退了。她似乎从来没有完完全全放下这些过往，尤其这么多年她和辛鸣一直生活在同一个城市，她总怕碰到那些知道自己过去的人。她不怎么和人打交道，她甚至怀疑自己是不是有些自闭了。她唯一学会的是迅速遗忘那些疼痛的记忆，似乎只要遗忘，那些疼痛就从来不曾存在过。

现在，她不知道把那个孩子生下来是不是一个错误，然而这样的错误是多么有生命力，多么强大，强大到自己无法改变它，而这么强大的东西应该是有另外一个名字的，那个名字就是所谓的命运。就像现在，这个非婚生的孩子执意要生下另一个非婚生的孩子。像是一个怪圈，命运引领着母女俩先后走上了如此相似的道路。

这些年，她和辛鸣都不约而同地向珍妮说着同一个版本，他们是生了珍妮以后离婚的。所以，珍妮从来不知道自己是个私生女，是婚姻之外的产物。瑗琦从来不曾和这个孩子说起这些过往，一些并不那么明亮，甚至有些混乱的过往。或许现在是时候了。

屋子一角的电脑上放着叮叮咚咚的音乐，像是一幅带声响的电子画，闪闪烁烁。她艰难地开了口："珍妮，我想和你说一些事情。"

"什么事?"珍妮头也不回，"妈妈，我今天这个报告要得急，我们明天再说吧。"

她显然下了逐客令。瑗琦心里有些冷，这一阵，她们之间的关系改善了一些，可却是过山车，高高低低，起起伏伏。她起身走出了珍妮房间，又有些庆幸没有说出口。她想，自己那段尴尬的过往，还是让它沉睡在时光的尘埃里吧。

她想到了马凌。

5.

她通过辛鸣联系上了马凌。她们约在一家 Panera Bread（餐厅名字）见面。瑗琦早到了几分钟。她觉得 Panera Bread 真是个包容又古怪的地方，就像十年前的美国。她左边坐了一桌子的韩国妇女，像是在开读书会，大家讨论得很积极，有一个像是整过容的女人还带了个娃娃。右边一桌是几个日本女人，轻声细语地说着什么。还有一桌是美国女人，年纪偏大，脸上的皱纹特别显眼。她们小声喝着汤，咀嚼着健康的菠菜培根肉和罂粟籽沙拉，用眼角的余光打量着她。有一刻，她怀疑自己是不是生活在《楚门的世界》那样一个场景里。周围的人都是演员，都是为了配合她而出场的。但她很快意识到这个想法是多么荒谬，多么自我。有谁会真正在乎你呢？你的十多岁的女儿怀孕了，要生孩子了，so what（那又怎么样）？who cares（谁在乎）？那些明星的八卦从来就是二十四小时热度，更何况自己这样的普通人？如果是这样，为什么一直担心外人说长道短？

马凌走了进来，瑗琦慌忙地站起身。上次隔得远，她只注意到马凌还算窈窕的身影，今日近看，瑗琦抽了口冷气。岁月兢兢业业地把痕迹刻在她的脸上，她注意到马凌深深的法令纹和她脖子上的皱痕。自己也一定如此吧，她暗自叹息。

“好多年不见了。”马凌打量着她。像是问候她，又像是自言自语。她的目光依然犀利——依然是牌桌对面那双眼睛。

“是啊，好多年不见，我都不知道你又搬回南加州了。”瑗琦说。

“嗯，没想到我刚过来就和你见面了。”马凌的回答有些冷淡。

瑗琦心有尴尬，暗想你没想到的事情还多着呢。她抬起了头，说：“你知道瑞秋要收养的孩子是什么人吗?”

“嗯？瑞秋……哪个瑞秋?”马凌面有惑色。

“你知不知道她要领养一个孩子，是个少女妈妈生的孩子?”瑗琦绕过了她的问题，而是反问了她一个问题。她们已经不是第一次面对面，为的就是商讨一个孩子的去处。

马凌脸上的诧异没有逃过瑗琦的眼睛。瑗琦读出了那后面的信息：“你知道得太多了。”

“你是说在安德森咨询公司上班的瑞秋吗？她是我的朋友，我的确有听说她想领养一个孩子。”马凌说。

“朋友?”瑗琦笑了，“只是朋友吗?”

“你什么意思?”马凌显然有些不悦，“你这个人也够可以的，一次又一次扰乱我的生活。”

瑗琦有些心虚，当年，她的角色并不光彩，她原本想把她们两个地址一模一样的事实说出来，看她这样，就没有点破，而是直接把她此番目的说了出来：“好吧，你既然是她朋友，我不妨告诉你，那个少女妈妈是我的女儿，是我和……辛鸣的女儿。”她低头喝咖啡，并不敢抬头看马凌。

马凌的脸突然变得有些白，她小声嘟囔着：“天哪，这也太不可思议了。”

是的，怎么可能这样，当年那些狗血的事情一下子又水流汹涌，翻滚而来。

“你说的是真的?”

“嗯，真的，孩子跟我姓，但是出生证上有辛鸣的名字。”她其实包里有一份珍妮出生证明的复印件，她想了想，没有拿出来。

“这是瑞秋自己的事情，和我无关。”马凌突然又恢复了镇静，脸上的慌张没了踪迹。瑗琦倒是慌了神，这和她原先预想的全然不同。马凌的反应如此淡漠，或许她和瑞秋并不是partner？或者她根本无法左右瑞秋的决定？又或者，马凌准备到时候来折磨那个可怜的孩子?

“你今天就是来告诉我这个的吗?”马凌打断了瑗琦的思绪。

“当年，我的确做得不好，请你手下留情。”瑗琦声音放得很低，姿态也放得很低。她意识到，为了女儿，自己身段可以放得这么低，她原是个多么骄傲的人！她的眼睛有些湿润。马凌眼睛里也闪过一丝惊诧，接着是一抹令人难以捉摸的深邃。她没有说什么，而是一口喝完了杯子里的咖啡。“祝你好运，我走了。”

瑗琦看着她远去的背影，一个人呆呆地又坐了良久才走出了这家咖啡店。咖啡店附近是家西联银行，取款机前有个保安，五十几岁的样子，穿着黑色的夹克制服，坐在一个高高的圆木凳上，也没有靠背，他一只脚踏在地上，一只脚踩在凳子的脚架子上，一动不动，像个木偶。她从他面前过，他也不看她，就那样看着前方的空气和虚无。她叹了口气，转身走进了更深厚又更虚无的空气里。

那天和伊万诺维奇中午吃饭时，她忍不住又说起这个孩子。

“我刚发现瑞秋是同性恋。”她注意地看着伊万诺维奇，没有说她、马凌和瑞秋之间错综复杂的关系。

“瑞秋，哪个瑞秋？”他居然问得和马凌一模一样。

“就是要领养珍妮孩子的那个，原先她说是单亲母亲。”瑷琦没好气地说。

“同性恋和单亲母亲哪个更糟，还真难说。”伊万诺维奇说。

“总之我不喜欢，你觉得还有什么好办法吗？”瑷琦说。

“其实……”伊万诺维奇犹犹豫豫地说，“其实，我一直特别喜欢孩子，或者我们两个一起领养这个孩子？”

瑷琦触电似的抬头看他，她以前也认真考虑过自己来带这个孩子，等珍妮大些了再把孩子还给她，但她一想到自己还要一个人辛辛苦苦养孩子就头疼，现在有一个人愿意和她一起做这件事情，她突然有些兴奋了。

“这个主意不错的。”她笑了，她觉得她已经颇有些日子没有笑了。

“其实我上一次就想说。但是你好像有些心思不定，我就没说了。”伊万诺维奇说，“不过，如果是这样，我们就要结婚了，这样才可以正式领养这个孩子。”

“要那么正式吗?”瑷琦有些困惑。

“当然，这个孩子就正正式式是我们两个的孩子了。”伊万诺维奇说。

瑷琦突然发现事情没有她想得那么简单。首先，她得和这个她并没有非常喜欢的男人结婚，然后填一大堆的文书，走繁杂的手续来领养这个孩子。而且，这样的话，这个本来是她外孙的孩子就成了她的孩子……她突然就觉得头大。又是为了孩子，上一次，她执意生下那个孩子是为了和一个男人结婚，现在她需要和一个男人结婚来领养一个孩子。她叹了口气，生活总能甩出一些因果倒置的悖论让人无所适从。

“我先和珍妮说说，看看她的意思。”瑷琦说。

晚上吃饭的时候，瑷琦说起了伊万诺维奇的建议，珍妮有些吃惊:“哦，妈妈，我都不知道你在约会。”瑷琦心里苦笑，你在约会我也不知道啊。珍妮又说:“当然，这个主意不错的，你带孩子我肯定放心。不过，首先，我已经答应了瑞秋，在她没有主动退出之前，我也不好改主意，另外，我真的不希望你为了我而牺牲自己。”瑷琦愣了一下，她想女儿说得委婉，其实是不想自己再干涉她的生活吧，她原本也在为自己领养这个孩子发怵，这回倒是铆上劲了。她想，是时候说出来他们几个人之间的新情旧怨了，虽然她极不情愿触碰那些前尘往事。她艰难地开了口：“珍妮，有件事情我必须和你说，很重要。”

珍妮低头吃饭，并没有抬头：“说吧。”瑷琦深吸了口气，她说得简短而扼要，多少不堪回首的陈年往事不过三言两语就说完了。

珍妮停止了吃饭，抬起了头，呆了半晌：“这是真的？”

瑷琦默默点头：“你是不是觉得妈妈特别糟糕？”

“我不知道……如果你不是我的妈妈，我会觉得很糟糕，的确很糟糕。可是……唉……妈妈，或许你不该告诉我。”珍妮断断续续说着。

瑷琦默然片刻，说：“如果不是为了你，为了你的孩子，我是断断不会说的……”她突然有些被自己感动了，最后，是对孩子的爱战胜了羞耻心。

“妈妈……”珍妮皱着眉头，“很多事情也许并不是我们能控制的。所以，我们都得学着接受。”

“这个是没有办法接受的，我怕瑞秋和马凌对孩子不好……”她突然意识到自己是个多么有韧劲的人，总是憋着劲，让对方接受自己的主意，天哪，这是珍妮口中的控制狂吗？

“或许她们没有那么糟糕，你让我再想想，我的脑子都乱了。”珍妮把手放在饭桌上，眉头紧锁。

“好吧。”瑷琦有些无力地说。她已经做了所有她能做的，她已经把所有能说的都说了出来。她突然觉得命运远比她想象的要诡异，它站在那儿，带着蒙娜丽莎般的微笑，带着薄润如烟的神秘气息，她和它迎头撞上，好像是撞清醒了些，又好像全无长进。

过了几天，珍妮回家说："我和瑞秋说了，孩子不给她抚养了，这个孩子还是让你和你的男朋友来抚养吧。"

瑷琦笑了，笑得有些僵硬，内心涌出一种古怪而沉郁的感觉，自己真的要再辛苦一番，折腾十几年吗？还要和伊万诺维奇结婚！这眼看着就要熬出头，可以空巢，可以放轻松了，这不是自讨苦吃吗？她突然发现，自己并没有自己想象的那么无私。她想起了美国那句俗套的俚语："Be careful what you wish for, you may just get it.（小心你祈祷得到的东西，你可能就会得到它。）"她嗫嚅着说："这个好啊，就是不知道还有没有更合适的人家……"她最后一句说得很轻，珍妮看了她一眼，没有说什么。瑷琦不知道她到底有没有听到。

第二天晚上，瑷琦接到了一个电话，居然是马凌。

"我得和你说一件事。"电话里，马凌的声音有几分缥缈和不真实，"其实，当初的一切都是我设的局……自从我发现你喜欢辛鸣以后，我就知道自己的机会到了。张战那个夏天去外地实习，我谎称母亲生病，也马上回国了，就是给你们机会……"

瑷琦简直不敢相信自己的耳朵！这是真的吗?！为什么，为什么？她想用语言表述一下她的震惊，又或者是她的怨愤，却发现她什么都说不出来。马凌的话像是颗炸弹，她感到了一股来自时光深处的冲击波，她的手在发抖，她知道，如果她现在开口，声音也是抖的。

“我不喜欢异性……这个，你已经知道了。我自己是中学的时候就知道了。可是我根本没有勇气和父母说。我的父母和辛鸣的父母是朋友，我的父母逼着我和辛鸣谈朋友，说这样的好金龟婿哪里找，还是留洋的。我那时只想出国，我也想逃出他们的控制，于是就答应了，我结婚的时候就没打算长久。”

瑷琦半天说了一个词：“天哪！”

“是的，我利用了你，不过，你也是真心爱辛鸣……我只是没想到你们也没能在一起。我说这些是为了瑞秋，我知道她多想要这个孩子。你放心，我们一定会好好对待你的外孙的，毕竟，那也是我前夫的外孙。”

瑷琦依然脑子发晕，“对不起，我得好好想想这些……”她挂了电话。

难道是因为她昨天晚上暗自祈祷事情会有转机，她不需要亲自抚养这个孩子？瑷琦嘴角露出一丝苦笑：“Be careful what you wish for.”

她把马凌的话如实告诉了珍妮。珍妮和她一样惊诧：“不过，妈妈，幸好你把那些陈年旧事和我说了，不然，马凌也不会告诉你这个真相。天哪，这简直太不真实了。”

“是啊，我也万万没有想到。不过我知道，在中国，很多同性恋根本没有勇气和亲朋好友说这个事情……”

“噢，其实这边也不容易的。不过你以后不用内疚了，你原来无意中还做了一件好事。”珍妮说着又皱起了眉头，“可是，我现在该把孩子给谁呢？”

“你现在最重要的是把申请大学的事情抓好。这个孩子，老天让他来这个世界，必定是有它的安排的。我们还有时间考虑。”瑗琦顿了顿，有些艰难地说，“你最后怎么打算我都支持。”她说完这句话，心里有一丝颤。她真的做好准备了吗？

珍妮诧异地看看她，沉默了片刻，说：“嗯，我先不想那么多。现在，我得先把哥伦比亚大学的申请信交上去。”她说着，上了楼。瑗琦看着她慢慢地像个企鹅一样走上楼，心里软软地发疼，不知道是为着马凌的话，还是为着眼前的这个孩子以及这个孩子的孩子。瑗琦一直站在那儿。珍妮走到二楼拐角处，停了片刻，回转身，对她说：“谢谢你，妈妈。”

瑗琦什么也没有说，等珍妮的身影消失在楼梯拐角，她轻轻地用颤抖的手擦掉眼角渗出的泪水。她在回味着珍妮那句谢谢，也在咀嚼着马凌的那些话。世间最具力量的是命运，连时间都打不过命运，时间，不过是命运的道具而已。现在，命运把这枚在时间深河里埋藏多年的炸弹引爆了。

那天瑷琦去西联银行取钱的时候又看到那个保安。这一次，那个木偶一样的保安居然对她笑了一下，早上好，他说。早上好，瑷琦回了一句。他的脸色平静闲适，大概不觉得会有人来打劫，那是多么小概率的事件。瑷琦有些诧异他态度的转变，她突然意识到，刚才，自己像是先对他笑了，是的，应该是这样，是她自己先对这个世界微笑的。她在学着卸下对这个世界的警戒和防备，学着打开自己的心扉，虽然是被拉着扯着不得不如此。这个时刻的世界是可以和解的，这个时刻的自己是张开双臂的。她这么想着，又轻轻地笑了。

冬天到了，南加州的冬天是不冷的，不过是几丝并不透彻的寒意。

圣诞节前夕的一天，瑷琦送珍妮去参加一个活动。“明天就是哥伦比亚大学提前录取发榜的日子了。”珍妮说，像是说给她自己，又像是说给瑷琦。瑷琦知道这是珍妮最想去的大学，但是她什么也没有说，只是看了一眼车窗外半明半暗的山峦。她知道，无论结果如何，她和她都会努力去接受它，接纳它，用足了气力去拥抱它，就像拥抱那个即将诞生，不知性别、也不知道会被谁来抚养的孩子。

浅灰色的凌志行驶在山路上，此时夕阳西沉，车子转了一个大弯，太阳陡然明亮起来，青翠的山峦被薄薄地涂上了一层金黄，天地间顿时变得流光溢彩，光影斑驳交错，万物生长呼吸，眼前的一切都被这瞬间的光亮注入了一种灵动和神奇。“看看这颗美丽的星球！”珍妮眼睛发亮，她用的是英文，Look at this beautiful planet。瑗琦心想，planet，这个词好，星球，宇宙，眼前的一切都放置到了一个更辽阔、更深远、更恒久的大宇宙的背景里，比起来，人心是多么渺小、多么莫测、多么善变。瑗琦不由看了看珍妮那已经圆滚得像一个小星球一般的肚子，那里正在孕育着这个浩瀚无垠的宇宙里又一个小小的生命，那是神灵赐给每一个母亲最奇妙的礼物。

* 双棱镜里的夏天 *

1.

我在云端俯瞰大西雅图地区。暗青色的城，黑蓝色的湖。是华盛顿湖吧，海一般辽远。湖的西岸是西雅图，东岸是贝尔维尤，两个城市如双子星一样在湖的两岸遥遥相对。几座长长的大桥把它们连成一体。水绕着城，城依着水，水和城交错融汇，一直延展到天边。

我走出安检口，晚风翦翦而来，若远若近的天际是层层相叠的晚霞，一层暗红，一层鹅黄，一层淡绿，有些像菲涅耳双棱镜实验形成的干涉条纹。西雅图的夏夜是温凉的。机场等候区都是一个个低头看手机的旅人。我叫的网约车很快到了，是辆本田雅阁。车子很快上了高速，司机是个白人老头，并不太言语。这样最好。我给小米打了个电话。我们简单说了几句，约好明天晚上见面。放下手机，我呆呆地看着窗外。本田雅阁在车流和灯影里穿梭，我突然就很迷惑，这是哪一座城市？北京，硅谷，还是西雅图？一样的灯火辉煌，一样的川流不息，我生出了一种人世苍茫之感，唯一确定的是这不是家乡的小城。我想起了故乡燠热的夏天。恍惚之间，许多的夏天如萤火虫一般簌簌扑面而来又匆匆飞奔而去，我在心底暗自叹息，那些回不去也抓不住的夏天啊……

好多年前的夏天，在南方，故乡的小城，我第一次见到小米。那天日头是明晃晃的，我站在顶楼的阳台上往下看，她刚好抬起头，我便看到一张圆圆的脸。她低了头，在白花花的阳光地里一路走来。她穿着荷叶边的青绿色连衣裙，像水波斑斓里的一片荷叶。我看着那团碧绿在光影斑驳里闪进了我们这个单元。我侧耳倾听，一层一层，我听到她居然爬到了顶楼。我走到门后，透过门缝看着那团绿进了她家的门——我家的对门。

我转回身，对母亲说，对面的邻居搬进来了。

噢，母亲应了一声，那天她做了红豆粥，去，端一碗给新邻居。

我小心翼翼地端了红豆粥，轻轻地敲门。

一个和母亲年龄相仿的中年女人开了门，她戴着眼镜，很厚的镜片，她的眼睛很大，有一点点的凸。谢谢你啊，她笑着说，知书达礼的样子。穿绿裙子的小姑娘从她背后探出头，我于是看到了她，大大的眼睛，圆圆的脸，她的眼睛可真大，而且也不凸。她看起来真像个幸福的公主。

我们略微交谈了几句，我于是知道她叫小米，和我同年，比我小几个月。

我以为我们会是同学。然而却不是。

我上的小学离家很近，家园小学，是一个二流小学。小米上的是小城里最好的小学，阳光小学，离我们住的地方很远。

我每天走路去上学，有时候走在路上会看到小米坐在她父亲的凤凰牌自行车后面。她跟我打招呼，欣云！我轻轻地哦一声，低下头，踢着地上的小石头。

我一点也不喜欢我上的小学。那个小学的校长眼睛是斜的，她看着我的时候我以为她在看天。你们这些复员军人的孩子，读书都不行。她说。我也看着天，心里气呼呼的，但是只能抿着嘴什么也不说。学校周围是一条窄小的巷子和一座座老式的民宅，漆黑的屋檐，墙沿是一道道深色的青苔，层层叠叠，踏踏实实地记录着时光的纹路。巷口有卖麦芽糖的画糖摊子，还有一个个透明坛子，里面装满了红彤彤的酸萝卜片，五分钱能买一堆，那大概是我唯一喜欢的东西。

我每天下了学就是疯玩，满山遍野地跑。后山那时还没建房子，山上有很多桃树，到了春天，桃花灿烂，枝枝串串地徜徉，还有各式各样的野果子，枇杷、桑葚、茶泡、野山莓……刺梨熟了是朱红色的，上面全是刺，去了刺，吃起来清甜。野葱是细小的一丛丛，拿回家炒鸡蛋特别香。小米不出来玩，她母亲每天督促她在家里做作业。我在家里隔着墙都能听到她母亲大着嗓门要她做这做那。

我有一次经过阳光小学，在小城里最繁华的路段，市委大院的对面。教学楼是六层的高楼，外面的蓝色玻璃亮闪闪的。不像我上的小学，原是一个破庙，后来在旁边加了一排简易的平房。我想象着小米坐在窗明几净的教室里听眼睛不斜的老师讲课，心里泛起酸萝卜片一样的酸意。

第二年，我妹妹和小米的弟弟也都上小学了，也都去了他们各自的姐姐去的学校。

我问母亲，为什么我们不去阳光小学?

母亲叹气，你以为谁都能进阳光小学？那要靠关系的。

我愣住了，不再作声，我知道小米的父亲是单位的副局长，而我的父亲只是一个小科长。

你加油考个好中学吧。母亲说。

我撇了撇嘴，没有说什么，心里却攒足了劲。我要和小米上一样好的中学，我跟自己说。

我知道小米成绩很好，我的成绩也不错，可是我上的是二流小学。我于是加倍地努力念书，也不往后山疯跑了，尽管我很想念刺梨的香脆和野山莓的清甜。我老老实实坐在家里看书，我知道自己并无别的路子。那些让我们酸涩的东西也让我们洞见了光亮。酸涩里浸润着一粒种子，这样的种子在有酸度的培养基里生根、发芽，倔强地探出头，在那束微光的拨动和照耀下，一路流转、生长、填灌。要到多年之后，我才知道，那样的酸涩同时也在腐蚀着同一粒种子。

小学毕业的那个夏天似乎是没有尽头的，我在焦急地等待录取通知书。终于，那粒种子在无尽之夏聒噪的蝉声里收获了第一个成长季节的饱满。我考上了市二中，这个小城两所重点中学的一所。小米没有任何悬念地考进了市一中。那是两所紧挨着的学校，邻居，就像我和小米的家。

初中三年，我们平日在各自的学校里上学，并无太多交集。然而早上我们有时候会坐同一辆公交车，在同一站下车，亦是朝着同一个方向行进。我们会一路说着话并肩前行，到了二中门口，我们挥手作别，小米继续前行。我看着她的背影，有些庆幸我们没有在同一所中学上学。上天大概觉得我们已经住得够近了，如果还在同一所学校，日日相见，大概是有些多了，多到我们会穿起自己的盔甲。这样还好，我们都有喘息的机会。

到了暑假，我们会在一起玩耍。

有一次，我们去附近的一家子弟学校打乒乓球。水泥的台子一溜地排开，每个台子四周都围了好多的孩子，他们的眼睛盯着那颗小球，那么专注，就像今天的孩子盯着手机。我的拍子是普通的单胶球拍，小米用的是红双喜的拍子，有两层胶。但是小米不如我灵活。我上蹿下跳，喜欢逗着打，左边一下，右边一下，小米打不过我，三局下来，她都输了。我心里是得意的。她放下拍子，手按在台子上，看着我不作声，我不知道她有没有生气。

有一天我们一大帮孩子又约了去打乒乓球，半路上看到有个骑自行车的男人后面驮了一袋黄豆，袋子破了口，黄豆一路撒。我们几个就捡了，乒乓球也不打了，直接跑到我家把豆子炒熟了，加点盐，可真香。大家一抢而光。

小米说，你妈不生气？

生什么气？我诧异地问。

这么多孩子来你家。她说。

我想起自己是不大去她家的。她的母亲章阿姨似乎是不大欢迎别人的。那时候总有要饭的来我们这里讨饭，据说是他们的家乡发了大水。有一次有个男人来我家讨饭，母亲给了他一些米。那人转身去敲对面的门。母亲努努嘴，轻声说，章阿姨是不会给的。我透过门缝看，果然章阿姨开了门看到是讨饭的，立刻就关了门。我转过身去，暗想，上帝造人的时候是怎么想的，一个人可以同时那么知书达礼又那么吝啬苛刻。然而我又有些不屑母亲的行为，她这么做是证明自己更高尚吗？

那时的暑假怎么那么悠长，我们也不需要补课，就是很少的暑假作业也都很快做完。我那时有个同学，父亲是摆书摊的，我喜欢看书，总是去他的摊子坐好久。他有时候也让我多看几本。有一天，我从书摊回来，突发奇想，对小米说，我们去摆书摊吧，把我们两家的书凑在一起，出租！小米连说好主意。母亲把我拉到一边，说，你要在自己的书上写上名字，到时候好认。我看了母亲一眼，我的母亲是个普通的女人，但有时候会说出让我吃惊的话。

我们两家的书和杂志凑在一起不老少了。我们找了张塑料布，在我们单位大院外面的一棵法国梧桐树下铺开，把书和杂志一本本摆好。多年以后，我总会记起那一幕，两个小姑娘一人一个小马凳，比邻而坐，眼巴巴地盯着每一个路过的行人，阳光透过梧桐叶子洒下丝丝缕缕的光羽，照着她们充满希冀的脸。然而那些人都是行色匆匆——就像这世界上所有的过客。偶尔会有人边走边瞅上书摊一眼，更多的人看都不看，只是往前赶。我和小米都好失望。好在旁边有个理发店，店老板是个二十多岁的年轻人，显然手艺不精，生意也是不好，总来我们这里租书看，他租得最多的就是《知音》《故事会》这样的杂志，也总是看得很快。他给钱的时候是我们最开心的时候。然而他很快也把我们的书看得差不多了，除了他，我们也没有别的客人。这样子没多久，我们就没干劲了，书摊就散伙了。

那天我去小米家准备把书拿回来。我敲门，听到一个羸弱的声音说，进来。门没有锁，我进了门，没有看到小米，也没有看到章阿姨，只看到小米的奶奶。屋子里很安静，似乎只有她一个人。天色将黑未黑，光影晦暗倦怠，她坐在客厅沙发靠墙的一角，靠着沙发，暗黄瘦削的脸上有深深浅浅的褶痕，看起来如一朵正在枯萎的菊花。

我看到沙发一角那个纸箱子，说，我的书在里面呢，我可以去找出来吗？

她并不作声，只是点了点下颌。我便弯下腰去找书。

这是我的书，上面有我的名字呢，我拿回家了。我指着书上的名字给她看。她也不看，只是微笑点头示意。

那我走了啊。我说，转身朝门口走去。

你们两个要一起走很远的啊。她突然说了一句话。我回转头，看着她，她的嘴是紧闭的。我疑心那话不是从她的嘴里说出来的，然而这屋子里并没有别的人。她还是那样靠在沙发上，神色自若。我什么也没有说，走出了小米的家，奇怪的是那句话留住了，从此再也拂之不去。在以后我和小米分分合合、交错遗落的岁月里，那句话总是会从时光深处浮出来，让我心安，又让我心慌。

那之后不久她奶奶就去世了，章阿姨哭得很伤心，厚眼镜片后面的眼睛是红的，也更凸了。我听说，小米的父亲母亲其实是表兄表妹，小米的奶奶就是章阿姨的亲姨，怪不得她这样伤心。我记得小米奶奶的样子，坐在暗处，不作声，脸上带着笑。

2.

初三的时候我母亲让我去考中专。你到时候真想念大学了还可以再念嘛，带工资念大学，就像小米的爸爸。我母亲说。小米的父亲去省城的大学念成人大学，她父亲是个很努力的人，原来也是和我父亲一样的复员军人，但是他能吃苦。他放暑假回到小城的时候，我父亲几个人去看他。他说学得很费劲，但是咬咬牙就坚持下来了。

我中学几个要好的朋友都要去考中专，她们的成绩也都很好，都是班上前十名。我去问小米，你考中专吗？

为什么要考中专？我要考大学的。我妈妈说要我跨长江，过黄河。她笑了起来，圆圆的脸像朵向日葵。我仰望着向日葵，觉得章阿姨的眼镜不是白戴的。我的母亲人很好，可是见识和志向比起章阿姨差得太远，一个人戴了眼镜真的是不一样了。

我跟母亲说，我要念高中，不然到时候小米念了大学，我没有，我会很难受的。

好吧。我的母亲不再坚持，你不要和她比，人比人，气死人的。我想母亲大约是对的，但是她不知道那粒酸涩的种子已然在我心里扎了根，四处膨胀。小米是向日葵，是我仰望的方向，是棱镜里反射出的微光，光影斑驳，挤进我少年的心，从此影随光动。那些更迭的光影，交错盘结，飞旋掠动，在变幻莫测的时间的河岸上追随着我们，不停歇。

我们依然是在各自的学校上着高中。小米继续做她的好学生，章阿姨是很愿意和我母亲说起小米的事情的，小米评上了市三好学生，小米又拿了年级第一名。章阿姨是很以她为自豪的。有一次吃饭的时候，母亲说，看起来小米真的要跨长江、过黄河了，你不要和她比，你能考上南昌的大学我就很高兴了。我气鼓鼓地抬起头看着母亲，不要比你就不要说啊。母亲忙不迭地说，哎呀，我说错话了，说错话了。我重重地摔下碗筷，看着窗外浑浊翻涌的赣江水和江岸一排排灰旧的楼群。它们影影绰绰，湮没在这座小城暗淡的灯火里。我要离开这个城市，我暗暗地对自己说。

我的高中班主任是个刚从师大毕业的年轻人，很有干劲，他发誓要去每个同学家家访一次。他到了我家才发现我的对门邻居章阿姨是他的一个远房亲戚。他跟章阿姨说起我，学习也很好，章阿姨很吃惊地看着我，她知道我的学习不错，但是她从来不觉得我能跟小米抗衡。其实那时的我的确不能，我在班上能排到前五名，年级能勉强挤进前二十名。照这个水平，考到京城是不大可能的。我知道这个年轻的班主任把我拔高了。她有潜力的，班主任说。母亲低着头说，哎呀，她比小米差远了。噢，章阿姨又看了我一眼，厚厚的镜片后面闪了几闪。我看看母亲，又看看章阿姨，心里有些发虚，有些高兴，又有些酸楚。我想，我得努力，我得配得上班主任的话，我得让我的母亲抬起头说话。那一个学期，我头一回考了班上的第一名，年级也挤进了前十名。班主任很高兴，瞧，我没说错，你有潜力的。只有我自己知道，那力量的源泉来自那厚厚的镜片折射出来的光亮。

小米的父亲从成人大学毕业回来后不久就升成局长了，章阿姨说话的时候下巴扬得更高了。可是没过多久，我在楼道里碰到她的时候，她却是低着个头，也不理睬我。有时候，我听到隔壁小米的父亲和母亲的吵闹声，有一次，我听到碗摔在地上的声音，清脆脆的。

小米就到我家坐。我母亲给她拿了一杯绿豆沙。她坐在那儿，好像比以前更沉默了。

我真羡慕你。她跟我说。

我？我吃惊地看着她。她什么都比我好，学习比我好，父亲的官比我父亲官大，连皮肤都比我白。

唉，她不说话了，盯着那杯绿豆沙。

我也不好说什么。

我要离开这个小城，她突然又开了口，我早就想离开它了。她的眼睛里有一种决绝。

我吃惊地看着她，原来我们想得一模一样。

我后来知道她的父亲是在外面有了个情人。其实不奇怪，他官大，又念了大学，样子也高高大大，经常在楼下的篮球场打篮球。

再后来，我就不知道怎么回事了。总之我们都知道她的父亲母亲是不会离婚的，他们是表兄表妹，后面的关系牵牵绊绊，断不掉的。

一转眼就进入了高三，班上整个的气氛都变了，平日下了课嘻嘻哈哈的几个调皮男生也不太说笑了，每个人都知道前面有一场恶战。高三上半学期快结束的一天，我放学回家，在二楼就听到章阿姨在楼道里高声说，哎呀，主要是小米自己运气好呢，北京大学计算机系，哪那么好进的，他们一中就一个保送指标，就给了她了。母亲在一旁附和，那主要是小米优秀，可不得保送最好的学生？

我走到四楼，看着她们。章阿姨说，欣云你加油，到时候和小米一起去北京上学啊。

她不行的，她哪能考到北京啊。母亲在一旁说。我狠狠地盯了母亲一眼，也顾不得和章阿姨客套就进了自己的家门。

晚上母亲来我的小房间，她坐在我的床沿，轻声说，我知道你这个孩子好强，可是在人前要示弱的，再说，人要有些肚量的。

我抬头看母亲，心想，母亲其实比我想象的有见识。

嗯，我应了一声，继续看书。

过了一阵，我辗转从班主任那儿知道，原来小米一开始保送的不是计算机系，但是小米的父亲是局长，有门路，给来面试的北大老师安排得特别妥帖，找了高级轿车，一路陪着他们到下一站九江，又请他们帮忙给小米改了一个系。

唉，别说是花钱花时间，要是你能保送北大，我就是给老师下跪也没问题的。母亲说。母亲原来是棉纺厂的女工，几年前被买断工龄了，现在开了一家卖烟酒和油盐酱醋的副食品小店，每天累得要死要活。

我听得心酸，又难受又感动。妈，我加油，不用你做什么。我还想说我要努力跨长江、过黄河，但我终究没有说。母亲说，我知道你这个孩子省心的。

我那几个月发狠似的拼命看书、做题。那之前我从来没有奢望过考到北京，但是小米保送北大像是一柱强光源，那样的光亮发射出的光子源源不断、不屈不挠地在我的血液里沸腾燃烧，让我变得格外亢奋。

有一天晚上，我看着书就趴在桌上睡着了。我醒过来的时候，母亲坐在我对面，看样子已经坐了很久，唉，你不要太辛苦了，我们对你要求不高，你也不要为难自己，给自己那么大压力。

我揉揉眼睛，接着低头看书。

其实啊，你已经比我运气好多了，你好歹总能上个大学吧，我那时候连考大学的机会都没有呢，那时候都体检了，结果“文化大革命”取消高考了……唉，人呢，都有个命吧。

好了，我知道了。我不耐烦地说。我想，母亲实在还是个没有大志向的人。母亲还在絮絮叨叨地说着，暗淡无光的头发在灯光下更加黄涩。我心里一凛，我不要这样的未来，我要改变自己的命运，我觉得自己像是站在一个高高的悬崖之巅，我需要奋力一跃，彻底地与现在的生活做个决断。我听到了悬崖下大海的喧哗。

那是个苦夏。我已记不清那个夏日的蝉声是浓稠还是寂寥，我的心思全在即将来临的那场考试，别的所有都视而不见，听而不闻。然而我却记得母亲找了干黄连给我煮水喝，说是可以祛暑。她用白瓷的海碗盛了黄褐的水给我喝。草木的清气四散，然而入口却极苦，我差点吐出来。

高考前一晚，隔壁邻居家的音乐声特别响。小妹说，章阿姨故意的吧，姐姐这样怎么休息？母亲犹豫了很久，终于去敲了邻居的门，我听到她低低的请求声，更加心烦意乱。我久久无法入眠，思绪如光线一般雪亮，我在焦急地等待黑暗降临我的头脑，把那雪亮埋藏。然而越是等待，越是清醒，我的整个脑袋和整个世界都是雪白一片。我几乎一夜未睡，第二日清晨整个人处于一种高压下。我就是在这样的高压下撑过了三天。我觉得再多一天，我紧绷的弦就要断了。

那样的苦我再也不想受第二遍。然而接下来的等待更是苦涩漫长，比黄连水愈加苦涩，好在，苦涩之后是回味悠长的清凉。当我终于等到我的分数下来的时候，我已然笑不出来也哭不出来了。然而我的确是那次高考之后开始相信奇迹的，我破天荒地超水平发挥，考了全校第一，我过了北大的录取线，但是没能录到计算机系，我进的是物理系。

我一直是记得小米的奶奶那句话的，你们两个要一起走很远的啊，我甚至相信，是她的奶奶在冥冥中保佑我高考顺顺当当。我知道这很没有道理可言，我不知道自己为什么会对她奶奶有那么多好感。

3.

章阿姨知道我被北大录取的时候，厚厚的眼镜片后面的眼睛更凸了，她不再提我和小米一起北上的事情。我们各自安排着北上的行程，但是就是这么巧，我和小米是同一列火车进京。

我坚决不让母亲父亲送我，母亲有些难过，我狠着心，没有松口。其实母亲根本也走不开，她要时时打理她的小店。送行那天，绿皮火车缓缓开出小站时，母亲扶着月台的柱子哭泣，我终于没能忍住自己的泪。我恨自己为什么那么决绝。我斜对面坐的男生递过来一块纸巾。他叫唐恒，是和小米一个中学毕业的，考上了清华自动化系。我和小城另外几个考上北大清华的同学一起北上。我们几个坐的是硬座。

到了晚上，小米过来了，她坐的是软卧。走了好几节车厢才找到你们呢，她说着，圆脸上的大眼睛扑闪着，她穿着白色的乔其纱连衣裙，露出白白的有些肉乎乎的胳膊，她可真像一个白雪公主。

我们一起打牌，打一种叫真话假话的牌，对家手里的牌，你说是真的还是假的，说对了，对方留着，说错了，你拿走，看谁手里的牌最先脱手。唐恒喜欢猜我手里的牌，而且总是猜错，最后拿了我一堆牌，他有些丧气。小米不打牌，就坐在旁边看我们打，大眼睛总是停留在唐恒身上，就像一只停留在花瓣上的蝴蝶。唐恒样子不错的，只可惜他戴着眼镜，镜片有些厚，这让我想起章阿姨的眼镜。我的牌最先脱手，我看着唐恒笑了，笑得有些促狭。小米有些无精打采，看着黑魆魆的车窗。我觉得我们像是穿行在一个没有尽头的时光隧道里，她说。我看着她，没有明白她想说什么。好文艺啊，唐恒笑着说。她没有说什么，过了会儿，她说，我回我的车厢了。我看着她白色的身影消失在车厢尽头，心底涌起一种莫可名状的滋味。

开学后不久他们一中的北大清华的同学组织老乡聚会，又把我们几个二中的老乡也喊了去，一大帮人准备骑车去天安门广场看升旗。我没有自行车，就说不去了。唐恒说，或者你可以坐我的后座。我有些尴尬，还没说话，小米开口了，要骑两个多小时呢，很辛苦的，我可以帮欣云借一辆车。她平常是公主，都是别人伺候她，一下子成了鞍前马后的热心人，我有些诧异，又有些感慨，爱的力量啊。那天唐恒对我的热情和小米的失落形成了一个外人一眼就能看出来的三角关系。于我，那是一种陌生的感觉，小米一直是站在高处的，她家里条件比我好，学习比我好，甚至她的弟弟，也比我的妹妹学习好，我是多么努力多么侥幸才挤进和她一样的学校。但是在这个著名的园了里，她居然输了我一局。我心里涌起一种陌生的站在高处的感觉。后来我曾问过唐恒为什么。或许，因为你是长脸，而小米是圆脸，他说，我一直都喜欢长脸的姑娘。多么独特而又古怪的理由，我要感谢我的父母给了我一张长脸吗？

我并没有特别喜欢唐恒，不过我也不讨厌他，大概更主要的是，他是小米喜欢的人，想到这一点我就有些兴奋，甚至有一种隐秘的快乐。我没有想到曾经盘踞我心头的酸涩居然可以这样浓烈，甚至是有些刺人的浓烈。我要唐恒把厚厚的眼镜换成博士伦，他答应了，我于是和他开始交往，或者说，约会。我总是让他来31号楼找我，我知道小米或许会躲在她宿舍的窗后看到这一切。周末的时候我带唐恒去北大图书馆自习，去小米常去的学生第四食堂吃饭。有一次我们在学四碰到小米。我拉着唐恒走上去和她打招呼。你好，小米。我的脸上带着笑。唐恒的眼睛看着窗外的连翘。好久不见，小米微笑，不动声色的样子。我下午有个课，先走了啊。小米又说。她转身而去，她居然还是穿着上次在火车上那件白色乔其纱裙子。唐恒盯着她的背影看了半天。吃饭了，我没好气地说。

我和唐恒好了一个学期就分手了。唐恒是个聪明人，他大约也察觉到了什么。你不要欺骗自己，我也不要欺骗自己了，他用手推了推鼻梁上的眼镜——他又恢复戴眼镜了。我没有说什么，我其实是个慢热的人，我慢慢地喜欢上了他有些天真的笑容，我甚至觉得他现在戴厚眼镜的样子也不错的，但是我居然什么都没有说，一个人在宿舍里翻看他给我照的相片。他喜欢摄影，给我一学期照的相片比我后来三年半加起来的都要多。可是我也没有去找他，我是个多么倔强的人啊。扯不烂撕不破的牛皮筋，我讨厌我自己。

我没有去找唐恒，却莫名其妙地去了小米的宿舍。我们的宿舍都在31号楼，也都在三楼，我在东头，她在西头。说起来，也不过一分钟的路途。然而这一分钟的路途，却是世界上最遥远的距离。除了刚入学我们到彼此的宿舍坐了一坐，我们再也没有踏足过彼此的宿舍。或许这世界上心和心、人和人，是不能以物理距离来计算的。我在想，我们还是不一样的人，又或者，我们太近了，太熟悉彼此了，从小就是对门。我总觉得她是公主，没有办法靠近，大概潜意识也不想靠近，尤其我们之间又有了一个唐恒。

小米有些吃惊我的到来。

最近在忙什么？我问她。

转系，我准备转中文系。她的神色很平静，这倒很让我吃了一惊。

计算机系多好啊，你妈同意？

她自然是不同意的，我已经做了好久她的工作，不管她了。

我点头，我能想象章阿姨的样子。

你知道的，计算机系比物理系难进，她一直很骄傲的，他们大人是有互相比的。她突然开口说了这么一句，倒让我很吃了一惊，我没想到她这样坦诚，心里一动，前言不搭后语地说，我和唐恒分手了。

噢，她脸上没有什么反应。

我愣在那儿不好再说什么。说什么呢？难道她还会去拾我的牙慧？我真是太天真了。

她自然没有去找唐恒。她是白雪公主，她的骄傲和倔强一点也不比我少。后来，我才慢慢意识到，岁月已然把我们锻造得如此相似，或者，和岁月毫无关系的，我和她，一生下来骨子里就是如此相似。尽管我们看起来如此不同，她是圆脸，我是长脸；她看起来冷静，我看起来冒进。

我大概就是个比较冒进的人，我居然想转计算机系，尤其是那学期做了那个双棱镜实验以后。这个实验的目的是观察双光束干涉现象，测量纳波的波长。实验要求把那几个光学元件，双棱镜、钠灯、单缝、测微目镜、透镜调到等高共轴，我怎么也调不好，接下来干涉条纹的调整我也不得要领。我的动手能力太差了，我大概是物理系实验最差的学生，甚至可能是上下十年最差的，我沮丧极了。我总觉得自己是侥幸混进北大的，物理系这些年招的学生不如 80 年代的牛，可还是有很多大神，奥赛金牌得主就有好几个，我混杂其间，学得也费劲，真是太痛苦了。但是计算机系更难转，本来就是北大招分最高的系，能转进来的都是各系的尖子生，我两头奔波，自己系的功课也没考好，《概率》差点没及格，那个学期真是生无可恋，我觉得自己差不多就要抑郁了。

我居然又去了一次小米的宿舍，她已经转到了中文系，但还是住在计算机系的宿舍。

你看起来好郁闷啊。她说。

嗯，我没好意思说自己的事情。

我们去故宫玩吧，她提议。

我表示同意，来北京念书，故宫，怎么都得去一次吧。

那个夏天就纠缠着故宫的深红和明黄沉淀在我的记忆深处。记忆里京城的那个夏天是温暖的，是的，温暖，不知道是不是和故宫的红墙黄瓦有关，都是暖色调。我和她并肩在人头攒动的人群里穿梭。我们两个失意的南方小城的孩子，在这座森严的城池里仰望着高墙和高墙之上澄清湛蓝的天。我们的心情都轻快了起来，我们甚至说起了家乡话。我终于开口说起了自己的烦恼，她也说起了转到中文系之后诸多的不顺。中文系并不是她想象的文学系，好多课比计算机系的课还枯燥，还要补好多的课，有可能要延长一年毕业，她边说边叹息。

平生第一次，我和她有了惺惺相惜的感觉，我们终于站在了同一个高度——或者说低度，我们都正处在一个人生的小洼地。我们都是那么用力才得以逃离那座南方的小城，我们都是那么努力地想在这座冷冽的北方的城市里找到自己的位置。以后的日子，我会想起我们在故宫里坦诚的交流，而同时也意识到，或许只有这样的境况才能让我们真正地靠近。

那之后，我们会一起去食堂吃饭，一起去大讲堂看电影。有一次，我在澡堂碰到了她。她站在一个莲蓬头下洗头发，氤氲的水汽里，我看到她高耸丰满的双乳，我低头看看自己比飞机场高不了多少的胸部，心底的自卑四处蔓延。

暑假从北京回到小城，就像转换到另外一个世界。清晨天刚麻麻亮，就能听到自行车铃铛声、车喇叭声、邻居的高声喝骂声从四面八方汇流而来。我站在阳台上，低头看到楼下的小街铺已经炊烟四起，蒸馒头、蒸包子、糖炒栗子的香气四处弥漫。而母亲已经早早起床去打理她的店了。我吃了早饭也去了母亲店里。她请的一个伙计夏天回了老家，我整个夏天都在店里帮忙。那天母亲要我和她一起去南坡岭的批发市场进货。我们买了很多货，一坛坛的酱菜，一箱箱的料酒、陈醋，都很重。那是个小坡，母亲在前面用力地蹬着三轮车，我在后面推。我喘着粗气把车子推到坡上时，正好瞥见不远处的小米。她挽着章阿姨的手，像是在逛街。她看到我的时候，慌忙地别过头，我的脸唰地一下就红了。那一幕成了那个夏日最深的印痕，一种比自己的平胸更深切的自卑寻了我来。我抬头看天，夏日的天空布满了鱼鳞般细细的云，每一片都那么纤细、脆弱，就像一辈子缠绕不去追随着我的自卑。

我后来有出国的想法很大程度上是因为华剑。他是比我高一个年级的师兄，他那时候已经拿到了纽约州立大学石溪分校的奖学金。我虽然成绩平平，但是样子还行，其实在女生数量是个位数的物理系，只要是个女的，基本就会自动配备一个男朋友。我是去他宿舍买高等数学教材的时候认识他的。他当场就说把书送给我，不要钱了，这一点让我对他颇有好感。他后来不仅把所有的教科书和俞敏洪的红宝书送给了我，还把他那辆破自行车送给了我。那时候校园里有偷车贼，我都丢了两辆车了。那是他在北大的最后一个学期，我们迅速定下关系，这自然是我们对上了眼，不过也是因为我们各有各的小算盘。我看中了他马上要出国，最不济我可以和他结婚出国，他呢，则是听说国外不好找女朋友，着着急急要在出国之前把这件事情搞定。

其实我认识他之前就已开始准备 TOEFL（托福）、GRE（留学研究生入学考试），但是因为自己成绩平平而总是没有太上心。华剑给我鼓劲，也给我不少实质性的指导。我的成绩单不漂亮，但是我的 GRE 和 TOEFL 都是高分。那时候，美国的网络比国内发达，他到美国以后，可以找到很多讯息。他帮我找那种看重标准化考试分数的学校，又帮我改文书，帮我写信给系里请求免申请费，这样就可以多申请几所学校。整个申请过程我就像在绸缎上滑行。当燕园的迎春绽放出第一缕鹅黄时，我顺利拿到了亚利桑那州立大学的奖学金。那粒种子还在生长膨胀，我收获了又一个成长季节的饱满。那个初夏，我和华剑已经决定要去杜克大学，华剑转学到杜克的计算机系，我去物理系。让我们一起去南方吧，华剑在信里说，他是广东人，实在受不了新英格兰漫长严寒的冬季。

小米却是不顺。她成绩不错——她是个多么好强的人啊，转系后她一点点赶了上来，在中文系成绩名列前茅。按成绩是可以保送北大中文系的硕士的，哪知她的保送名额却被别人拿走了。据说那个人的家里非常有背景。在家乡的小城，小米是有些特权的，她的父亲已经做到了总局的一把手，然而在京城，全无用武之地。她立即动身去了上海，最后总算落实了保送上海交大的研究生。我那时候只觉得交大也是很好的学校，后来才渐渐知道，交大的中文系和北大的中文系，不能比的，她去那儿，实在是有些虎落平阳的意思了。

那个夏天于我是轻舞飞扬，是江畔烟笼的柳枝，是浅浅的满怀希冀的绿，于她却是诸多不平和郁怨。我离开小城动身去大洋彼岸的前一晚，章阿姨和小米意外地来了我家。我们已不再是邻居，她们早些年搬去了总局的大院，我家还住在分局，虽然也是换了地方，房子比起总局是差了许多的。

章阿姨带了很多水果，苹果、葡萄，苹果很大，葡萄是有些酸的。以后，你到了外面是要帮着我家小米的啊。她带着笑。我总觉得那笑是有些假的，我承认我有些偏见。但是，是谁说过的，偏见是极端的真理，真理又不过是庸俗的偏见而已？

小城的夏夜依然燠热，法国梧桐旁的路灯依然昏黄，阳台上看到的赣江依然宽阔而汹涌。我记起那时候的夏天，我和小米赤足一起蹚过清澈的河水，去赣江中央的江心洲游泳，我有些感慨。然而小米并不怎么言语，我看不出她在想什么，我于是也没怎么言语。她们坐了不多久也就走了。母亲却还在唠叨，你们这么多年的邻居，又在同一座宿舍楼住了四年，缘分不浅呢。

缘分，缘分是个多么古怪、神奇又执拗的东西啊，就像我们的脾性，扯撕不破的牛皮筋，剪也剪不断。那是我在这番分手，十年后硅谷再一次相遇时深深的感受。

那时的我，全然不会想到十年后我们的生命轨迹会又一次紧密地相连。那次短暂的相见之后，我们各奔东西，然后，我们之间是虚空的很多年。我们各走各的路，我知道她在哪儿，她也知道我在哪儿，但是我们彼此没有联系。就像平行的两个宇宙，却总有信息在两个宇宙之间转换、穿梭。

我那时候先是在杜克物理系，很快就转到了计算机系。我早就不想学物理了，申请物理系不过是块跳板。毕业的时候赶上好时候，就在 RTP（罗利、达勒姆、教堂山的研究三角区）找好了工作，华剑比我先毕业，也是在 RTP 工作。我们住在凯瑞，华人很多，房子也不贵。除了夏天有些闷热，凯瑞是块温润的玉，山是清绿的，那么纯净的绿，罗利湖是静谧而怡然的，山间水边的树，笔直地茂盛着。我们最喜欢的是去大烟山国家公园野营，住在小木屋里，森林深处，常有柔软磅礴的云雾缭绕。最妙的是，春末夏初之际，山里会有一群连着一群密密叠叠的萤火虫，扑面而来，亮闪闪的，像是进入了一个童话世界。我们两个在美国南方的这个城市住了很多年，我们买了房子，生了孩子，拿了绿卡，就像很多的留学生那样。

我常给母亲打电话，到最后，顿一下，母亲就会给我说些小米的事情。我其实并没有开口问，母亲实在是了解我。我于是知道小米念了研究生也出国了，在加州大学圣地亚哥分校念书，先是念的东亚系，后来又转到了计算机系，毕业后去了硅谷的一家公司。一年后，这家公司被我在的那家公司买下了。

她那家公司和我那家公司合并完成之后，我特意去公司的网页查她的信息，她的职称，她的照片，很少的讯息，我看了很久。我久久地看着照片上的她，大眼睛、圆脸庞。我看着那张十岁时就相知相熟的脸，像是看到时光变成一张黏稠的丝丝缕缕相连的网，将我们慢慢收拢。

这之后不久，我们在公司的对话系统里聊了一次。我已经忘了是谁先发起的对话，大概是她。我们聊的都是家常，我焦急地等着她发过来的每一个信息，想知道更多关于她的信息，我们用这种无声的文字对话完成了我们多年来第一次交流。我倾听着来自时光深处的寂静之声，那些纯真的，美好的，隐秘的，酸涩的，各种滋味汹涌而来。我看到时空之城里我们的轨迹再度重合，我只是没有想到我们会有更紧密的对接和交错。

那次对话不久，华剑换工作去了硅谷，我在公司内部换工作，辗转多个部门，最后换到了小米在的那个部门。那时候，金融危机已露出端倪，公司外部招聘早已停止，内部变换也是非常困难，所幸我的职业导师帮了我，我的这个导师是个美国白人，非常强势的那一种，他被空降到小米原来那家公司做头儿，大概也是想安插一些自己的人，就费了气力帮我调到了那个部门。

4.

那个夏天，时隔十年，我们又见面了。我在我的新办公室没坐多久，就听见门口一个熟悉的声音：欣云！我看到门口的小米，圆圆的脸庞上带着笑，还是有些肉的胳膊，只是已经不如小时候那么白了。我站起身，我们微笑着伸出手，给彼此一个大大的拥抱。她越来越会打扮了，涂了淡淡的眼影，大眼睛显得更深邃了，曾经的公主一转身，成了如今的时尚女郎。她穿着件浅蓝色无袖紧身裙，露出了婀娜的小腰身，我忍不住看了一眼她的胸部，啊，还是那么高耸，我的腰背不由低了下来。

我的办公室就在你对门，她笑了。

噢，我有些吃惊地看着她。

是这样，我特意向老板提出来的，我对面的办公室空了好久，原来那个做开发的工程师走了，我们是同一个项目，我做测试，你做开发。

噢，我又吃了一惊，我只知道我们是在同一个大的部门，我再也想不到我们会做同一个项目，同一个小组，一个开发，一个测试。

命运多么奇妙，曾经的对门邻居，曾经的同一座楼，同一层只隔了十几个房间的楼友，如今，时光流转，我们又到了同一个公司，办公室面对面，而且，还是同一个项目，同一个小组。我想起了母亲说的那个词，缘分。缘深缘浅，我们之间实在有太多纵横交织的渊源。

我是做开发的，做出的产品由测试部门来测试，真正的测试部门在公司北京分部。她是测试小组的头儿，不需要直接动手测试我的东西，而是指挥北京的人员做具体的工作。这样好，我们之间少了一层直接的摩擦。我们做各自的工作，她做她的，我做我的。但是我和她同在一个小小的组。我们每天都要开会，各自通报自己项目的状况，说说碰到的问题。我刚加入新项目，要学很多新技能——做软件工程师就是这样，这一行更新得太快，得不停地学新的技术。我的压力自然不小，整天灰头土脸，忙七忙八。她则是做熟了，每天指挥指挥北京的人马做具体的工作，自己轻轻松松，做做报表，喝喝咖啡——她是个咖啡控，每天都要喝。有时候她端着咖啡到我桌前询问一些工作上的事，有时候见我忙完了手头的活儿，她会过来和我小聊一会儿。我暗自喟叹，自己又是输了一局。我稍微有些欣慰的是自己有家有室，有儿有女，她独身一人。我和母亲打电话说起这个，母亲说，她条件不错的，怎么还是单身？

年底公司的新年聚会上，我看到了她旁边站了一个高高大大的白人，黄褐色的头发特别打眼。看两个人的状态，已然不是普通的关系。她站在他旁边，还是不大说话的，脸色却是柔顺。我和华剑走了过去，我们交谈了一番，果然是她的男朋友。他的个子可真高，我看看旁边比他矮一头的华剑，心里又暗自酸涩了一把。我想她运气可真不错，找个洋帅哥，到时候结了婚就有绿卡了。我想起自己那时候为了拿绿卡如何费尽心思，苦苦煎熬，心里又有了些不平。

杰森是挪威人，她说。

哦，居然不是美国人，我有些意外。

我们准备结婚了，她又开口了。这样，他能跟着我把美国绿卡办下来。原来居然是洋帅哥蹭她的绿卡。她又悄悄把我拉到一旁，你不要跟他说我的爸爸妈妈是表兄妹。

噢。我点头，暗想，我来硅谷也半年了，居然都没听到她说起个人的事情，可见和我还是隔了一层。我心里隐隐有些不快，又一想，我们这么多年，何时又真正走近？我心里突然冒出了一丝坏心眼。我承认，人心有时候是隐晦龌龊的。后来，我隐隐听说她好像是和一个有妇之夫纠缠了很多年，最后黯然撤出，又迅速地找到了杰森。我想起了她的父亲，想到命运的回旋和重复，心里暗自叹息了一回。

她的婚礼没有邀请我，他们是去欧洲结的婚，我后来听说章阿姨去了欧洲，回来后跟我母亲说挪威的街道是如何的整洁，羊肉是如何的鲜嫩多汁，挪威人的环保意识如何强烈，目光里带着欧罗巴人种高人一等的神气。我听了有些发笑，岁月流转，穿梭其中只是容颜的改变，筋骨却是太难改变。奇怪小米却是和她母亲大不一样。

一切都还不错。我们上班之余会一起去参加聚会，一起去看场电影。有一次我们一起去看一个车展，她抱着我的儿子坐在新车后面，说，看，我们两个都是圆脸庞呢，我笑了，忙跑去给他们照了张合影。还有一次，我们一起去野营，吃了炭火上的烤鱼之后，别人都好好的，唯独我们两个都不舒服，一前一后跑到厕所吐了起来。华剑说，你们两个可真是邻居，连肠胃都是一样敏感。

我们中午在公司常一起吃饭，一边吃一边聊。有时候，我们会谈起我们共同认识的旧人、旧事，仿佛那么遥远，说起来却像在昨日。唐恒去年得了个中国国家地理的摄影奖，她说。她和唐恒是高中同学，他们有一个高中群。噢，我应着，想起了我人生中第一个摄影师，心里有一点点的疼。还有一次，我们说起了各自的母亲。

我妈，她很不容易，她为了那个家，也牺牲了很多。小米说。我想起了章阿姨厚厚的眼镜。多有意思，每个母亲，不管什么样的性格，在她孩子的眼里，都是一个好妈妈。

是啊，我妈也是。我想起了那个夏天在母亲的小店里帮忙，从早忙到晚，才知道母亲的不容易。母亲后来腰椎间盘突出，估计是和当年搬了太多重东西有关。

小时候，那么不能忍受那个小城，现在想想，多美的小城啊，好多温暖的记忆。小米又说。

是啊，最难忘的就是回民食堂的米粉。我说。我们都笑了。故乡在我们的交谈中变得清晰透亮如一滴水珠，我们一起跋山涉水，溯源而上，追忆故乡之树的宽厚和温凉。我觉得有一种比友谊更柔软却更有韧劲的东西在我们之间川流不息。

然而命运的转变是猝不及防的。那一年的年底，我被提职做项目经理，我的职业导师帮了不少的忙，我自己其实也一直在朝这方面努力，考下了一个项目管理经理的证书。我那时候是很有些职场上的野心的。我记得那时候作为技术新锐人才被老板推荐去波士顿参加全美高科技女性大会，主席台上一排的女高管，铿锵玫瑰一般坐在那儿，那一刻，我真正明白了热血沸腾几个字的含义。

一下子，我们就从平行的关系变成了上下级的关系，我们之间不再那么清爽，而是像小时候吃过的麦芽糖，牵牵扯扯、粘粘黏黏起来。

有一次我去询问他们测试组的情况。你们进度如何？我站在她的门口问。

她坐在那儿，还在看着电脑，嗯，还可以。

后天就是这个周期结束的日子。我又说。

这个你不用操心，我们北京的测试小组什么时候耽搁过？她又开口了，居然还是没有抬眼看我。我有点不悦，自己新官上任，她这样不冷不热的，什么意思。

明天你再给个准信吧，我要安排演示。我说了这句话，也没等她回话，就转身走了。

没过多久，他们测试组有个项目计划会议，我要求参加。

这些是我的事情，不需要你管的。小米有些不高兴。

我刚开始管这个项目，第一次旁听一下，以后就不会了。我也有些不高兴，但还是耐着性子跟她说。

她不再说什么，给了我他们电话会议的号码。

那个会议我问了很多问题，我实在是没有经验，又和她上上下下这么多年，我暗地里是有些占了上风的得意。那次会议之后，我们的关系更加晦涩纠结了。

我的顶头上司是个台湾人，她是原来被收购的那家公司的经理，并购时跟着进到我这家公司的。小米以前是直接汇报给她。一个星期后，她找我谈了话，说得比较委婉。小米一直和北京那边打交道，她很有经验的。台湾经理这么和我说。显然是小米绕过了我，向这个台湾老板告状了。我又气又恼，心里怨恨小米，便又向台湾老板的上司，也就是我的导师诉苦。这一下情势就有些复杂，我们几个人的关系都有些别扭了。

小米不再去我的办公室喝咖啡、聊天。我每次从她门口过也当没看见她。我们之间又生出了一层隔阂。这样的隔阂比起我们年少时候的隔阂更不容易去掉。这期间我的父母亲来美国探亲，正好小米的父母亲也在，小米买了新房子，我们准备去看看，也是问候一下老邻居。在我们家乡，是很看重礼数的。然而那天小米也好，她的洋老公也好，章阿姨也好，都没有开口留我们吃饭，连礼节性的客气都没有。父亲对此很耿耿于怀，这么多年的邻居，那么老远地去看他们，居然吃不上一顿饭。母亲倒是有些谅解，她嫁了洋老公，做不了主了，我听说洋人不喜欢我们中国人喝汤声音那么大。我什么都没有说，我知道我和她已经开始慢慢地疏远了。

小米这家被购买的公司其实原来是我们公司的竞争对手。我们公司干不过他们，就把他们买了下来。现在，真正整合起来，就发现产品很多重复。为着该保留哪一款产品，被购买一方和空降派有了更多的矛盾和争斗。而我，成了这场争斗的牺牲品，以至于半年后不得不换到公司在硅谷的另一个部门，降职重新做开发工程师。我办公的地方也随之换掉了。沉沉浮浮，起起落落，命运用川剧变脸的速度把我的职场梦揉捏成一堆烂泥，我在这样的挫败中暗自喘息，心情郁郁。

我去原来部门收拾东西那天，小米正好不在，她那天在家上班。我想，这样也好，不然彼此更尴尬。我拿着自己的东西离开的时候，回头看了一眼那两间相对的办公室，像暗夜中两盏昏黄飘忽的灯。我知道，我们做邻居的缘分，就此结束了。我们又要行走在两个平行的世界。那两间办公室，就如两只飘浮的飞船，短暂并行之后终于各自掉转头，向着不同的方向行进。

果然那之后不久，她换了家公司，一家西雅图的公司，是去做测试经理。我们又回到了十年前，我们都知道彼此在世界的某个角落，但是我们不太想得起对方了，又或者还是记着的，但是却没有勇气再靠近了。

有一年春假的时候，我们开车去温哥华玩，经过西雅图，车子开出很远了，我才想起来，小米住在这个城市呢。然而，也就是那么一个念头，我们的车子继续往前开，5 号高速路上车水马龙，不停息，像怎么也回不去的旧时光，那么多一起走过的夏天，就被我们甩在了身后。

5.

这样子又过了虚空的很多年。

在虚空的日子里，没有来由地，我会时不时想起她，尤其是回到家乡小城的时候。蓝色玻璃的灰旧高楼，静静流淌的赣江，长满层层青苔的老城墙，阳光小学门口戴着红领巾的小学生……仿佛穿越时光隧道，那些年少的记忆逆水而来。我也记起我们在硅谷，我们说起故乡，身子里便有一种淡淡的如烟的忧愁和欢喜。母亲说，你要不要去看看章阿姨他们。我不作声，不说去，也不说不去。母亲唠叨着，这么多年的邻居呢。妹妹说，算了吧，你们跑那么远去她家都没捞上一顿饭吃。母亲便不作声了。

我换到新部门后，一直做得不顺，经过那次打击之后，我在事业上的野心突然就小了很多。不久我又意外怀孕了，想到事业上反正也不可能有什么突破，我于是继续生孩子。我休了很长的产假才回到公司。孩子小，事情多，也不可能像以前那样没日没夜地加班，我和我的职场梦渐行渐远。我突然意识到，梦想，虽然缥缈，却蕴藏着无穷的动力。现在，那个梦想落花流水，工作变成谋生的一个手段，也因此变得无趣。

这个时候，拐角处，我偶遇了文学。我先是偶然地认识了一群真正热爱文学的人。在她们的影响下，我也开始写字，写散文，写诗歌，然后开始写小说，我就像突然发现了一整个新大陆，对写作赋予了盛夏骄阳一般的热情，像当初追求那个职场梦一样追求这个新崭崭的梦想。我的运气不错，很快就开始在一家海归高管开的微信大号上连载我的《河流三部曲》的第一部《长河》，小说反响很不错，不久有出版社找上门来。我的一个朋友把我的一个短篇小说推荐给一家文学期刊，我于是开始在文学期刊上发表作品，看到自己的作品在小时候常看的杂志上发表是一种奇妙的感觉。

突然就斜枝旁逸地蹦出来一个文学梦，对于人到中年的我来说，其实是一种不可承受之重。我把我所有能挤出来的时间拿来写作，甚至上班的时候也偷偷地写。有一次，老板从我的桌子旁经过，看到我的屏幕上都是中文，问我，咦，你是怎么输入中文的？我涨红着脸，向他演示我用谷歌拼音输入的文字。噢，他意味深长地看了我一眼，不再说什么，走开了。华剑对我意见也很大，你每天写些个真真假假的故事，有什么意思？又没几个钱。人也失魂落魄的，孩子的事情你也不管，你老老实实写代码过日子不行吗？他是个典型的理工男。

我表面上应着，照样还是写我的字，孩子们喊我要喊三遍，才回过神。然而我渐渐发现在经过最初的井喷期后，写作突然变得如此艰难，我不停地阅读，不停地思索，却总也无法下笔，构思来构思去总是不满意，那些句子在空中飞扬，我却一个也抓不住。

这一年，华剑决定海归。我说，那怎么行，我一个人怎么能搞定这么多孩子，还要上班。

你把写作的时间省出来就都有了。我实在受不了你了，每天眼里就没我这个人，也没这个家。这个机会难得，我回去一年，我们都好好想想吧。华剑以前是个好脾气的男人，这几年跟变了个人似的，不知道是中年危机还是我写作闹的。

华剑回国后的那天，我一个人躺在床上，辗转难眠，孤独和不安全感从四处寻来将我深深包裹，我意识到，华剑是会在未来的任何时刻和我分手的。一种被遗弃的感觉潮汐一般涌来。焦虑和恐惧攫住了我，我觉到了自己深重的呼吸在暗夜里的回响，我成了一个溺水的人。

我想，我得先保住谋生的手段，得先把写作扔到一边。事实上，华剑回国后我也没什么时间写作了，每天上班焦头烂额，然后接送孩子上下学、上各种课外班，这些简直就要了我的命，哪有气力写作？我突然意识到，这几年，华剑一个人做了很多事情，他其实已经对我很宽容了。

年中评估的时候我拿了一个很差的评估，我的老板说，你这样很危险啊，你要好好干。我一个人去了公司后面的人工湖边坐了半天，人工湖里的喷泉喷得很高，我抬眼看，日光在高高的喷泉上显示出一条彩虹，红的，绿的，橙的，紫的，初夏如此绚烂，我的心情却如此灰暗。

我低头看手机，看到我的微信里有一个新的邀请，是小米！我们是一年前共同进到一个北大江西老乡微信群的。她的微信头像是一朵木槿花，单瓣的红色花，温柔而安静的样子。我看了很久她的头像，又试图看她的朋友圈，却是什么都看不到。我们就是这样静默地在同一个微信群里沉寂了一年多，她没有加我，我也没有加她。现在，她居然主动加我了，我慌忙接受了她的邀请。

我们说了几句。很突兀地，她在微信的那头说，我得了乳腺癌，浸润性导管癌二级。

我注视着手机屏幕上这个陌生的医学术语，半天说不出话来。一种深深的不可置信涌上心头。我其实一直有在 Linkedin（领英，一个面向职场的社交平台）上关注着她。我知道她去了新公司后升迁得很快，去年刚升成 director（主管），看到她职称更新时，有一种酸涩在我身体里黏稠地涌动。嫉妒，我得说我嫉妒她越来越靠近我曾经的那个职场梦想。然而，我没有想到她会遇到这样的劫难。我回了微信，胡乱地安慰了她几句。她倒是镇静，回说已经动了手术了，幸好还没有扩散，现在在做化疗。我无言以对，心情坠入更深的沉郁。我抬头看着那喷泉顶端的水珠，晶莹剔透，珍珠一般，却迅速地落入湖中，踪迹难觅。我想起我们曾经走过的日子，想到我们曾经的梦想，都是烟云，都是烟云，我突然想大哭一场。

一个月之后，正是盛夏，我跟她说，我要去西雅图出差，顺便来看看你吧。我撒了谎，公司并没有要我出差。我为什么要撒谎？是想证明自己在公司做得还不错，还是想掩饰自己飞过去看她的意图？人心永远是一个光影斑驳的谜，飘忽，变幻，连自己都猜不透。

她连说好啊好啊。

我于是把几个孩子临时托付给一个朋友，自己一个人飞到西雅图。我也是需要一个人喘口气。

白天，我在西雅图闲逛了一天，去渔人码头尝试各种小吃，还去了西雅图艺术博物馆，我喜欢那些绚丽至极的玻璃制品，玻璃球，玻璃水果，玻璃器皿，明艳，脆弱，折射出各种流光溢彩，把整个夏天都盛满了。我还去了华盛顿湖旁边的一家星巴克，敞亮，干净，一进门就是浓郁的咖啡香。有一个流浪汉在店子的一角弹吉他，特别轻柔闲适的调子。他穿的衣服看起来像是手工蜡染的质地，暗红色的底，上面有大朵的金黄的向日葵。他把琴谱放在前方，认真地看着谱弹，全然不觉周围的人来人往。我沉浸在音乐和咖啡幽幽的香气里。我想，西雅图毕竟是星巴克的发源地，这里的星巴克是和别的地方不一样的，怪不得小米选择了这个城市。

傍晚，我去了小米家。她家在贝尔维尤，华盛顿湖的东面，属于大西雅图地区。从西雅图到贝尔维尤要经过一座浮桥，当车子下坡时，一面湖水迎面而来，光影斑驳，湛蓝清澈。她住的高档小区整洁清爽，路旁有很多夹竹桃，大朵大朵盛开，桃红挑染着粉白，或者，那该叫玫红的，总之，是那种大大落落的红。树干却是青麻色，冷不丁看过去，像是条青蛇。斜阳照过来，半明半暗，半是冷寒，半是热络，就像我们曾经走过的三十年的长路。

她开了门，那个穿着青绿色荷叶裙的女孩，那个穿着乔其纱白裙子的少女，那个穿着浅蓝色紧身裙的女子，一个个从时光的隧道里奔跑而来，重叠交错，最后定格成眼前这个穿着长长的几近脚踝的浅灰色长裙的中年女子，略显憔悴却依然温婉。我们相对无言而笑。

她的洋老公和我聊了几句就上楼了。他们一直没有孩子。

小米给我倒了杯咖啡，然后坐在我对面沙发的一角。沙发后面的墙上是面镜子，旁边的茶几上摆着一盏台灯，发出昏黄的光亮，灯影交错里我仿佛回到故乡的小城。小米曾经圆润的脸盘已然消瘦，那是张酷似多年前她奶奶的脸。我的心里一抖，那句熟悉的话语从岁月的长河里迤逦而来，你们两个要一起走很远的啊。

果然如此。

我注意到她面前没有咖啡。

医生要我戒咖啡，她说。我想起了下午去的那家咖啡店，可惜了，我说。

生了病以后，我总是想起小时候的事情，我们一起摆书摊，还有一起去曹家井买凉粉吃。她开了口。

我笑了，是啊，曹家井的水凉，做出的凉粉吃着透心凉。

我们都笑了。浅绿，深红，明黄……那些我们一起走过的夏天一个个摇曳而来，带着时光的温凉和色彩。我在想，这么多年，我们都只记住了那些伤害，却忘记了在一起的欢乐，是的，欢乐。我记起我们一起炒黄豆，撒了盐巴，一人一把往嘴里塞。我们同时伸手接过理发店老板递过来的一角钱，阳光透过法国梧桐的树叶照在我们发亮的眼睛里，又从那儿折射出来，发出更加愉悦的光芒。我们并肩走在故宫的人潮人海里，在那个古老城池的最中心真诚地说起彼此的困境。我们在硅谷的公司再一次相遇，我们拥抱，没有意识到怎样的缘分才让我们又一次做了对门邻居。现在，人到中年的我们辗转、奔波，远离在南方的小城，在地球的另一端相对而坐。

你怎么样？我问。

还好，做了两期化疗了。她笑。

我看着她浓密的头发。我戴了假发套，她说，幸好西雅图的夏天不热，要是咱们老家那样的夏天可受不了。

我有些难过，叹了口气，你工作上做得这么好……

现在也没法上班了，她说，前些年真是累死累活，干得太辛苦，现在好，可以好好休息一回了。

你比我想象的要坚强。我由衷地说。

其实我一开始也很愤怒，就是那种没有方向的愤怒，为什么是我？但是渐渐地，也只能接受。能怎么办？上帝在玩掷骰子的游戏，我给挑中了。她依然那么平静自若，像一个真正的公主，那平静后面蕴藏着一种力量，一种她镌刻在 DNA 里的倔强的力量。然而我能感觉到平静降临之前的挣扎和痛楚。时间，时间是多么薄凉，又是多么坚韧。多少的苦痛挣扎，时间都能把它慢慢磨平吞噬。

你呢，这么多年，你还好吧？她笑着问。

嗯，还好吧。我无意识地说着，我无法解释为什么在她面前总是将自己紧紧包裹。

我看到你的《河流三部曲》在连载，她说，我一直在追着看。

我吃了一惊，哦，你有在看啊？

当然，我一直喜欢文学，我妈妈要我念计算机系……其实，不能怪她，我自己也会这么选的，北大计算机系多难进，但是我后来还是转了中文系，我是真心喜欢文学，那时候还有个文学梦。

但是，到了美国你不是又转成计算机了吗？我笑了。

因为你啊，你那时转了计算机，找了好工作……也是推动我转系的一个动力。她笑了，其实，这么多年，我们都是一直在暗地里较着劲的……

我的心里有夏日的萤火虫飞过，我觉到了它们翅膀细微的颤动，我想起了大学做的那个双棱镜实验。来自同一个光点的一束微光，透过双棱镜，产生了两个虚光点，这两个虚光点又产生干涉条纹，就像必须通过测量这些条纹之间的距离最后得到波长，我和她的生命彼此交错，互为棱镜，我们的身体里折射出或闪烁或刺眼的光，互相照耀，互相伤害，造就了自己，成全了对方，也侵蚀着对方，蚕食着自己。我们，一直是如此相似，如此不可分辨，彼此吸引，彼此排斥，不断地靠近，又不断地躲闪。因为，那两个虚光点原本就是来自同一个光源……

我那么寻思着，居然一句话也说不出来，我把咖啡杯端到嘴边，试图掩饰自己的失语。

我很喜欢看你写的小说。她又开了口，你接下来准备写什么？

接下来，我失声一笑，我不准备写了，写作是个性价比太低的行业，我得好好上班了。

不写了？她吃惊地看着我，业余可以写啊，好多人都是业余写作的。

我没有作声。

她叹了口气，挺了挺胸。

她的胸部还是那么丰满，我的目光停在了她的山丘上。

也是假的。她凄然一笑，低头看看，又看着我的目光。

我心里突然有些疼，假造的，虚构的，留不住的，抓不回的，一种飞花落尽、繁丝摇落后的悲凉逆流而上，涌上我的心头，我觉到了洇湿我眼角的眼泪。她的丰乳，我的平胸，她的文学梦，我的职场梦，……我们曾经的一切，纠结缠绕，平行交错，最后都成了空，成了一个永远也填不住的黑洞。

其实还好，她递给我一张纸巾，乳腺癌治愈率很高的，尤其是早期。

我接过她的纸巾，擦了擦眼睛，我开了口，说到了我和华剑的争吵，他的海归，说到了自己写作上的瓶颈。说完后，我松了口气，我终于褪下了自己的盔甲。

哦，你要写下去的，你要坚持。她抬起头，大眼睛眯缝了起来，又挺了挺胸——她的人造的假乳。

她的话语里有一种细微而真挚的热情和力量，真菌丝一样生长蔓延而来，填满了我们之间的沟壑。这么多年，我们一直是对手的。我的眼睛又有些湿润，我什么时候变得这样善感的，我讨厌我自己。我说，其实你也可以写的，我现在真没时间写。

我可以吗？她笑了，我倒是有时间呢。

可以的，我说，你不是有一个文学梦吗？你要知道梦想的力量，你人又聪明。我说着，微微笑了一下，最后一句是我的真心话，虽然这么多年我从未亲口向她吐露。

她抬起头，眼睛亮了一下，随即又暗了下来。我还是先好好休养身体吧。不过谢谢你，我是真的喜欢写呢，有一次你送给我一本日记本，外壳是两朵并蒂的木槿花，我好喜欢，一拿到就写了好几篇。

日记本？我的头脑里一片白，记忆突然变成了一片空旷的田野，然而似乎又有什么东西执拗地从那空旷里长了出来，生根，发芽，向上。我抬起头，看着对面的她和她背后镜子里的我，像是看到一块巨大的双棱镜，从两个相干光源发出无数衍射的条纹，层层叠叠，光波起伏，暗红，鹅黄，淡绿，照耀着我和她，照耀着时间和空间，照耀着我们来时的路和我们未来的路。在路的尽头，一棵法国梧桐的树荫下，两个老妇人在夏日的一树荫凉和吉光片羽里相对而坐，静寂无言。

1.

那盆绿色多肉植物就摆在 HEB 超市结账的地方，叶子丰盈，是一种浅浅的绿，每一片形状都像一颗心，团在一起，又成了一颗硕大的心。阳光照在上面，每一片叶子都变得通透，甚至能看到细细的脉络。施一白看了好几眼那盆像叶子又像花的小东西，又看了下价格，19.99 美元。不痛不痒的价钱，再便宜一点他大概就下手买了。

结账的墨西哥小姑娘按惯例问他："一切都好？你要买的东西都找到了吗？"他回说都找到了，眼睛却又落到了那盆多肉植物上，他拿了一盆放在结账台上。

星期一上班的时候，施一白把那盆多肉植物带到公司，就摆在电脑旁边。程序有很多问题，他一直调不出来，就看着那盆花非花、叶非叶，透明剔透的小东西入了神。他总觉得那肉质的叶片有些像家乡的茶泡——茶树上结的畸形的叶子，透明，可以吃，味道很不错，多汁，甜脆，爽口。他盯着那盆多肉植物，竭力阻止自己想吃一口的冲动。他发了半天傻，终于把眼睛转向计算机。

下了班回到家，他在准备一个人的晚餐时接到女儿丽莎的电话，周末她学校有个才艺表演，问他去不去看。

“你妈去吗?”他是半年多前从一家三口住的那个大房子里搬出来的。

“我妈说够呛，她那天下午有个国内来的客户，她得陪客人看房子。”

“哦，那我去吧。”

施一白放下电话，炒了个洋白菜，又从冰箱里开了一盒从超市买的沙丁鱼。米饭水放得多了点，软塌塌的，他吃得无精打采。他拿起那瓶喝了一半的红酒，对着酒瓶闷了口酒，嘴里才觉得没那么寡淡。

晚上他在网上逛了半天，终于头昏脑胀。他洗了澡，躺在床上，空荡荡的房间，空荡荡的床，连他的身体都是空荡荡的，他心里也生出了一种难以言叙的空荡，那空荡似乎一直柔韧地蛰伏在他的心底。他辗转反侧无法入眠，便坐了起来。床对面的桌子上摆着一个圆形的金鱼缸，里面一条小金鱼懒洋洋地游来游去。他原来那个大房子里玄关的地方也有一缸金鱼，缸子比这个大许多，长方形的，是他妻子盛月买的。她几年前改行做房地产经纪人的时候买的，都是金色的，说是可以补运，招财进宝，金生水，水旺财。他那时候搬出来住进这个小公寓的时候，屋子里空洞得令人窒息，没一点生机，最难受的是没有一个人可以说话。他于是买了一个小鱼缸、几条鱼。也不知道什么缘故，没几个月就剩了这么一条。他给这条仅存的鱼取了个名字：旺达。“你丫整天游来游去也不累?”他习惯性地对着鱼缸说了句话，站了起来，把窗户打开，迎面一阵热风，他只好又关上窗，把空调调得更低。

周六他开车先去大房子接了女儿，然后去西木高中。他打开车门，热气扑面而来，人立刻像是走进了一个蒸笼。“这鬼天气。”他嘟囔了一句。奥斯汀什么都好，除了热得要命的夏天。学校礼堂里已经有不少人，乍一看，倒是亚洲人面孔多。又或者因为他是亚洲人，就只注意看亚洲人，就像胖子只盯着胖子看。不过，这个奥斯汀市数一数二的高中已经有三分之一是亚洲人，周围的学区房房价一路飙升。他妻子原来和他一样是工程师，后来被裁了员，开始做房地产经纪人。没想到塞翁失马，越做越大，比原来做工程师赚的多两倍还不止。

他找了个角落，静静地坐在那儿。周围吵吵嚷嚷的人群好像和他无关，他没有什么人可以聊天，远远看到几个熟人，眼睛故意避开，也不和他们打招呼。他缩在角落里，像个局外人。他有些无所适从，这种无所适从的感觉如此熟悉，像个影子一样无所不在。上中学是这样，大学还是如此，大学毕业在杂志社上班也一样，后来它跟着他漂洋过海，至今依旧如影相随，像个老友。

演出开始了，前面的节目无非是钢琴、小提琴，有美国孩子表演魔术，还有中国孩子表演抖空竹。有孩子表演时，那家父母就跑到前面拍几张照片。他想，这个世界上每个人关注的永远只是自己，或者是自己的敌人。他没有敌人，准备看完了丽莎的表演就溜走，女儿会搭她好朋友的车回家，他们一早说好了。

丽莎终于上场了，她和几个孩子表演舞蹈，他拿出单反相机，给女儿照相。他把镜头拉近，透过镜头看女儿，发现女儿已经发育完全了，十七岁了，是个大姑娘了。他这大半年没和她住在一起，没怎么留心。他心想，时光真是不饶人，他记得她还是一个婴儿的样子，在他怀里咿咿呀呀地哭，还拽着他的无名指。那个身上有着奶香的小娃娃怎么一下就成了有模有样的青春少女了？

丽莎表演完了，他把单反收好，拿了东西往后门走。他打开后门，门只开了一条小缝，一束刺眼的阳光从那细缝里钻了进来，刺得他眼睛有些疼。他不由闭上眼，却在黑暗中听到一阵吉他声，那一刹那，他整个人像是被什么击中了，呆在了那里。那是一首他熟悉的歌曲 *Shape of My heart*《心的形状》，是斯汀的代表作。他有一张这首歌的光盘，曾经无数次聆听，尤其是一个人开车的时候。

He deals the cards as a meditation（他把打牌当作一种沉思）

He doesn't play for the money he wins（他打牌不是为了钱）

He don't play for respect（也不是为了尊重）

他转过身，看到台上的一个少女，一边弹着吉他，一边在唱这首歌。

他呆呆地听着，突然意识到自己一个人孤零零站在那儿。他很有些不自在，忙在最后一排找了个座位，坐了下来，身体淹没在人群里，眼睛却一直看着台上的那个少女。她穿着浅绿的裙子，外面套着件黑夹克，帅气中透着妩媚。她看起来像个混血，黑棕色的长发略微有些卷，皮肤白皙，白得有些透明，鼻子挺直，鼻尖稍稍有些翘。她的眼睛很大很圆，眼神里带着点忧郁。台上灯光很亮，他看不清她眼睛的颜色。她站在那儿，身上挂着吉他，唱着那首他久违了的歌曲，声音婉转又低沉。她像一束光，穿透黑暗，击中了他。他浑身发热发涨，然而那歌声又让他无端地伤感。他在这伤感和燥热的交替蹂躏中听到了一句话。那句话从某个久远的时空，某个遥远的角落飘过来：

Lolita, light of my life, fire of my loins. My sin, my soul. （洛丽塔，我的生命之光，我的欲念之火。我的罪恶，我的灵魂。）

他大学修的西方现代文学，老师是个戴着深度近视镜的老先生，说话有很重的江浙口音。他讲到小说经典开头，最先举的例子就是纳博科夫的《洛丽塔》，他用吴侬软语念着这几句英语，声音有些尖细，轻巧回旋，头也跟着轻微地晃动，倒像是在唱黄梅戏。底下有同学在偷偷地笑，他没有笑，他觉得老先生念得跟戏文一样婉转，比戏文还多了点异域的风情。他记性不算好，这么多年却一直记着这一句话。

台上的少女已经唱到最后了，她一直在吟唱最后一句：

That's not the shape of my heart（那不是我的心的形状）

That's not the shape（那不是）

The shape of my heart（不是我的心的形状）

心的形状。是的，《心的形状》。他第一次听到这首歌还是二十年前，也是在奥斯汀，他刚到美国，南方的这个城市那时候还很小，Mopac（街道名称）从来不塞车，西木中学附近的房子只有十几万。盛月先出的国，他是拿着学生配偶的 F2 签证出来的。不忙的时候，他们会去 Mopac 尽头的那家打折电影院看电影。放的都不是最新电影，但是便宜很多。盛月有时候还带上条毛毯，说是洋鬼子的空调放得太足。

那个电影英文名字叫 *Leon*：*the professional*，中文却是非常不搭的翻译——《那个杀手不太冷》，二十年前他看到那个电影眼睛一下子就不转了。电影最后的歌就是斯汀的这首《心的形状》。电影放完了，他还坐在那儿不动，沉浸在电影的悲情和片尾曲忧伤的旋律中。“洛丽塔。”他喃喃自语，脑海里一直回味着电影里那个小姑娘的样子，黑头发，大眼睛里满是忧伤，挺直的鼻梁，鼻尖有一点点翘起。他觉得她才是他心目中洛丽塔的样子，倔强，深情，帅气，妩媚。她的眼神让他凛然，忧伤又冷静，全然不像个十二岁的姑娘。

“走了。”盛月对他说。他不作声，继续盯着银幕上的黑屏蓝字。

“我先出去上个厕所。”盛月说着把手里的毛毯扔在他手里。他还是没有作声，继续听歌。整个放映厅黑漆漆的，只剩下孤零零的几个人零星地散落在偌大的房间里。他突然就哭了，眼泪止不住流了下来，他庆幸盛月不在身边。

曲终，灯亮，那种熟悉的无所适从的感觉又抓住了他。他的眼睛更习惯了黑暗，光亮让他找不到方向。

回家的车上，盛月说：“不喜欢这个电影，太血腥了。”

“嗯。”他说，挣扎着从那部电影的情绪里走出来。

回到他们住的学生公寓，他总算缓过劲来：“其实这个电影和《洛丽塔》很像。都是说的中年男人和青春少女的纠结，但是我更喜欢这个电影。”

“什么《洛丽塔》?”盛月问。

“哦。”他突然就不想说什么了，“没什么。”

盛月是学计算机的，典型的理工女，做事按部就班，有板有眼，一切都安排得井井有条。她和施一白是大学同学。施一白刚进大学时专业是计算机。他脑袋其实灵光，勉强学下去，应该也能毕业，找个工作混饭吃。他只是觉得自己和周围的理科生不搭，那些同学写代码快得像喝水，自己半天写不出一行代码，人家那边早就码了一堆。最后摧毁他信心的是算法那门课。二分查找，归并排序，他觉得脑子里进了糨糊。他决定转系。他高中的时候语文成绩不错，作文有几次还被当作范文念。他便去参加中文系转系考试，居然勉强过线。

他没想到他和文科生也不搭。那些人整天就是在宿舍里打双升，要么就写一些酸诗。上的课也全不是他想象的，中文系的全名是中国语言文学系，那些语言方面的课，汉语音韵，汉语语法化的历程，他一概不感兴趣，觉得比算法还枯燥，唯一感兴趣的是文学课，最喜欢的是西方文学。毕业后他分在一家文学期刊杂志社做编辑，杂志社里他资历最浅，别的编辑去找那些名家约稿，他分到的任务是看那些盲投的稿件。他每天看读者投稿看得都要吐了。写得那么差也好意思投稿，他心里愤愤。有一个读者每隔一个月投一首酸诗，到后来他看到那个读者的来信直接就扔废纸篓。他奇怪自己怎么总是和周遭的事情格格不入。

2.

礼堂里轰然而起的鼓掌声把他震醒了，那个少女唱完了。他的眼睛一刻不转地盯着她，她下了台，坐到一个亚洲面孔的中年女人旁边，那个女人轻轻地拍了拍她的肩膀。

台上是另一个节目了。他的眼睛穿过一排排的座位，只捕捉到一抹淡绿的背影——她已经把她的黑色夹克脱了下来。

他又看了两个节目，看看快结束了，站起身。他得赶在整台节目结束之前离开，不然丽莎一定奇怪他怎么还不走。

他推开门，得州的阳光还是那么刺眼，明晃晃地灼着眼。他闭上眼睛，眼前还是白亮亮的一片。车子里温度高得像是要把他焖熟，他赶紧开动引擎，把凉气打到最大，过了好一阵，吹过来的风才凉下来，他深吸了一口凉气。

第二天上班的时候，他看到那盆多肉植物，“Lolita”突然就涌入他的脑海，他觉得给这盆花取名“洛丽塔”是最合适不过的。它像极了昨天那个绿衣少女，多汁，清脆，甜蜜，充满了诱惑，让他有忍不住想吃一口的冲动。他被自己这个念头吓了一跳，身体却不由自主有些冲动，有热热的东西从下面涌了上来，他有些难受。

晚上他想起了那张光盘，大概还在大房子的某个角落里，又想起网上大概有这首歌，就上网去搜。他敲了“Shape of my heart”几个字，顺手点进第一个油管的链接，是几个年轻人在唱。他听了几句，还算顺耳，但是根本不是他的菜，“见鬼，怎么会有两首歌叫这个名字。”他重新搜索，这一回是了。是斯汀自己唱的，有个男人弹着吉他伴奏，斯汀坐在弹吉他的男人旁边，眼神里透着孤寂。那孤寂穿过二十年的时光逆流而上，在他心里细细地泛起泡沫，像他年轻时常喝的燕京啤酒，细细的淡黄的泡沫。他闭上眼静静地听着，他的心沉溺在这凄迷、忧伤且低沉的歌声里，整个世界仿佛都陪伴着他陷入了这一曲伤感的老歌：

He may play the jack of diamonds（他也许会出方块）

He may play the queen of spades（他也许会出黑桃）

是的，多么奇妙，命运之神手里拿的到底是怎样的一张牌？是方块，还是黑桃？

他和盛月是在大四快结束的时候开始约会的。一个周五的晚上，他闲得无聊，一个人去图书馆四楼的放映间看录像，是个老片子，《罗马假日》，一部浪漫唯美的片子。他看着电影里相拥的恋人，眼角却瞥到旁边的一个男生偷偷地掐了一把他恋人的胸脯，他心里有些燥热。散了场，他看到了盛月，盛月也看到了他。他们同过一年学，半熟不熟。两个人一起走出了图书馆，外面居然是满天的繁星。盛月脸上的雀斑在夜色里也没了影，不大的眼睛也像天上的星星闪啊闪。那天他陪着她一直走到女生宿舍楼，还没到熄灯的时间，两个人又绕着宿舍楼转了一大圈，终于要分手的时候，他问她："要不要明天一起去颐和园玩?"她点头，笑起来，眼睛成了一条缝。多么好，多么巧，就要毕业了，两个孤单的人凑在了一起。两个人都像是要抓住最后一根稻草，须得不辜负了这美得一塌糊涂的校园才是。

毕了业他去了杂志社，盛月去了文化部。一个学计算机的去文化部就像是去餐馆里跑堂打杂当服务生，就是看人眼色打下手的角色。盛月不爽，她心气又高，偷偷地考托福、GRE，拿了奖学金，又拐弯抹角找了个美国的远房表亲给她做担保，居然在第二年就拿到了去美国的签证。盛月出国一个月前去了他单位的男生宿舍。正好那天他同宿舍的出差了。两个人说着说着就抱在了一起，衣服也没脱利索，他就把她压在了床上。两个人都是第一次，都有点笨手笨脚，他一使劲居然把铁架子床头的一根小细柱子给拽了下来，她笑了一下，笑得他有些心慌，下面就软了。好不容易又恢复了元气，却怎么也找不到门路。她抓着他摸索了半天总算是找到了门路。完了事，盛月光着身子勾着他的脖子说："咱们结婚吧，我都是你的人了。你

F2 跟我出去。”施一白想了想说：“好啊。”他实在是腻味了看那些读者来稿，大概也是有一些向往新大陆。

施一白是半年后到的奥斯汀。飞机上他看到了一个大坝和一片幽蓝的湖水，湖水之外到处都是绿，绵延起伏的绿，倒是有些像他家乡的丘陵地形，一个接着一个的绿馒头。

他慢慢悠悠地晃了半年，总算是考了托福和 GRE，准备申请东亚文化系。盛月说你学那些无用的专业做什么，又找不到工作。“那我学什么？”施一白皱了眉头，“总不至于又回去学计算机吧。”盛月不说话了。

盛月是他上学一年后开始工作的。她动作快，拿了个计算机硕士就毕业了。计算机科班出身的，技术底子好，没毕业工作就找好了，是家大公司，可以给办绿卡。工作没两个月就买了辆本田，原来那辆老熄火的尼桑也转手卖了。那天盛月上班捎带他去学校，路边看到邻居老田在等校车，盛月说老田你上车，我捎你一程。老田坐在车后面，喜滋滋地摸着新车，“鸟枪换炮啊。施一白你好福气，媳妇这么能干。”他呵呵地讪笑。

施一白在得州大学东亚系吭哧吭哧念了两年半，好歹拿了个硕士，他倒跟脱了一层皮似的，这美国的文科专业压根不好念。硕士是拿了，工作是真找不着。施一白在家赋闲了半年，盛月说要不你再去念个计算机，你也不用发愁，作业不会有我呢。他硬着头皮又去申请计算机系。得州大学门槛高，没要他，他申请了南边 San Marcos（地名）一个州立学校，给录取了。总算磕磕巴巴拿了个计算机硕士，正巧赶上高科技的泡沫没破之前，计算机工作好找。就这样，他还是颇花了些工夫，半年后总算在一家小公司找了个工作。兜兜转转他还是靠计算机吃饭。他心里哭笑不得，到底拧不过命运的胳膊，老天给他的还是原来那张牌。

I know that diamonds mean money for this art（我知道钻石对这件艺术品意味着金钱）

But that's not the shape of my heart（但那不是我的心的形状）

屏幕上两个老男人还在唱着最后几句，斯汀的鬓角有些花白。施一白伸出手，像是要触摸到他花白的头发，又像是要触摸他的心跳。心的形状，心是什么形状？

转眼到了秋天。天气总算是凉了下来，这是奥斯汀最好的季节。夏天太热，春天太冷，冬天还有些寒，唯有秋天，沉静安稳，让人捉摸不透。一缕秋阳照在他窗前的枫树上，几片叶子随风而落，露出一丝款款的凉意。周六中午他吃了饭，坐在沙发上闭着眼睛打盹儿，电话铃响，是女儿打过来的，说是她下午校队有网球训练，要他送一下。他说好。他以前也送过几回。扔下她，就去附近的沃尔玛买点零碎东西，或者去湖边购物中心里坐坐。

他把丽莎送到学校，刚要开车走，旁边的一辆凌志车门打开，一个青春少女下了车。上面是件白T恤，下面是条女孩子打网球常穿的运动短裙，淡绿色，窄窄的裙摆，露出一双长长的腿。他先看到那双长腿，忍不住抬起头，然后看到了那张脸。是她，那个唱《心的形状》的少女。他觉得心脏猛然一跳，像是要从他的胸腔里跳出来。这一回，他看清了她的眼睛是浅褐色，似乎还带着点墨绿。

她手里拿着个网球拍，向球场那边飞奔而去。他坐在车里，看着她的背影奔向了湛蓝的天空和碧绿的草丛之中，像是在那幅静止的风景画里添了一笔，整个画面就灵动起来。旁边的凌志已经开走了。他没有发动车，而是下了车，向那幅画走去。他觉得自己成了一个败笔，存心要破坏这画面的美感，但是他顾不了那么多。他一直走到网球场，隔着铁丝网眼，又看见了她。

她已经开始奔跑起来，长发梳成了一个马尾，在风中有节奏地一荡一荡。她跑起来像一只小鹿，手中的球拍忽上忽下，动作轻巧而灵活。他没能管住自己的眼睛，目光停留在她的胸部。她的胸脯在奔跑中也荡漾了起来，一起一伏，像大白兔。“动若脱兔，静若处子。”他想起了那个词，喉咙突然有些发涩，身体也紧了起来。

3.

他没敢久留，去了湖边购物中心的星巴克咖啡店，他坐在那儿，看着周围人来人往。他看到一家三口，是华裔，父母亲牵着个小姑娘的手，那个小姑娘大概八九岁的光景。他想起丽莎那么大的时候他和盛月也是常牵着她的手，一家三口，一起逛街，或者去公园玩，一个幸福的小家。从什么时候开始，日子突然变淡，然后又变得无法忍受了呢?

是那次自己被公司裁员了以后吗?他在家待了一年多。盛月一开始还照顾他面子，后来就开始使唤他。也许使唤这个词不够精确。盛月说话是很讲究逻辑的，到底是学理的，讲究前因后果，凡事都有个 because（原因）。

“你中文系的，去帮丽莎辅导一下中文。”盛月跟他说。他说不出拒绝的理由，心里只是老大不舒服。

“你闲着没事，把衣服折了。”她好像是习惯性地喜欢下指令，他后来找到了个词，control freak，控制狂。

有一次她有个亲戚来美国玩，顺道来奥斯汀。“你是男的，去机场接一下我大舅。”

他心底突然升起一种莫名的厌恶。他讨厌她总是指手画脚，左右他的生活。他觉得气闷。

“要接你自己去。”他忍住气说。

“客人要来了，你没看到我正在忙着做菜吗?”

“我可没答应接。你自己答应的你自己去，再说他是你的亲戚。我在家做饭。”

“就是因为是我家亲戚，才要你去。平常你没给我争脸，现在你不给我点面子?”盛月声音高了起来，脸上的雀斑就更明显了。

“是啊，我没本事给你争脸，就只配让你使唤。”施一白的脸上露出了鄙夷。

“怎么了，没本事挣钱你还牛气了？你每天饭来张口，衣来伸手。我又忙内又忙外。你倒长点本事多赚点钱啊。”盛月一生气说了重话。

他心里被刺得生疼。是的，自己是个无用的人，没本事，靠着老婆出来，还靠着她拿了个计算机硕士。他悲从心起，突然就有了主意。“好，我去接。”他不再和盛月争吵。开了车去了机场，一路上没怎么和盛月的舅舅说话。晚上几个人吃饭，他也是阴着个脸。

施一白打定了主意找到工作就搬出去住。他们现在的房子很大，房间也多，后院更是宽敞，后面有许多橡树，沿篱笆种了一圈的鸢尾花，还常有小鹿和兔子出没。有一次他还看到了一只红面狐狸。只是他觉得再大的房子如果不自在也就没意思。他想不通为什么无论他做什么盛月总能挑出不是，他害怕她在近旁。多么荒谬，这样精美的大房子他居然想逃离。他唯一有些舍不得的是女儿。但是他发现小丫头独立得很，跟盛月简直如出一辙。她们像制作精良的机器，一个齿轮压着另一个齿轮，高速高效运转，一步都不落下，什么都安排得妥当。丽莎学习好，打网球，跳舞，样样都好，根本不需要他操心。他觉得自己不过是这个家的一个保姆，做做家务，打个下手，家里没了这个保姆或者是换个保姆一点也不妨碍正常运转。自己不过是个多余的人。他这么想着，心里有了一份凄凉。

他总算是在政府的 IT 部门又找了个合同工的工作。他突然又觉得自己要搬出去的理由有些矫情。大房子，能干的老婆，优秀的女儿，自己该知足了。不就是老婆瞧不上自己嘛，谁让自己就是没本事呢。他这样想着，就把搬出去住的想法往心里塞。可是到了下一回，盛月一使唤他，一挑剔他，他心里又难受起来，下了决心不能再这么耗下去，人生在世，不就图个自在嘛。如此反复多次，他心里真有些瞧不上自己，都四十好几的人了，为什么还是又迷糊又黏糊?

这样浑浑噩噩地又过了几年。丽莎上十年级的时候，盛月在的公司准备把奥斯汀这个分部关了。大部分人裁了，只有一小部分公司答应换到硅谷。盛月干得不错，在那小部分准备搬到硅谷的名单里。可是盛月有主意，她觉得丽莎刚上高中，这时候换学校对她不利。再说硅谷房子那么贵，自己工资没加多少，施一白又赚得少，到了那边就成了贫困线以下的技术户。盛月可不愿意。她心想还不如裁了，还可以拿些遣散费呢。她去年就考了房地产经纪人的证，心里打算开始做房产中介。这么想着，她就壮着胆子跟公司说了。老板也遂了她的愿。她做事有效率，马不停蹄地就自己注册了个小公司，开始印名片，打广告，和国内的亲戚朋友同学联系。正好赶上新移民的大潮，奥斯汀那时候房价还不高，她下手狠，自己就买了好多套投资房，又圈了一票的朋友来买投资房，生意就跟小雪球似的，一路滚将起来。

她缺人手缺得厉害，就劝施一白干脆辞了职，和她一起干，反正他那个政府部门也是清水衙门，钱不多，还是合同工，工作也不稳定。施一白不答应，给她帮忙，自己不是要受更多气、更多使唤吗？两个人为这事大吵了一架。他和盛月的关系早就有了裂痕，慢慢地就像后院的橡树皮一样都皴了，七裂八皴的，只是因为女儿，也因为或多或少的惯性和残存的一缕亲情穿插其中，两个人还能勉强过下去。这一架吵得把那层老皮老脸也剥掉了。

那之后没多久的一个周五的中午，施一白去一家中餐馆吃饭，一进门看到盛月和一个男人坐在餐馆的一角。那是个陌生的男人，秃了顶，看穿着像是从国内来的。他笑起来放肆得很，连牙龈都露了出来。大概就是普通的客户吃饭，但是施一白没听盛月提起。他心里又难受又别扭，忙从那家餐馆退了出去，他不知道盛月有没有看到他。

施一白终于在一个月之后搬了出去，住在一个临时租的小公寓里。盛月气得直发颤，只是她事情多，人又好强，两个人就这么分居了大半年，她也不喊他回来住。好在他就住在附近，丽莎的活动接送他随叫随到，倒还真跟他住在家里没多大区别。

那一家三口早就走远了。施一白叹了口气，想想过往的日子，心里有些空落落的感觉，日子怎么就过得没知没觉了。他又想起那个绿衣少女，身体突然有些膨胀，他好像很久没有这么冲动了。他和盛月太熟悉彼此的身体和道道了，熟悉得像运算一个程序，每一步、每一弯都差不多，连姿势都不变。他们其实也没有太多心思做这件事情。尤其是盛月做了房地产经纪人后，每天忙得一分一秒都排得满满的，到了晚上还要和国内的客户联系。他在想，怪不得叫做爱，爱他妈都是做出来的，他们那么久都不碰彼此的身体，还有什么爱？

他看看表，还差半个小时要接丽莎，他把桌子上的冰咖啡一口喝尽，站了起来。他又把车开到西木高中，又下了车，走到网球场。队员们正在休息，他的眼睛迅速捕捉到那个绿衣少女，她正仰着脖子喝水，他顺着她长长的脖颈往下看，又看到了她的胸脯。她满身是汗，白T恤贴在身上，他一眼看到两个凸现的红点，像两颗樱桃，他的喉咙又干涩了，下面也不听使唤地硬了起来。他有些慌张，忙转开眼，看了看天。天上的白云居然是一片一片的，像鱼鳞，也像心的形状。天上有很多颗心在游荡。他转过身，慢慢地向停车场走去。

过了一阵，丽莎和她一起走过来了。近了，近了，他慌张得像个小学生。

“爸爸，我们可以走了。”丽莎说。

“噢。”他看了一眼那个少女。

“这是我同学劳拉。”丽莎说。

“噢。”他又应了一声。劳拉冲他一笑，像是一朵出水芙蓉在他面前慢慢绽放。他有些目眩。他从来没有近距离地靠近过她。她的脸上有一层细细的绒毛，那种花季少女特有的绒毛。额头还有一丝细细的汗珠。他想她一定是混血，皮肤特别白，肌肤如雪，比雪还要滑腻。她的眼睫毛真长，又黑又浓。她怎么可以生得这么美，像很多年前他看过的《那个杀手不太冷》的女主角一样美。不，比她还要美十倍，因为她是如此活色生香地站在他眼前，他都可以闻到她少女的芬芳。

白色的凌志不合时宜地开了过来。

“我妈来了。再见，丽莎！”那个少女冲丽莎一笑。

“再见，劳拉！”丽莎和那个少女挥手。他看着她绿色的短裙闪进了白色的凌志。

“走了！”丽莎喊他。他回过神，坐到车内。他一直没有说话。到了大房子，丽莎要下车了。他想问点什么，到底什么也不敢问。

“不进去坐坐了？”丽莎问他。

“不了。”

“爸爸，你还是搬回来住吧。”丽莎看着他。

“嗯。再说吧。”他应了一句。

丽涉重重地把车门关上，转身走了。他待了半天，终于发动了车子。

4.

晚上他忍不住在网上搜索，劳拉+西木，第一个返回的是一个叫 Lauren Westwood 的女作家，她写的一本书就要出版了，《找寻回家的路》。家，他的家在哪儿呢？在太平洋的那边，还是几英里之外的大房子，还是……在她的身体里？怎么会有这么无耻的想法！他心里有些慌，继续看搜索结果，西木高中的劳拉！她居然有一个脸书的账号。他连忙点开小头像。是她！还穿着那件熟悉的绿裙子，乌溜溜的眼睛，高高的鼻梁，小巧的鼻尖，小胸脯挺着像两个绿馒头。神奇的谷歌，他心里暗叹，难道谷歌真的有读心术，这么快就给了他要找的人。

可惜他和她不是朋友，除了头像，她其他的相片、信息他都看不了。他找来找去，搜不出更多信息，心里悻悻。他突然意识到如果是朋友的朋友是可以看相片的，他灵光一现，马上给丽莎发了一个好友申请。那边半天也没有动静。时候不早了，他上了床，一个人躺在黑夜里，她起伏的胸脯又浮现在他眼前，他已经有大半年没碰女人了，他心里痒得难受，怎么也睡不着，隐隐能听见远处183高速的车声，不停息，像河流一样。

周一上班的时候，他发现女儿终于接受了他的好友邀请。他连忙点进劳拉的账号，果然可以看到她好多相片和好多信息。原来她是今年春天才从北卡州搬过来的，怪不得他以前送丽莎打网球从来没见过她。她有一张和她父亲的合影，她父亲是个白人，果然她是混血。她有一张中西合璧、完美无缺的脸。他一张张翻看着她的相片，心里怦怦直响。他突然看到老板走了过来，忙慌慌地关了脸书。老板看了他一眼，他是来找另外一个同事的。两个人在不远处说说笑笑，施一白觉得自己也插不上嘴，就尴尬地坐在那儿，眼睛看着计算机旁边的那盆多肉植物。

晚上他吃了饭就打开电脑，跑到她的脸书看。房间里只他一人，他一边听着那首《心的形状》，一边翻看着她的相片，无须顾忌被人撞见。他不慌不忙地看着。

I know that the spades are the swords of a soldier（我知道黑桃是士兵的剑）

I know that the clubs are weapons of war（我知道梅花是战争的武器）

斯汀忧伤的曲调回旋在他小小的公寓里。

她的相片不少，站着的，坐着的，打网球的，跳芭蕾舞的。有一张是在海边，她穿着件暗绿色的吊带小衫，下面是牛仔短裤，是张侧影。从长长的腿，到胸，到脖子，到她的鼻梁，错落有致，勾出了一张美丽迷人的剪影。她的胸部不算丰满，但是曲线圆润。他伸出手——那只早已不再年轻的手，触摸着屏幕。他的手停在她的胸部，在那绿色的小丘上来回摩挲着。像是一下子摸到了青春的脉搏，又像是有加速器在他体内打了一枪，他一下子变得血脉偾张，欲望之火从他的身体里弥漫出来，弥漫到黑黑的夜里，浓稠得不能自已。他忍不住把手放在下面。她的相片比毛片管用得多，他很快劲头就上来了，像是喝了烧酒，一阵阵热流灼得他发烧发烫。“洛丽塔”，他轻声呼唤着，手里已然是黏稠的一片。

床对面的鱼缸里，那条名叫旺达的鱼游到了头，碰到了玻璃壁。它没有停息，尾巴摆了摆，转了方向，向另外一个方向游去。他突然就起了诗兴，用黏稠的手指在电脑上敲了几行诗：

每一个灵魂都是一个深渊

阳光和氧气早已抽空

窒息的鱼儿不停息地游动

穿越那一千层的孱弱

抓住那兀自游弋的水草

“旺达，这首诗如何?”他对着鱼缸嘟噜了一句，嘴角露出一丝似有似无的笑。

接下来的好几个星期，他都像是发了痴一般，几乎无时无刻不在想着她。他觉得自己一定是着了魔。他努力告诉自己这多么荒谬，多么龌龊，多么无耻，但是他还是忍不住想她，她的歌声，她的样子，她的身体。

她像是暗夜里的一束光，照亮了他寡淡的人生之路，让他重新活了过来。只是这光亮仿佛来自另一个宇宙，远得遥不可及。但是他居然想靠近那光亮。他想告诉她她是他的女神，是他的生命之光，他需要光，需要这光来填充他空旷的胸口。这念头像一根小草一样在他的脑海里顽强地扎了根。

“神说，要有光，于是就有了光。”他躺在空荡荡的床上祈祷人间有神灵。

神一定是听到了他的祈祷。

周六上午丽莎到他住的小房子里拿一本书，突然想起了什么。“下午的网球课是不是取消了？我得问问。”她看到他的电脑开着，“爸，我用一下你的电脑。”

他打开电脑，她坐在那儿上了脸书，是他的账号，她大概是懒得退出进自己的账号，搜到劳拉的账号，顺手发了个信息：

“我是丽莎，这是我爸的账号，我就是问问下午的网球课有没有取消。”

过了没多久，劳拉回话了：“没有取消啊。对了，你可以顺道接我一下吗？我妈下午有事。”

“没问题啊。我在我爸这儿，回头要他去接你一下。”丽莎回了话。她果然是盛月的亲生女儿，问都不问他一下就给他派了个差事。他笑了。

她穿了件红色的T恤和一个白色的短裙，像一团火。他心想，她穿什么都好看，但还是绿色最衬她的白皮肤。他一边开车，一边听两个小姑娘说话。她和丽莎一样，满身都荡漾着青春的朝气。自己居然会对女儿的同龄人着迷，他心里暗暗鄙视了自己一番。只是他还是忍不住从后视镜看她，她浅褐色的眼睛有一丝绿，圆圆的，杏仁一般，水汪汪，清波流转，还有一丝似有似无的忧伤。她笑起来，小胸脯就会跟着起伏。她少女的清香塞满了整个车子，他有些贪婪地吸了口气。

下车的时候，她对他说：“谢谢你啊。”她是个懂礼貌的好孩子，好人家的孩子，他想。他笑了，他想说很喜欢她唱的那首《心的形状》。看看旁边的丽莎，就忍住了没说。他看着两个人一起跑进了蓝天白云碧草的画框里。他等到她们的背影都消失后，自己又慢慢地走进那画中，走到网球场旁边。这几周他都是如此，他找到那个熟悉的隐蔽的角落，透过铁丝网看她像波浪一样起伏，像小鹿一样奔跑。他身体里的利比多又奔腾了起来，他需要这奔腾，这奔腾让他又找回了活泼泼的生命力。

晚上他又打开了脸书，上午丽莎用过的通话窗口还在，他心里一激灵，像是有一双无形的手牵引着他，他给她发了个信息：“很喜欢你唱的那首《心的形状》。”

她大概在用脸书，很快就回了个信：“真的啊！好高兴，谢谢。”

他心里惊喜，她居然回了，她知道我是谁吗？他接着又写了句：“我没想到你会喜欢这首《心的形状》，照你的年龄，你该是喜欢另外那首《心的形状》的。”

“噢，你是说后街男孩那首吗？那首我也喜欢的。”她又回了话。

他感觉到了那一束光，他在那光亮中继续前行：“你喜欢斯汀吗？”

“喜欢，有谁不喜欢斯汀呢？”她居然打了个笑脸。

那天晚上他们颇聊了一阵。夜深了，他辗转在空荡荡的床上，久久不能入睡。他回味着他们的对话，眼前浮现出她的笑容，她凹凸有致的曲曲折折，像他家乡的丘陵山坡，绿馒头一般温润柔软。他坐了起来，坐在浓稠而寂寥的长夜里，兀自说了一句：“旺达，这小妖精会不会要了我的命？”

他们时不时会在脸书上聊一聊，说音乐，说电影，说斯汀的歌。他也说起那部电影《那个杀手不太冷》，她却没有看过。“是限级的，我妈不许我看的。”他们说的都是些不痛不痒的话题。他很小心，他很怕她看出自己的心思，更怕她会突然就不和他说话了。

5.

那天晚上他刚躺下，突然听见有人敲门，他迷迷糊糊去开了门。居然是劳拉！她穿着那件绿色的裙子和黑夹克，眼里似有隐隐的泪痕。他好不诧异，忙把她请进来，问她怎么回事。

她走了进来，坐在沙发上，带着哭腔说了起来。原来是她的男朋友，最近变了心，喜欢上丽莎了。

“你一定要帮帮我。”她水汪汪的眼睛看着他。

他心里无比妒忌那个小伙子，又看她楚楚可怜，正要答应她，突然又起了邪念。

“要我帮忙也可以，只要你答应我……”他的眼睛毫不掩饰地看着她像小山丘一样起伏的胸脯。

她嘴角突然露出了一丝诡异的笑，“你想我想了很久了吧。”她像是突然变了一个人，变成了《洛丽塔》里那个性感、妖娆的少女洛丽塔。她站了起来，把外面的黑夹克脱了下来，“来啊。”她巧笑嫣然，声音柔媚。他吃惊地看着她，简直不敢相信自己的眼睛。他身体的欲望早已勃起，脚下却动不了。

“怎么，怕了吗?”她的眼波如秋水，她看着他，又迅速把她的绿裙子脱掉，然后是里面的内衣和三角裤，一样一样丢在脚下。她一丝不挂站在他的眼前，她的皮肤白得有些不真实，像梦一样不真实。她像极了那棵绿色多肉植物，透明，剔透，清脆，可口。欲望在他身体的每一个细胞里升腾，他迎上去抱住了她，把她按在了沙发上。《一树梨花压海棠》，他想起来了《洛丽塔》的另一个名字。“洛丽塔!”他如痴如狂地亲吻着她，抚摸着她。她的鼻尖，她的眼睫毛，她的红唇，她长长的脖颈。她的皮肤充满了弹性，她的身体充满了少女特有的芬芳。她柔顺得像春天的柳枝，缠绕着他，她的手指在他浓密的头发里穿过。

“来啊。”她又轻轻地唤他。

他捕捉到她的两座山丘，他的手轻轻地拂过山丘，然后到达山丘顶上的两颗红樱桃。他的手伸向了那诱人的红樱桃。他的手还在继续探索，向下向下，那里已然湿润如春泉。“真是个小妖精。”他喃喃地说。

“来啊，吃了我。”她勾着他的脖子。她的身体像一颗青杏，还带着一丝生涩。他心里陡然就生出了一丝犹豫，这当口，门突然响了，是盛月的声音：“快开门!”

他心里一惊，怎么是她！他一惊，就醒了过来。

原来是个春梦。春梦了无痕。他躺在那儿，黑漆漆的夜，没有一丝光亮，什么都看不清楚。他心里还在回味着梦里的她，似乎她还在他的怀里，柔软芬芳，香甜可口。可惜是个梦，即便是在梦里，他亦未能痛快地如愿。夜黑如墨，秋夜寒气入骨，他怅然若失，长叹一声，再也无法入眠。床的那一头，是那个鱼缸，和鱼缸里一条名叫旺达的鱼，游啊游，不停地游啊游，后面跟着起了一串薄薄的水泡。他怔怔地看了阵，又迅速地躺下来。他怕自己再多看一眼，就会变成一条鱼。

一转眼就到了年底。

那天他刚到公司，老板就找了他去说话。说是现在资金紧缺，政府部门砍了很多项目，他在的那个项目也在其中，他的合同就不会再续约了，以后有了资金一定再找他云云。他心里一丝丝苦涩涌了上来，表面上还是客气地谢谢老板这几年的照顾。

他回到自己的小隔间，把东西收拾好放在一个纸箱里，那盆多肉植物放在最上面，晃晃悠悠的。他上了电梯，旁边站着一位圆脸的白人大妈。“你不觉得外面的世界很好吗?”她说。他勉强朝她笑笑，眼神有些空洞。外面的天空是浅灰的，远处有一抹淡黑，云层堆在那儿，闷闷的，茫然一片。他心中也似这天气，尽是拂之不去的茫然。要下雨了。雨在后半夜下了起来，淅淅沥沥，没个完。他本来就睡不着，听着雨声，更是无法入睡。一种被整个世界排斥在外的孤寂环绕着他。他下了床，打开窗户，雨丝飘到了他的脸上，他的脸一下就变得湿漉漉的。

第二天他本来准备去社保中心报失业记录，看到外面潮湿灰暗的地面就很颓丧。他硬着头皮上了车，下了高速，等在一个红灯前。灯变绿，前面那辆车却不开。他等了好一会儿，终于忍不住鸣了下笛。前面车门打开，出来一个肥胖的黑人妇女，对着他大吼：“你没看到我车坏了吗!!”

“Fuck（他妈的）!”他在心里骂了一句脏话，恨恨地看了一眼那个黑人妇女，把车子从旁边车道开走，心里无端又添了一肚子的气。雨又下了起来，天空又成了青灰，奥斯汀的冬天其实下雨不多，这真是个古怪的冬天。雨刷单调地打着车玻璃，雾气蒙蒙，前面的路也看不清楚了。他觉得自己像是在和这个世界掰手劲，而他总是输的那一方。

他什么都不想做，整天待在家里，甚至都不想和她在脸书上交谈。连自己的生计都成了问题，哪还有心思去想遥不可及肥皂泡一样不真实的洛丽塔。

他浑浑噩噩地睡了几日，终于打开电脑。她放了张新相片，他没有去点赞。过了几天，她在脸书里给他发信息：“你好像很久不说话了。”

他突然心里一暖，就忍不住告诉她：“我失业了。”

“噢。没关系，振作起来，再找吧。”她说。他想，她到底是个单纯无心机的孩子。

“谢谢你！我就知道你是个好姑娘。”

他把自己第一次见到她的感觉告诉了她。“你就像一束光一样照亮了我。”

“真的吗？我不知道自己还能给别人信心。其实我是个很自卑的人，我在学校里成绩一直不好，是个典型的 B 等生。”

他没想到心中的女神居然也和自己一样充满挫败感，心里竟有了丝同是天涯沦落人的凄楚，就忙去安慰她：“你是个聪明的孩子，成绩不能说明什么。”

“可是大学申请 GPA 很重要。我妈妈总让我去上数学的补习课，可是我一上补习班就头大。我大概就是没有学数学的基因，要是有丽莎一半聪明就好了。”她的语气里很是颓丧。

“不一定非得靠数学吃饭啊。”他说，马上又想起自己，靠着计算机吃饭，又因为学得不精，都被炒了鱿鱼，不由又心虚又难过。

“谢谢你安慰我，我父母其实早就离了婚，我父亲那边又结了婚，生了个弟弟，其实很少管我。我妈妈一个人带着我过，整天就盯着我。她不准我喝可乐，说是不健康。不准我去聚会，说是怕有毒品。家里的气氛总是压抑。有时候，我甚至想逃离那个家。”劳拉像是找到了一个倾诉的人，一下子说了好多话。他想起了女儿丽莎，父母亲分居，她嘴上没说什么，是否心里也一样难受？自己还能算一个称职的父亲吗？他心里暗自惭愧，不由对劳拉心生怜惜，便如宽慰自己孩子一般说了一番道理。

“人生为什么会有这么多烦恼。”劳拉还是郁悒。他不禁哑然失笑，她这样的苦恼也算苦恼？又一想，为什么不呢，这样的烦恼在她这个年纪就是天大的事了。人生的烦恼其实是和人的年纪一起膨胀变大。年纪越长，烦恼越多越痛，只不过人的承受能力也一点点变大，所以烦恼中的人痛苦程度倒是差不太多了。他这样想着，不由又想起了那个电影，小女孩问男主人公里昂：“人生只有小时候才是那么苦的吗？还是一直是苦的？”“一直是苦的。”里昂说。

他不知道该不该跟她说人生的真谛就是苦的，想想还是算了，总得给她一个想头吧。等她到了他这个年纪，自然就会明白这个道理，现在不告诉她未尝不是一件仁慈的事情。他这么想着，就跟她说那个电影最后的一幕，小女孩在操场上种下里昂留给她的那盆万年青，她跪在那盆万年青一旁，神色冷峻，没有一滴泪，一字一顿地说：“Leon, I think we are going to be OK.（里昂，我们会没事的。）”

“是的，We'll be OK.”他跟她说。他这么安慰着她，自己好似也振作了一些。他想，明天就开始改简历，多试试几个地方，车到山前必有路。他觉得自己多少有些自欺欺人，但是，又能怎样？

他们那晚在脸书里聊了很久。

“我得休息了，我妈妈催我了。”劳拉在脸书上敲了行字。

“睡吧，我亲爱的小姑娘。”他说。

他沉下心，开始认认真真改简历。到了第二年年初，还真有几个公司打电话过来询问，虽然最后都没成。二月初的时候居然有家公司要他去面试。他把这个消息告诉了劳拉。

“真是好消息，我周日去教会，会给你祈祷的。”劳拉说，“把你的愿望大声说出来，全宇宙都会来帮助你的。”

他很有些感动，眼眶有些湿。她有一颗透明的心。她的宽慰虽然孩子气，但多多少少给了他一丝慰藉，像是又看到了一丝光亮，一切似乎都有了些微茫的希望。

那天他在网上看到斯汀要来得州开演唱会的信息。二月初会来休斯敦的丰田中心开一场演唱会。他给劳拉发了个信息。“斯汀的演唱会，我们一起去看吧！”他兴奋得很，语气竟然像一个孩子。

“好啊！我一直特别喜欢斯汀。”劳拉显然也很兴奋，“不过那天我得想个法子溜出来，我妈最近老盯着我。”

“演唱曲目单里就有《心的形状》。”他一边说一边顺手在脸书上发了几行《心的形状》里的歌词给她：

If I told her that I loved you（如果我告诉她我爱你）

You’d maybe think there’s something wrong（你会不会觉得有问题）

他买了两张票。说好了去她家附近的一个公园接上她，然后开车一起去休斯敦，不过三个小时的车程。

“你可以穿那件绿色的裙子吗？就是你唱《心的形状》那次穿的裙子。我喜欢你穿那件裙子。”他说。

“好啊。”她高兴地回答。

多么好，他想，下周有一个面试。这个周末正好放松一下，和他的洛丽塔一起去听他喜欢的斯汀。他想象着和她在一起的好时光，车子里就他们两个，什么都不说，空气里满满地流淌着美好和柔情。也许她还会唱起那首歌，他开车，她唱歌，那样就有了欢乐。到了丰田中心，他会小心翼翼地护着她，宠着她，给她买她爱喝的可乐。她还是个孩子呢，是个没有心机，纯净，带着点忧伤的孩子。他兴许能弥补一些她父亲的空白？他对她怀揣着一种复杂的情愫，苍老又鲜活，既像是对情人又像是对女儿。他这么想着的时候，心里充满了温柔、心悸和一种莫名的伤感。

他出了门，突然想起了什么，折回家，又拿了那盆多肉植物。耽搁了一点时间，他到公园的时候她已经到了，他远远地看见了她。

她穿着那件浅绿色的裙子，露出白皙的长长的腿，正是他心目中洛丽塔的样子。风吹起她的裙裾，鼓鼓的，她站在阳光下，闪亮着，像一颗绿色的通透的心。他看了看手里的那盆多肉植物。他笑了，快步向她走过去，他要把它送给他心中的洛丽塔，他的光亮，他生命力的源泉。

他还差两步就要走近她了。周围突然跑出来三四个警察，向他直奔过来，他们迅速地把他双手反铐，动作之快，让他瞠目。他手里的那盆洛丽塔摔在了地上，一瓣一瓣的心的形状的叶子摔了一地。

“施先生，我们得到举报，你涉嫌猥亵诱拐未成年少女罪。”其中一个老狗熊一样的警察对他说。

然后他看见了劳拉的父母，也从附近跑了出来安慰惊慌失措的劳拉。她的眼睛里都是慌乱，像是被猎人追捕的一头小鹿。

他的手被扯得生疼，没有来由的，他想起了那条名叫旺达的鱼。那鱼没人照顾，会饿死的吧，它的灵魂真的会坠入深渊的。“旺达。”他轻轻地说着，眼角不觉有些湿。

地上破碎的心形多肉植物早已被踩成了一摊绿泥。一分钟之前它还是一颗透明纯净、充满光亮的心。那是他的洛丽塔。

“洛丽塔，我的生命之光，我的欲望之火。我的罪恶，我的灵魂。”

他听到了那句话，从某个久远的时空，某个遥远的角落飘过来。

* 一个人的公共汽车 *

一

情人节那天，我收到老周的一束红玫瑰和陈静文的一条微信：我在 Seton 医院的 ICU 病房。我非常吃惊。听说她得了乳腺癌，已经动了手术，也恢复得不错。我和她并不是关系亲密的朋友，不知道她为什么要特地通知我。然而 ICU 三个字结结实实地吓到了我，我打了个拥抱的表情符，问可不可以去看她。她很快地回复，你方便吗？我说正好没事。她说那好，你到了 ICU 就说找莎拉。

我从抽屉里找出一盒费列罗金莎巧

克力，Costco（好市多）买的，上个星期有优惠，十块钱一盒，我买了好几盒。美国的情人节，其实更是感谢日，孩子学校的老师，教钢琴的老师，教网球的教练，都少不得要打点。

我从来没有去过 ICU，未曾料到 ICU 病房竟是如此安静。我一直觉得 ICU 该是性命攸关的地方，亲人呼天抢地，医生护士脸色严峻地进进出出。前台有几个护士俯首趴在桌面上写着什么，我报出静文的英文名字，他们指向走道尽头一个挂着深蓝色布帘的小隔间。里面依然安静，心电仪的声音让小小的空间有了一丝虚妄。她躺在升降床上，看到我进来露出一个浅淡的笑容，说，谢谢你，没想到你这么快就过来了。她的眼睛里有几丝浅红的血丝，皮肤干涩得有些发皱。是啊，我家离这儿很近。我说着，把巧克力放在淡棕的台面上。我说的是真的，我家和医院只隔了一条高速公路，有几回，夜色深沉的时候，我能听到救护车的声音，尖厉，像是要把夜的天空划出一个小口子。

嗯，今天是情人节呢，真是不好意思。她看着我，欲言又止。美国的情人节，照说是要和老公或者情人庆祝的。我搪塞了几句，反问她，你一个人？你家老梁呢？

他带梅丽莎吃饭去了，这次复发比较急，乳腺球蛋白和增殖细胞核抗原的指标都很差，医生就要我来 ICU 了。她说。

我没太听懂她说的指标，但还是点点头，有点不知所措。房间的墙壁很白，和家庭医生看诊的房间一般大小，也有个水龙头和小小的台面，只是中间的升降床和心电仪让房间有了如临大敌的感觉，我这才注意到她的右手腕有静脉输入的针管。我心里扯了一下，眼睛又转到她的身上。老梁这次回来待多久？我问。

不知道。她的脸色有些黯然。

老周呢？她问，还在北通？

是啊，他能去哪儿？我撇了下嘴，就这么混着呗。

他还踢球吗？她问。

不了，都跑不动了。我说。

她的眼光游移到天花板。医院的天花板是一块一块四方的板子，而不是一般住宅那样一片浑白。然而也是白，衬得她的脸更是白净。

我想起第一次见到她，便是注意到她的白。我上大学的时候有男生给我起外号黑郁金香。我觉得他们或是耻笑我，我自小肤色偏黑，于是总特别注意女人的肤色，就像胖子总是注意别人的体形。

我和静文第一次见面是在球队的一次野餐活动中。

老梁和老周（十多年前，或者勉强可以叫小梁和小周）是同一支业余足球队的。队员基本都是在高科技公司上班的技术男，有一两个得州大学教书的教授。老周踢前锋，老梁踢中场。他们踢完球后经常聚在一起喝酒吃饭，大多数时候是不带家属的，但也有几次喊上家属。球队的家属基本上也是技术女，或者是像我这样做会计的。我们都是第一代移民，职业的选择实在乏善可陈。

野餐会上很自然的男人一桌，女人一桌，孩子一桌。人如其名，静文很安静地坐在女人这一桌的边角。她的颧骨有些高，眼窝很深，样子有些像那个叫袁泉的电影演员。她一边吃一边听我们说话，自己不太说。她吃鸡腿的时候也很斯文，拿刀子把鸡肉从骨头上剔下来，再拿筷子夹起来送进嘴。我在想，是不是人的名字和这个人有一种互生关系，名字渗透出某种禅意，让这个人一路朝着人名的方向狂奔，以至于最后这人就成了名字的衍生品。女人群里的黎华，老公是得州大学的教授，说话没顾忌。你知道吗，有一种女人叫公共汽车。说到这儿，她等了片刻，特地压低了嗓音，就是谁都可以上。我们都哄笑起来，只有静文的眼睛里闪过一丝惊慌，被坐在对面的我看了个正着。

正好老梁过来，女人们都止住了笑。老梁拿了一盘新烤的鸡翅过来，放在我们这一桌的正中。现烤的，你们女同胞吃起来。他说着，又走到静文身边，你要一块吗？静文说好，老梁就拿了一个鸡翅，放在一个盘子里，摆在她面前。又问，要可乐吗？静文也说好。他就折回去，在冷冻箱里拿了一罐冰镇可乐，又走到我们这一桌，把可乐打开，倒进一个加冰的红杯子里，递给静文，然后又回到男人那一桌。

你老公对你可真好。黎华笑着说。是吗？静文笑了一下，还行吧。金色的阳光簌簌而下，她白净的脸上似乎也镀了一层薄金，就像费列罗金莎巧克力，金灿灿的，让人忍不住想咬一口。

那天回家后，我跟老周抱怨，你瞧人家老梁，对老婆多好。你怎么不说人家老婆多白皙，多安静。老周没好气地对我说。什么意思，嫌我黑嫌我闹吗？我很生气。老周嘿嘿一笑，岂敢岂敢。

只是眼前的她，白净变成了苍白，人也缩了一个尺寸。时间是那根魔术棍，把曾经的风华一一抽离，退去了丰满，唯余形骸。其实早几年她还是好好的，有一回我在 Home Depot（家得宝公司）远远地看到她，穿着深蓝色的牛仔裤、象牙白的衬衣，虽然瘦，却很有风韵。

你坐吧。静文招呼我。

我坐在了她的升降床旁边的圆凳上，是那种可以转圈的凳子，我的身子晃了晃。

我看过你写的文章，在 BBS。她的嘴角浮出一个小小的笑。

哦？我吃惊地看着她。BBS MIT 号称是海外第一门户，那时候聚集了很多留学生和刚刚开始工作的技术移民。我在一个叫“文海拾贝”的论坛写文章，小有名气。那段日子曾经让我觉得生活无比充实，我像个着了道的斗士，几乎每天都发帖子到文学论坛，我的文章总是被加精。后来，BBS MIT 的人气一天不如一天，我于是也不写了。我原以为码字是会上瘾的，一天不写就过不下去。却不是这样。我照样上班，照样和老周吵架，只是以前码字的时间我用来追剧。三年前，我跟风开了个微信公号，开始写连载小说，居然还颇有几个读者。我不再追剧，也不太做家务，把孩子喂饱之后就埋头码字，老周意见很大。

我记得你写过一篇文章，名字叫“一个人的公共汽车”。静文说。

我想了起来。我那时八岁吧，偷了母亲的钱，一个人去坐有轨电车，201 路公交。车站不大，有好几条铁轨岔道，电车还是 20 世纪 30 年代日本造的老式电车，墨绿色的车身，车门处是金黄，车窗的地方也是漆了一层金边，车顶依旧是金黄。颜色如此不搭，这公交车看起来便如一只笨拙的甲壳虫。更不协调的是车顶伸出两根乌黑的铁缆，小辫子一样，架在电线上。我一个人坐在最后排，扭头看后面，火柴盒一样四四方方的红房子，水泥柱上白底红字的招牌，几个低头穿过铁轨的行人，一切都沉浸在一种古旧的气息里。甲壳虫开得很慢，哐当哐当，就这么漫不经心地往前开，像是开进一个没有尽头的时光隧道。

我把这些都写了下来，发在那个论坛，有不少人留言，说喜欢那种感觉。

好久以前的文章呢，你居然记得。我说。那时候好闲，又没孩子，天天码字。

我和老梁是坐公交车认识的。静文说，她感兴趣的似乎并不是我的文章："那时候，我总是在学校上自习到好晚。我总坐最后一班校车，最后一排，老梁也是，我们并不相熟，所以总是隔着几个座位。我住的地方先到，有一次，我下车后回头，看到他扭过头，隔着玻璃看我，我也看着他，那辆公交车上就他一个乘客，我看着他贴在玻璃上看我，看着那辆一个人的公共汽车愈行愈远，那样的感觉，又孤独又温暖。"

她说完，脸上又显出一丝若有若无的笑意。

好深情啊，我说，老梁的公司快上市了吧。老梁是五年前海归的，做芯片测试的设备。我周围好几个人回国做芯片设计，但是做设备的不多。

还在B轮，这轮资金一直没有搞定。静文说，前一阵还飞到日本做游说。她说完咳嗽了一阵。我站起身，想拍拍她，又觉不妥，便又坐了下来。

你一个人在这边真不容易。我说。老梁海归后，静文带着女儿梅丽莎留在美国。她家这样的情形不在少数，主要是孩子的教育问题。她女儿那时上初中，这个年龄段的孩子回国，中文已经很难赶上，国内的学校竞争又激烈，只能男人做海鸥飞来飞去。

这年头有谁是容易的呢。静文说，脸色依然平静。我有些吃惊她语气中的淡然和疏离，刚才说一个人的公共汽车的那种温情早已荡然无存。但是，对于一个癌症复发的中年女人，这又有什么奇怪呢？我似乎找不到把对话进行下去的钥匙，于是陷入短暂的沉默。

我其实是个要求不高的人。静文似乎并不需要我说什么，又开了口，我只希望他对孩子好一点，对我妈妈好一点。我妈太难了，我爸在我很小的时候得了胰腺癌，现在又轮到我。

可是，你会很快恢复的。我嗫嚅着，我知道自己不过是在安慰她，但是，我还能说什么。

谢谢你。她又露出一个淡淡的笑，这似乎是她特别典型的笑。其实，我知道的，癌症只要一复发，基本没戏了，我爸就是这样。她又淡淡地笑了一下，脸上的法令纹特别显眼，很明显的两道纹路，我从那鲜明的折痕里读出了凄然。

唉，我叹了口气，老梁人很好，你不要想太多。

静文顿了一下，你知道有一种男人叫蒲公英吗？

蒲公英？我重复着这个词。

她突然剧烈地咳嗽起来。心电仪的声音也更响亮。护士，护士，我掀开蓝色的帘子，站在走道里喊了起来。

护士很快就过来了，是个矮个子的墨西哥裔男人，他按动床旁边的按钮，把静文的床的后背直起来，静文的头抬得更高，他又拍着静文的后背，你吃了什么吗？他问。静文没有回答他，只是咳嗽声音小了许多。

下次，你可以按这个红色按钮，他看着我说。然后退了出去，把布帘又拉上。

我跌坐在圆凳子上，凳子几乎转了一大圈。我什么也不敢说。屋子里安静得可以听到我的呼吸。

静文躺在那儿，眼睛盯着天花板。过了良久，她终于又开了口，那时候，我没有想到他居然是一个理工文艺男。静文又开了口，目光依然停留在白色的天花板上，他还翻译了一首诗，一个俄国作家的，名字叫《我想和你生活在一起》，我觉得，他的译本比那些名家的要好得多。

他懂俄语吗？我问。

不，他是从英文翻译过来的，但是，那个意境，那个措辞，连我这样挑剔的文科生都觉得好。她说着，又淡淡地笑了，眼角的皱纹清晰可见。

你原来是学中文的吗？我问，突然发现，我对她知之甚少，我只知道她后来转学计算机。

不，哲学。她笑了，我本科的时候并不喜欢这个专业，当然也说不上讨厌，到了美国这个专业是找不到工作的，我就转了专业。我是得病以后才意识到哲学的奥妙，把一个人变成哲学家只需要一场大病。

我点头，心里祈祷自己永远和哲学隔着千山万水。

我的手机响了，是老周。去哪儿了？他问我。我说在静文这儿。哦，他突然不说话了。

你回吧。静文说。

嗯。我应着，起身告辞。我回了，你多保重。

谢谢你……她的眼神里流露出一丝迟疑，整个人变得脆弱又哀伤。

谢谢你的巧克力。她毅然而淡然地说，眼神又变得坚韧。我在心里叹了口气，再见，我说着，掀开了蓝色的布帘，我仿佛听到背后的一声叹息。

二

我的生活照旧。琐碎、重复，平淡无奇。唯一不同的是我不再需要早上 7 点 15 分的闹铃，我总是在四五点的时候就醒了过来，我闭着眼，感受天地万物的空洞和寂静，或者是老周不太匀称的鼾声，间或还有后院的鸟鸣，那些声音在黑暗中变得格外响亮。有时候，我会想一些奇奇怪怪的事情。我以前也不想这些。老周总说我这种脑子不想事的人，居然会去写小说，太奇怪了。我问他那什么样的人适合写，他又不说话了。

我和静文在微信上交谈过几次，我知道她出了院，在做化疗，好像她的母亲也从国内飞过来照顾她。

这样子过了大半年，我突然又收到静文一条微信：我恐怕时日无多，我在 blogspot（海外博客网站）有一个博客，是我这么多年写的一些东西。然后，她给了一个博客的地址。

我心里哐当了一下。不会的，你会扛过去的。我打了一行字。

没有奇迹的，不会有奇迹的，这个世界不过是个巨大而荒谬的存在，更何况一个小小的我，我已经想得很明白了。她又打了几行字。

我能做什么吗？我说。

隔了很久，我又收到她几行字：我不知道，我这边都安排好了，我妈妈过来了，老梁也在身边。我想她一定很艰难才打出这一行字。我不好再说什么，我意识到语言在这个时候是多么苍白，语言是存在的语言，就像云是天空的云，这句话是谁说的？我打了几个拥抱的表情符。

她没有再回复我。

我打开了她的博客。

最近的一次更新还是年初的时候。

奥斯汀居然下雪了，这里的夏天多么热！雪花从灰黄的天空里旋转而至，每一片都如此郑重，如此端庄，很快，地上就积了两指厚的雪。后院的英国橡树给冻住了，黑黑的细枝丫上裹了一层薄冰，质地晶莹，泛着冷灰色，靠篱笆那一株仙人掌也给冻住了，青玉色的绿掌和浅粉色的花苞都凝固在冰壳里，像是时间也给凝固住了。梅丽莎高兴地跑到院子里堆雪人。她把自己那条红格子围巾围在雪人脖子上，笑得好灿烂，她已经很久没有这样笑过了。

在南方，我有十年未曾见过雪了，这个冬天如此盛大，如此凛冽，充满神谕一般，这将是我看到的最后一场雪吗？

我没想到她居然十多年前就开始写博客了。她把博客很认真地分了类，育儿，读书，还有一栏，一个人的公共汽车。我下意识地点开“一个人的公共汽车”，只有一篇文章。

这几天总是想起那首诗，更多的是他递给我那首诗的情景，那天我们还是如常坐在公交车最后一排。那天是个周五，他在我下车之前慌慌张张地把一个信封塞到我的手里。我下了车，他还是那样把脸紧贴在后窗看着我，我目送着那辆公交车迟缓地消逝在夜色深处。我走到路灯下拆开了那封信，里面是一首诗，题目是《我想和你生活在一起》：

我想和你在一起，在一个
遥远的小镇上。
日暮时分，门外有
无尽的钟声和
无尽的斜阳。

小栈的古钟，
点滴着
时间的悠长。

楼上的小阁，有一缕笛声在
悠悠地吹响。
吹笛人的窗前，
有郁金香，
大朵大朵地开放。
…………

那页纸的最后写着一个我不熟悉的名字“茨维塔耶娃”。

我没想到他会这样用心，我曾经和他说过自己喜欢诗歌，虽然也不懂，对于某些诗句，无端就是喜欢。这一首便是如此，像是用语言营造出来的一个桃花源。我一整个夜晚都欢欣不已，辗转难眠，到了后半夜才睡着。很多年后，我读到别的译本，总觉得还是他的版本最好，尤其那句“吹笛人的窗前，有郁金香，大朵大朵地开放”。而翻译家的版本是这样的：“笛声，吹笛者倚着窗牖，而窗口大朵郁金香。”文字有些沉朽，不如他翻译的，鲜活、灵动。

我想和你生活在一起。后来，我们就生活在一起了。

我想起那天在医院，她就提到这首诗，原来这是他最初献给她的情诗。一个美好爱情的开始，有大朵的郁金香，有诗歌的清韵。我有些唏嘘。

我又看了她其他的文章，育儿那一栏，有一篇是这样的：

天还蒙蒙亮，我睡得正香，梅丽莎的小床上窸窸窣窣。迷迷糊糊的，我知道小家伙要醒了，这是前奏。果不其然，她开始喊，妈妈，爸爸。我和老公装作没听见。小家伙看看没动静，开始了她的例行公务，把她少得可怜的几个词重复一遍：4，5，6，然后是妈妈、爸爸。终于不耐烦了，开始扔东西，小枕头，小毯子，小垫子，再把自己的小袜子也脱了扔出去。当她把所有能扔的东西都扔出去，试着要爬出小床时，我翻身而起把她抱出来，小家伙脸上露出了胜利的微笑。

文章都不长，我挑着看了几篇，挺生动的，都是她家孩子还小的时候的事情，琐琐碎碎，点点滴滴，她都记着。倒是孩子大了后写得少了，零零星星几篇。一件事情，无论大小，无论善恶，重复做，总会让人心生倦意。人到中年，这样的重复越发多起来，空虚、烦闷搅拌在一起，越发让人觉得难以忍受，而这种忍受终日重复，也会让人麻木，以至于也变得可以忍受了。

我又点开了读书一栏，是她看过的书的读书笔记，她看的书挺杂的，英文、中文都有，心理学、哲学、文学甚至政治学，我有些吃惊。有一篇是爱尔兰作家托宾的《一减一》读后感，我没想到她会看这种小众的文学书，我点开了。

托宾居然写到瓜达卢普，那可是我在得州大学上学时日日经过的一条街。那时我们住在六街，经常走路去集体全食食品店买东西。那里的东西可真贵，我们是穷学生，但是他会买一整束的郁金香给我。还有一次，我们没有赶上末班的公交车，只好走路回家。我们沿着瓜达卢普走，拐到英菲尔德大街，再走回六街的寓所。英菲尔德大街两旁城堡般的大房子在月光的浸润下，静寂神秘，如梦境一般不真实。他说，等有钱了，我也要给你买这样的大房子。

文章看到最后我哭了，我知道我又想起了父亲。父亲离去的时候我才七岁，我清晰记得自己站在灵堂前，手里拿着父亲的遗像，那个小小的我，看吊唁的人一个个从我面前走过，却一直没有哭，但父亲单位的领导过来时我大声地哭了起来，我哭着喊，我再也没有父亲了！那个秃头的领导也掉下了眼泪，没过几天，他给了我们很大的一笔抚恤金，两个月后，我和母亲在街上遇见他，他装作没有看见我们。那个时候，我已知道悲伤是多么廉价，多么具有时效性。

只是，她的日记除了记录身边的情况和读书笔记，并无太多信息，她甚至都没有提到自己的病，虽然最近几篇总会有几句呓语似的问句让人隐隐感到不安。这将是她看到的最后一场雪吗？

两个星期后的那个早晨，我刷屏的时候看到她的微信有了一条更新：我最亲爱的妻子陈静文于昨天晚上平静地离开了她深爱的家人，享年 45 岁。下面配着一张她的相片，她坐在一条长椅上，一只手搭在椅背上，一只手搭在腿上，看着前方，嘴角是一缕淡如薄云的笑。长椅的左侧，有一丛黄色的郁金香，不是很显眼。

我的心陡然跳了起来。这条信息是昨天凌晨 1 点发的。我昨晚似乎有些心神不宁，本想看点书，却怎么也看不进去。这当然和她的去世并无关联，我并不是她的密友，她应该不会给我什么预兆。我努力咀嚼她的死对我意味着什么，我想不清楚，但是眼泪却没有征兆地从我眼角流出。

她的葬礼是一个星期之后。

我没费太大力气就决定去参加她的追思会。一个和我年龄相仿的女人去世了，这个人，我认识快二十年了，我似乎有义务去，我也想去感受一下悲伤。是的，悲伤，我们需要这样的悲伤。悲伤其实是和欢乐一样的物质，我们需要它，当然，我们不需要太多，就像鸡尾酒杯上的那层盐，可以丰富你的口感，让其他原料尝起来更像它们自己。

我出门的时候，老周塞给我一束白玫瑰，我说，静文喜欢郁金香的。老周没有回答我的问题，而是问我，你会去参加下午的下葬仪式吗？美国的下葬仪式一般是关系比较亲密的亲友出席，我想了想说，不去。

那天天气很好，我下了车，有清冽的风拂过我的脸，不是那么刺骨，让人忘记了就在一个月前，这里曾有过一场肆虐的暴风雪。殡仪馆的那个房间不算大，有三四十个人的样子。我想起几年前我参加过的一个同事的孩子的葬礼，是在一个教堂，人那么多，我只能站在后排聆听。

我签了到，坐在后排，我看到黎华和好几张熟悉的脸庞，都是老梁球队的人。屋子前方摆了一些花圈，还有几张放在相框里的照片。照片里的静文好看，安静，透着点妩媚。

开始了。屋子里安静了下来。老梁站在麦克风前，一身黑色的西装，挺括有型，如果不是他额角的白发，我会以为他还是多年前那个游走在青年和中年之间的人，那个奔跑在足球场上的人。他开始念悼词，隔得太远，我看不清楚他脸上细微的表情。他说得很动情，有一刻，他停了下来，因为声音里有一丝哽咽，但是他没有被情绪带离，而是重新回到了那种低沉的叙述。一个好妻子，好母亲，好女儿，一个我们认为应该如此的静文。接下来是梅丽莎。她居然这么高了吗？我有多久没见过她了？人是在一瞬间长大的，她说，谢谢我的妈妈；从前我并不懂得她的爱，现在我懂了，她是那种可以为孩子牺牲一切的妈妈；从前我不懂得意义，但在我失去她的那一刻，我懂得了意义，懂得是以失去为代价的。我低垂着头，闻着手中那束玫瑰散发出的淡幽的香，听着那个连声音也像极了静文的人说着这一切。声音停了下来，我抬起头，看到梅丽莎背后的窗楹散发出丝丝光亮照在她身上。远远看着，她像极了静文，都是细细的身材。我突然有一种恍惚，仿佛静文站在那里，俯视着这些她熟悉的亲朋好友聚集在一起纪念她的逝去，她一定觉得这有些荒谬。

静文的母亲没有致辞，只是静静地站立一旁。

最后是我们向逝者致注目鞠躬礼。我跟着人群，向棺木走去。人群走得并不快，终于，我又一次靠近了她。她就躺在近旁那具深红色的棺木中央，棺木周围有大团的花朵，其中一团，是白色的郁金香。我把那束白玫瑰放在郁金香的旁边。越过花丛，我看到了静文的脸，灰白色的脸，非常不真实的一张脸，没有一点表情的脸，仿佛她不甘心就这样沉睡过去，而是随时准备醒转过来。这个念头让我心里莫名地有了一丝惧意。

老梁和梅丽莎站在门口和来参加葬礼的人告辞，有几个男人拥抱了他，女人则是拥抱梅丽莎。轮到我时，我没有拥抱老梁，也没有拥抱梅丽莎，我不知道该怎么做，只是笨拙地伸出右手，好在老梁也伸出了手。节哀，我握着他的手说，他的手很冷。老梁看了我一眼，嘴角抽动了一下，谢谢你来，他说。梅丽莎，保重，我对旁边的梅丽莎说。她可真像静文啊，尤其是那双深陷的大眼睛。谢谢，梅丽莎说，神情有些茫然。静文的母亲坐在旁边的长椅上，神色凄然，眼睛不知看向何处。我想到静文那句话，我只要他对我的妈妈和梅丽莎好一些就行了，我的眼泪又一次掉了下来。

我走出殡仪馆的门，风送来不知是郁金香还是玫瑰的味道，冷冽的风，我打了个寒战。南方极少有凛冬，一个月前那场早已散尽的凛冬却在此刻浮出水面，我只觉得冷。

三

回家的路上，我有些心神不定，我错过了高速的出口，只好在下一个出口再出。掉头转回的时候，静文的脸、静文母亲的脸和梅丽莎的脸在我眼前交错浮现。

回到家，一楼客厅静悄悄的，我上楼，儿子在他房间里打电游。我有些生气，问，你爸呢？儿子眼睛也不抬，边玩边说，不知道。我又去女儿房间，她在看韩剧，我又问同样的问题，她也说不知道。我给老周打电话，居然直接就是留言，微信语音也不接。我有些烦闷，坐在沙发上刷微信，不觉又找到和静文的对话框，这一次，我才注意到多了一行字：密码是onelonelybus。密码，她的博客密码？我居然都没有注意到?!我忙打开她的博客，密码有了，可是，她的用户名是什么？我想了一小会儿，何不试试她的邮箱？我找到了她的邮箱，用户名和密码都输进去的时候，我有些紧张，系统居然说信息不对。我于是又试了一次，一个绿色的勾显示在我眼前，进去了！

我在她的博客里找来找去，我并不是特别熟悉这个网站。我到处翻找，在我几乎要失望的时候，我看到了 draft（草稿）这个栏目，我一下子就屏住了呼吸，点开了那个栏目。找到了，都在这儿，一共有 62 篇，都是她没有公开发布的文章。她的文笔不错，我只是不习惯她用那么多感叹号，我自己写文章最不喜欢用这个。最早的一篇是大约一年前写的：

> 那是一张女人的自拍，一个年轻的女人，眉眼不算出色，不过还算好看，最主要的是，那是一张年轻的脸。我的头皮发麻，第一个反应就是给他打微信语音，问问怎么回事，他一定想不到我会看到这张照片，他一定忘了 iPhone 的云端接口可以同步好几个手机的照片。但他那边还是凌晨，可恶的时差！一整天我都做不了什么事情，我突然想起母亲年初的那句话，难道这就是我今年绕不过的劫？谜底就是这个吗？可是我怎么问他呢？一张不算出格的陌生女人的照片，但是，直觉，女人的直觉！

看到这儿，我像是突然明白了什么，她上次把我喊到医院就是要告诉我这个吗？我迫不及待地翻看下去。

> 这几天，我都是看到这个女人的自拍，不同的背景，不同的服饰，有一张她的嘴微微嘟起，像是在对着谁娇

嗔。心里好闷。她和他的关系肯定不寻常。可是，他似乎对我一直都那么用心，我们几乎每天都要微信！

今天是情人节，他一大早给我发了个红包，520。妈妈群在讨论什么是蒲公英男人。说这样的男人平常像个仆人，公开场合对老婆好，其实呢，在外面像蒲公英一样，到处撒种，处处留情。我看得心里七上八下。晚上的时候，我又习惯性地去查看iPhone的云端接口。第一次，我看到了他们合影的自拍，在一家餐厅，雪白的桌布，墙上贴着金色的墙纸，看起来很高端，他们的脸贴得那么近，她的手里有一枝玫瑰，他们的脸上带着笑，傻子都能看出来！我好像身体被电流击中。我居然很慌张，像是看到了不该看到的秘密。像是有把小钢锯，把我的心血淋淋地拉了一条口子，好疼。原来他真的在国内有人。那个女人，不过就是比我年轻，可是她没我好看！

看到最后一句，我有些伤感。时间和年轻的女人，它们从来都不是我们的朋友。

蒲公英男人，早上新学的词汇现在就派上用场了！这是他给我的情人节礼物吗？但是，能说什么呢，对于人性，我不是早已了然？他下个月要去日本做路演，然后回美国。好，还有两个星期，我可以等。我必须当面问个清楚！我喜欢那种感觉，把一手牌恶狠狠地甩到他脸上的感觉。他知道我的，我的血液里有那种不管不顾的因子。

蒲公英男人，我努力回想上午殡仪馆老梁的那张脸，那是一张蒲公英男人的脸吗？我继续往下看。

我坐在等候室的一个角落。这是一个新修的影像检查中心，欧式的摆设，简约，清凉，墙上挂着几幅宽大的摄影作品。第一幅是野菊花展现在最眼前，第二幅是大片的荆棘，第三幅则是平坦的草地。大片的荒野，安静又荒芜，仿佛已经死去，又仿佛正在重生。荒野的天空上是阴郁的云彩。房间里有轻渺的音乐在流动。这是天堂吗？有一刻，我被某种无法言说的颤动击中。

我突然有一种很不祥的感觉。母亲年初的时候郑重其事地和我说过，小时候有个算命先生给我算过一命，我45岁的时候有一劫。母亲叮嘱我今年要事事小心。我当时听得也是心头一紧，这一年也是处处小心，昨天洗澡的时候，自己就在右边的乳房摸到了一个肿块，圆圆的，像小时候玩的那种玻璃弹球，只是小一些。我给医生打电话，她倒是不着急，说刚刚做完常规检查，应该不会有事。我只是不放心，她于是又给我开了做乳部检查的处方单。现在，我坐在了这里，等待命运的判决。命运，这个词何其深重！

接下来的那篇是好些天后写的。

确诊了。

活检后三天医生明确告诉我，乳癌，3级2期侵袭性导管癌。我在她说出cancer（癌症，肿瘤）那几个字以后基本就陷入了一种混沌状态，是一种溺水的感觉。我都不记得她说了些什么，我居然没有哭，只是心里顿时就沉了下去，像是有人把一个铁球压在我的心脏上，我都能感受到那种生理意义上的压迫，压得我全然喘不过气来。我的脑袋都是混乱的，完全无法思考，但是又在不停地旋转。我最先想到的是梅丽莎，她还在上高中，我想着她的毕业典礼，我要给她买鲜花串，要买那种淡紫色的夏威夷兰花串！挂在她细长的脖颈上，她那么美！然后我还要买一大束郁金香，红色的郁金香！让她捧着，衬着她白皙的皮肤，多好看！

可是，最有可能是他送我郁金香，在我的葬礼上！我给他发了微信，那边没有一点点回音，他那边是深夜，他大概和那个女人在一起吧！短短一个月，发生了这么多事情，我该和谁说？到了下午，他终于回话了！我和他微信语音，刚一开口，我就哭了起来。他要我别哭，我还是在抽噎，像是要把这一个月来的凄苦都倒出来，我好不容易止住了哭，和他说了一下情况。他说，无论如何，你在我眼里还是一样的。我又哭了起来，怎么可能一样？都切掉了。他沉默了一会儿，说你不要想太多，他一周后去日本路演，然后回美国。

接下来的一篇又隔了好些天。

安排的手术是四天后的，他还没有回来，梅丽莎说，她可以开车接送我。我有些不放心，想改期到他回来后做。梅丽莎很坚定地说，她可以，不必等。手术那天，梅丽莎全程陪着我，第一次，我意识到，她长大了。她似乎是一夜之间长大的，不再是那个天真的女娃娃和那个爱和我顶嘴的teenager（青少年），我在心底叹气，有些宽慰，又有些难过。麻醉师是个亚裔，中等个子，样子有些像他。注射进麻药后，他握住我的手，轻轻地呼唤我的名字，莎拉，我在，我应答了一声，突然有些心酸，仿佛我们一家三口又聚在一起了。然而我还来不及悲伤，就眼前一黑，睡了过去。我醒来的时候又回到了蓝色帘子的小隔间。梅丽莎，我轻轻地说，她走了过来，俯下身子轻轻地拥抱我，妈妈，她的眼泪都要流下来，你终于醒了过来！

我忍着泪说，傻孩子，妈妈当然要醒过来。

我们在医院待了三天。回程的路，梅丽莎开得很小心，她是不久前才拿的驾照，一开始是我教她，我们吵了好几架，最后是花钱让她去驾校学。快到家的一个右转路口，她等得稍微久了点，后面的车不耐烦地嘀了她。Fuck you（去你妈的），她骂了一句脏话。我坐在副驾上，看了她一眼，什么也没有说。对不起，过了好一阵，她低声说。我拍了拍她的右臂，这个17岁的女孩，开车载着刚刚做完癌症手术的妈妈从医院出来，我还能说什么呢？我把眼睛转向窗外，没有让她看到我无声的眼泪。

这几天一直在纠结，该不该摊牌。如果不是这个病，我会毫不犹豫地追问那个女人是谁，我会和那个女人斗到底。但是，现在这样的情形，告诉他又如何？我又能阻止什么？时间和命运，它们都背叛了我。

明天他就回来了。我要当着他的面，把这件事抖出来。或者，我什么也不要说，只需打开那个云端接口，把电脑甩到他的面前！我要让自己痛痛快快地死，让他也永远于心有愧！

他是晚上进的门。他一放下箱子，我就抱着他哭了，像是溺水的人抱着一根稻草。我一直地哭，我原以为我有很多话要说，但其实除了哭泣我什么也说不出来。有几次，我真想一吐为快，但是，我居然忍住了，我看不懂自己了。我是在怜惜他，还是在怜惜自己？自尊，骄傲，软弱，或者，还有爱，那么多情绪糅合在一起，我竟然开不了口！我是有多么离不开他啊，我瞧不起我自己。他轻轻地抱着我，生怕碰到我的伤口。他的脸上有一种真实的忧伤。或者还有一丝庆幸吧，他可以顺理成章和那个女人在一起了。

早上他告诉我有个朋友介绍了一个大师，不用药，就是运功，已经治好了好多癌症病人，要不要试一试？我说先看看这次化疗结果如何。我们都是无神论者，但是到了这个时候，哪怕有一丝希望的，都要试试，多么讽刺，原来把一个人变成有神论也只需一场大病。无论如何，他还是牵挂着我的吧，我们能对一个远离妻子的孤单的男人要求什么？天哪，我是在为他寻找借口吗？多么荒谬！

现在回头再看我和他关于开放婚姻的讨论真是别有一番滋味。现代婚姻是对人性的考验和对爱情的摧残，从前我以为我是通透的。我以为一个人可以同时爱两个人，甚至多个人，但是发现他的事情后，我的反应和所有被背叛的妻子并无不同，我心中涌荡着一股无与伦比的恨，我诅咒那个我从未谋面的女人！爱情的私密性和对等性决定它的对象只能是单一的，至少在某个时间段。被背叛的一方必然受到伤害，除非这一方并不知情。在这方面，他比我更仁慈，或者，我比他更坦诚？

看到这儿，我有些困惑，我觉得，这些文字让我靠近她的同时也远离她。

今天的化疗太痛苦了，恶心，那种无与伦比的恶心。我抱着那个塑料桶吐了又吐，吐得翻天覆地，我觉得我连胆汁都吐了出来，最后，我坐在卫生间的地板上哭了起来。我回到卧室，腹部开始痛，我痛得在地上打滚，如果这时候我旁边有把枪，我会毫不犹豫地对准自己。我把自己锁在房间里，我在里面哭喊，梅丽莎在外面哭喊，一扇门隔开了我们。妈妈，开门，她哭着喊。你走！我哭着喊。我不要打开门，我不要她看到我这个样子，不要她看到生命可以如此破败。

我想起了萨特的《恶心》，萨特是多么矫情，又是多么决绝，他连一丝光亮都不给！我们是一堆对我们自己有妨碍的受约束的存在物，我们丝毫没有理由存在，是的，我根本没有存在的理由，我对于他和那个年轻女人是多余的。就当这件事从来没有存在吧！如果他不知道我知道了，是不是这件事就真的不存在了？存在就是虚无，世间万物都不存在，过往不存在，将来也不存在，就连我正在经历的这些苦痛和纠结都将化为虚有，不复存在。

她在诘问，在纠结，在说和不说之间纠缠困扰，在忍受肉体和精神上双重的痛。这人世间的苦啊，如盐一样多吧。难过，怜惜，唏嘘，喟叹……我知道，我伤感了。

> 我没有想到半年后复查的结果这么糟糕，已经转移到淋巴了。这一劫，我怕是躲不过去了。我像是看到了命运的底牌。这几天我都在重复一个噩梦，从一个高峰上往下坠，那座山，似乎是峨眉金顶，近乎垂直陡峭的崖，崖下是没有底的谷。每次醒过来，我多希望我只是做了一个属于别人的梦，然而残余的梦境如杂草一般在我周围生长，让我长久地无法自拔。那天我把假发拿开照镜子，稀疏的几根头发，像梅丽莎还是婴儿时那样的头发，我居然笑了，我没能从那个笑容里读出苦涩。或者，这中间堆积了太多苦涩，多到我已经麻木？

她的文字有些不忍卒读，隔着屏幕和消逝的时日，我想给那个不存在的她一个大大的拥抱。她不再用感叹号了，是她终于接受了命运的安排吗？我心里有忧伤漫过，这忧伤找不到出口，堵在那里。但我得承认，我的好奇心很强，像是地下深藏的草根，顺着一丝丝缝隙往上长。她最后是说了还是没说？

昨天和梅丽莎谈了好久，关于死亡、孤独、意义和自由。她最纠结的就是意义，她觉得什么都没有意义，无论我说什么，她的回答都是为什么，为什么要上大学？为什么要找到一份好工作？如果最终是失去，为什么还要去做？最后我只能说人生是没有意义的，我们存在的意义就是去寻找意义。她马上反问一句，为什么要寻找，意义何在？我们掉入了一个死循环。我真是不放心这个孩子，密涅瓦的猫头鹰到黄昏才起飞，她这么早就开始思考这些人生的终极问题。

我的身体已经被苦痛浸透，它抛弃了我，我在一点点沉下去，我只能躺在那儿，脑子如回光返照一样清醒，记忆如一帧帧幻灯片，飞闪而来又迅速替换，那些我爱过的人啊。我们在公寓后面的空地上放风筝，他双手平托着风筝，我牵着线奔跑。我们在科罗拉多湖畔看白天鹅，他把面包撕碎递给我，我用力地扔到河水中央。他们在踢足球，我坐在旁边的草地上看，那个冲在最前面的矫健的身影。我为什么总忘不了他？

我这几天都在看《西藏生死书》，这样的文字有一种安抚作用，或者说欺骗作用，宗教从来就是麻痹我们的灵魂的，但我们需要宗教，因为我们惧怕，我们惧怕的不是神，而是我们的命运，命运的不确定性，或者说，命运的无常。所以，拥有信仰是多么幸福的一件事情，我们可以把巨大的虚空投射到一个我们坚信是真实的god（上帝）之上，而这个万物之神会引领我们超越痛，超越爱，超越孤独，超越生死。死，真的是生的延续吗？爱，是连接生与死的韧带吗？透过死亡的镜子，我仿佛看到了爱，爱就是宽恕，爱就是给他自由。我总记得那时我和他一起坐公交车，我先下了车，然后他回转头，那样认真地看着我。我下车后，该让他一个人孤单地前行吗？让我成全他，把这个秘密带到坟墓里去，让他没有愧疚地往前走，永远不知道我已经知道。

最后一个记录是这样的：

昨夜又梦见父亲。天空在飘雪，一片片的雪，像一个个灵魂栖落在齐整的松柏上，白雪压枝，柏树愈发葳蕤。父亲从松柏林的那一头向我缓缓走来，他的脸时而苍老，时而年轻，蒙太奇一般切换，不变的是他白色的头发，是雪还是时光把他的头发染白？静文，走吧，他说。是时候了吗？我说，可我还有一件事没有做完。我心里焦急，一着急，就醒了过来。我躺在床上，聆听着黑暗寂静的声音，黑夜让我所有的感官都异常灵敏，我觉得，屋子里似乎也有灵魂在环绕。还有三天，就是春节，我大概是看不到了，原来，不是每一个冬天都可以逾越。然而，我有多么不舍梅丽莎，不舍妈妈，我以为疾病会让我对这个世界洞悉很深，但更多的时候我都不知自己身在何处，我无法抚慰自己的身体，更无法抚慰自己的灵魂。我该如何跟这个世界和解？我该如何和命运和解？人生就是在重复爱和死亡的故事，我将长久地拥有黑夜和死亡，那么，爱呢，爱是南方的雪，等待了十年之久，却在瞬间消融，但是，时间是衡量事物的唯一标准吗？我们有什么理由轻视那些短暂存在的事物？死亡能让我们超越执念获得自由吗？或许我们永远无法抵达自由？

她的叙述有些杂乱，她似乎一直没有找到一个确切的答案，她大概一直都在思索，在纠缠，然后，时间抛弃了她，她也抛弃了她的读者。为什么她最后都没有提到他？他知道她知道了吗？我的脑袋里也是一堆的问题。她最终也没有获得心灵的平静吗？有多少讣告上的平静离世不过是家人给自己的安慰？一阵悲哀袭过，我的心里像是压了一片又一片的雪花，忧伤如融雪汇成的溪流一般向我涌来，又凉，又细。

四

那几天，我觉得静文似乎一直存在于我左右，她以上帝的视角全方位注视着我，注视着我周围的一切，她深陷的大眼睛，安静又忧伤。我和老周说起，他一反往常刺儿头的架势，异常地沉默起来。我心里平添诸多不安，那天晚上，我又打开了她的博客。这一次，我看得细了些，我看到右下方有一个链接，我打开，居然是她另外一个博客，一个英文博客！英文博客是十多年前写的，很久没有更新，一块荒芜已久的田园。其中有一篇的题目是*One Lonely Bus*，好熟悉的题目，我迅速点开了文章。她的英文相当不错，虽然有些词句还有些chinglish（中式英语）。居然是第三人称，女主角叫Sarah，父亲很早得癌症去世，缺乏父爱，又被邻居诱奸，她一直在寻找爱，从不同的男人那里寻找爱，可是，她居然成了一辆公共汽车。公共汽车，我想起和静文初见的那次，当我们说到公共汽车时，她慌乱的眼神。她这篇是小说吗？接下来，她居然写到了一个中年男人的足球队，写到了球队几乎每一个人都和这个叫Sarah的女人上过床，但其实，她只是喜欢其中的一位，她为这个人发狂，想尽办法靠近他周围的人获得有关他的讯息，包括那个人的妻子。天哪，这是虚构，还是非虚构？我心里一凛。

我那时在奥斯汀南边的一个州立大学学会计，州立大学距离奥斯汀有一个小时车程。黎华，我，还有另一个女孩三个人拼车。有一天那个女孩生病了，就我和黎华两个人。黎华神秘兮兮地说，你知道球队现在踢完球去哪儿？去哪儿？我不喜欢黎华这个毛病，说什么事总要卖关子，但我实在好奇，嘴里催促，快说快说。

他们现在移到六街的酒吧去喝酒了。

六街我知道，是奥斯汀最有名的酒吧一条街，有很多酒吧，很多的小乐队，到了晚上，灯光影影绰绰，乐队的声音却无比嘈杂，这晦暗不是该配上低沉的爵士乐吗？奇怪的是，坐久了，居然也能慢慢体会到灰的影糅合在一片喧嚣里的玄妙。

黎华又习惯性压低了嗓子，而且，还有几个单身的女孩和他们一起喝酒。啊！我惊叫了一声，怎么没听老周说？并且，里面有一个是公共汽车。黎华这回没有卖关子，说完后，嘴角露出一丝诡异的笑。你怎么知道？我侧脸看她。

我家老黄带我去的酒吧。她脸上有点骄傲。我又想起那次野餐会，静文的老公可真像个风度翩翩的高级侍卫。我有点嫉妒，凭什么她们的老公都对她们这么好。你家老周长那么帅，你可要看紧点，黎华促狭地说。就他那张嘴，女人都给吓跑了。我大大咧咧地说。

晚上我问老周有没有这回事，和单身的女孩去酒吧喝酒。什么女孩，有个嫁不出去的老姑娘，还有一个是老公在外地，估计是耐不住寂寞。老周的嘴一直很刻薄。

那就是有这回事了？你也去了吧？我说。

去了啊，球队那么多男人，一起去的，能有什么事？

什么叫能有什么事？敢情就是有什么事。

就你疑神疑鬼，反正没我什么事。

什么叫没你什么事，那你们中间谁有事？我不依不饶地问。

你就是喜欢瞎猜，我要上厕所了。老周说完就去蹲厕所。我恨得牙齿痒，但也没办法。老周有一种神奇的本事，我一说什么事，他想回避，就要去上厕所。还真不是装的。

这还是十年前的事情，后来我们就离开了奥斯汀，搬到了加州。再后来，我们居然又搬回了奥斯汀，说起来，也没有什么特别的理由，就是跟着工作走。黎华和静文他们一直留在奥斯汀，不过都换了大房子。静文家是买了一块地，自己找建筑商定制的房子，水电气都要自己费力气去接通，她可真不怕折腾。我和她多么不同，我是个怕麻烦的人，家里麻烦一点的事情像是填税表什么的，我都推给老周。老周人虽尖刻，倒是不怕麻烦。我觉得这和血型有关，我是 B 型血，老周是 A 型，我猜静文也是 A 型血。

只是，我居然不知道球队的人几乎都和公共汽车上了床——如果静文写的是真的话，那么，老周有没有？老梁有没有？黎华的老公应该没有吧？我的脑子里又是一团糨糊。

几天后，我看到静文的微信信息时，心里一跳，然后我看到署名是老梁。我们可以聊聊吗？他说。我有些吃惊他会约我见面，但我没有理由拒绝，我其实也是想见见他的。我们约在得州大学附近的一家奶茶店。

我比约定的时间早到几分钟，这家奶茶店是新建的，卖各种波霸奶茶和台湾式样的便当。是个周末，里面没有什么人，我不知道他为什么要选这样一个地方。店子隔着瓜达洛普街就是新建的商学院的大楼。老周是得州大学毕业的，静文也是，都是计算机系的。那时候，我和老周总在商学院旧楼对面的总图书馆上晚自习，有几回，我们还碰到静文。

隔着玻璃窗，我看到老梁站在街对面，瓜达洛普街上的车子开得飞快，他只好往必胜客比萨店的方向走去，那有个红绿灯，红绿灯变绿后，他横穿过街，再折回来向奶茶店走来。他推开玻璃门，看到我的时候，笑了一下。他的头发有些花白，额头上的抬头纹很深，我不知道上次葬礼为什么没有注意到。梅丽莎要去六街买东西，她要用车，把我放在这儿就走了。他说。

哦，我说，暗想，那个一个人开车载着妈妈去医院的孩子，也可以开车接送爸爸了。我点了一杯淡绿色的杧果抹茶奶茶，他要的是红豆奶茶，深红色，看起来有些浓稠。

我刚才去得州校园里走了一圈，好久没去了。他说。

嗯，我点头，说，我也好久没去了，上次还是带小朋友去看主楼下面的乌龟池。

梅丽莎也喜欢那个地方。他说。

还是20世纪60年代的事情了，有一个海军陆战队的退役战士爬到得州大学主楼，用来复枪射杀了15个人，轰动一时，那个乌龟池是后来为纪念逝去的人修建的。我每次去得州大学，都要去那儿坐坐，小小的池塘在高楼的阴影里愈发静谧，一只只乌龟在深青色的水里游来游去，全然不知世事变幻。

我们闲聊起来，我问起他在国内创业的事，他问了一些我的微信公号的事情，他看起来对我的公号颇感兴趣。你那篇写同性恋的小说，写得可真细腻啊。他意味深长地说。

那其实是一个读者提供的素材，我赶紧解释。

他笑了，放心，老周不会乱想的，他顿了一下，突然抬起头，或者我可以给你提供一个不错的素材。

哦，好啊，我的心一跳。

他喝了一口奶茶，然后把杯子拿在手里把玩，过了半晌，他说了一句，她喜欢红豆，红豆冰棍，红豆汤圆，凡是红豆的她都喜欢。

我仿佛看到另一扇阿里巴巴的大门缓缓打开。

接着，他说："我在美国的一个朋友，也和我一样海归回国创业。有一天，他去见一个投资人，然后就人间蒸发了，在国外的家人怎么都联系不上他。今年我们才知道怎么回事。他拿了一个房地产老板的投资，房地产老板嫌研发型企业没赚钱，发了火，一气之下把海归博士打死了，当然也可能是手误，然后把尸体浇到工地地基水泥里。后来是房地产老板的司机心里扛不住自首才知道的。”

我目瞪口呆地看着他，这委实出离我的想象，真实的生活，的确是比小说更惊心动魄。

我还认识另外一个海归朋友，他也需要钱。他并不看我，而是继续着他的叙述，他需要很可靠的资金源。

我点点头，低头喝奶茶，杯底是一层杧果，甜得有点腻。我能感觉到我们之间有一种张力在蔓延，但是我继续保持沉默。沉默，其实是最有力的武器。他也喝了一口奶茶，终于开了口，这个朋友在国内认识了一个女孩子，那个女孩子很喜欢他，并且，他低下了头，她的父亲很有钱。他说话的声音很低，他在两个女人之间游走，心里有很多愧疚。

蒲公英男人是不会愧疚的。我说。

蒲公英男人？他望向我。我于是向他解释了一下。

如果是这样，他应该不算吧，这个人很爱他的妻子，是真的爱。他看着手里的红豆奶茶。

所以他是游走在钱和爱之间吗？我的嘴角露出一丝鄙夷的笑。

可以这么说吧。他说。

不会那么简单的，我不信那个男人对那个女孩没有一点爱，再说，为了钱就背叛自己的妻子，这样的人也是令人不齿的，没必要把他描述成一个长情的人吧？我说。他的脸似乎有些发红，我突然有些歉意，说，当然，这个男人远离妻女，创业的压力也很大，他其实是需要这个女孩的，精神上、身体上都需要，这一点他自己可能都没有意识到。

人心总难揣测，故事就是这样，或许你在小说里用得上。他淡淡地笑着说。

今天你约我喝茶就是给我提供素材吗？我也笑了。

也不是，心里太难受了，就是想找个人说说。他叹了口气，陷入了沉默。过了片刻，他又开了口，那时候，我们是在公交车上认识的，从学校到寓所的公交车上。

我点点头，你们都喜欢坐在最后一排。

他抬起头，她告诉你的吧？

是的。她去世前我去医院看过她。

看起来，她很信任你。

其实我和她并不是那么熟。

我知道的，但是她一直在关注你的微信公号，你的每一篇文章她都看。

哦，是吗？我说，为什么？我又不是什么名家。

嗯……老梁迟疑了一下，大概她也喜欢写作吧，这些年一直都在写，还用英文写作。

嗯，我点了点头，想起了那篇 *One Lonely Bus*。我突然很想问问他老周有没有上过公共汽车，但是，这实在是个难以启齿的问题。

这个时候，远处传来悠扬的钟声，是从得州大学的主楼传来的。

好熟悉的钟声。他说着，眼睛望向了主楼的方向，有一回，学校邀请所有得奖学金的学生去主楼的顶层参加一个招待会，我被邀请了，我们还参观了顶层的撞琴。

撞琴？我疑惑地看着他。

是啊，我原来一直以为钟声是机器的录音，到点就自动播放，那一次我才知道声音来自一个特别的音乐器材，就是撞琴，而且，需要一个人去演奏。这个撞琴一共有 56 个钟，演奏的人打击木键盘，带动拉杆，拉杆再去撞击钟，有点像编钟，但又不是直接敲钟。

哦，我点头，那么简单的钟声，真没想到后面这么复杂。

后来，我翻译了一首诗：我想和你在一起，在一个/遥远的小镇上。/日暮时分，门外有/无尽的钟声和/无尽的斜阳。他这么说着，兀自笑了，是那种天真而清澈的笑。

我想起了静文博客上那首诗。你平常看她的博客吗？我问。

看啊，她有个英文博客，写小说，还有个中文博客，记录些孩子的琐碎，可是，已经好久没写了。最近几篇也没写什么。

难道他没有看到她的草稿吗？我有些吃惊。我原以为他看了她所有的博客，知道她已经知道了那个女人的事情。我该问问他吗？

我不知道她和你说了什么，你知道吗？他顿了片刻，艰难地开了口，静文一直缺乏安全感，她需要很多的爱，很长时间她都喜欢一个人……他突然停了下来看着我。

怎么了？我睁大了眼睛。

算了，都过去了。他说，那天下葬的时候，我们每个人都把她喜欢的花扔在了她的棺木之上，有玫瑰，也有郁金香。她都喜欢的。

她说她最喜欢郁金香。我说。

静文是个有多重性格的人。他没有直接回答我的问题。

这个时候，老周给我来了个电话，我突然有些烦闷。老周说儿子要上奥数班，你别忘了送。我说，知道的，怎么这么啰唆。他又问我在干吗，我说我和老梁在喝茶。他没有再说什么。

老梁看着我，也没有说什么。

挂了电话，我们有一搭没一搭地继续聊着，但似乎我们的情绪都被这通电话打断，再也没有办法把谈话继续深入下去。

老梁叹了口气，好了，我也该回去了，谢谢你来。我说，我送你回家吧，省得梅丽莎再跑一趟，他想了想说好。站起身的时候，我说，对了，静文是 A 型血吗？不，她是 AB 型。老梁说。那你呢？我又问。我是 B 型，老梁说，怎么了？我没有作声。

我们走出奶茶店，一辆公共汽车正好停在离我们不远的地方。这样，我坐公交车好了，他说着匆匆和我道别，飞快地跳上了那辆公交车。我站在那儿，意识到自己一直没有问那个问题。然而他已经坐在了公交车最后一排，整辆公交车只有他一个乘客。我看着那辆公交车缓缓地前行在南方的好天气里，慢镜头一般，得克萨斯无尽的斜阳照在公交车后面的玻璃上，像是涂上了一层金色的薄膜。

1.

起初，柳溪只是注意到地上的碎影，晃晃荡荡，她想踩住，却是徒劳。她抬起头，看到阳光透过银杏树扇状的叶子闪闪烁烁，宛如满天星辰，微风起时，那投射在地上的光和影便游离荡漾起来，像是大海上的波光，此起彼伏。她惊诧于这瞬间的风和影，似乎那里隐藏着无以言说的隐秘和力道，能把大海星辰如此逼真地同时呈现。

看，大海星辰，她碰了碰旁边的田坚，手指着树冠，又指指地面。

还真像呢。田坚抬头，复又低头。

她停住了脚。

怎么了？田坚问。

如果天上的星星掉在海里，是会坠入深海，还是会漂在水上？她说。

你脑子有病啊？星星掉下来？想什么呢，走啦。田坚笑。

她也笑，又抬头看天，似乎想把这一个瞬间记在心里。

他们肩并肩继续往前走，走在一排排的银杏树荫下，走在一片片流淌的光影里，最后，他们走到了银杏树林的尽头，把大海星辰甩在了身后。

学三食堂总是满满当当，二楼的小炒部排队的人很多，大厨得一份一份地炒。他们等了许久，买了一份莴笋炒肉，又从楼下的大众食堂打了一份凉拌猪耳和炒茄子。田坚说这样混着买最划算。两个人低着头吃饭，柳溪说了个笑话，田坚勉强笑了一下，他原本就不太爱笑，甚至都不怎么爱说话。柳溪有些尴尬，她抬头看窗外，日光已经灰淡了下来，太阳刚才还那么明亮。

要下雨了吗？她自语。

早上天气预报说了的啊，出门的时候我还纳闷太阳那么大。田坚说。

噢，她若有所思地说，天气预报有时候也不准的。

准的，我们还是走吧，回宿舍再洗碗。田坚神色冷峻地说，不然要下雨了。

他们便下楼，往回走，又一次经过那片银杏林的时候，都不约而同地抬头。一个小时前的满天星辰已然消失殆尽，地上的光影波涛也消失得无影无踪。茂盛的树冠两两相对，遮住了天，他们像走在一个幽深的林子里，四周沉寂，悄无声息，浅灰色的风从林子的那头吹来。

像北欧的森林。柳溪说。

你又没去过。田坚撇嘴。

感觉嘛。她说着，再度抬头看天，没有太阳，也没有星星。她看到的只是青苍苍的扇状树叶，连成云。

然而，那已是七年前的夏天了。那个夏天，他们都没有回老家，都在新东方补习英语。他比她高一级。他是数学系的，她是化学系的，他们是在上俞敏洪的 GRE 大课上认识的。大概所有的爱情都是不平衡的，总有一个爱得多，她是爱得多的那个。田坚的声音带着点磁性，她第一次听到是在上补习课的时候。他坐在她后面。她听到他声音的时候忍不住回头，她看到了他和他锐利的目光，单眼皮，眼睛却很亮，又有些冷。她忙转过身。田坚一开始并不在意她，但是她执着地一次一次往他住的 32 楼跑。终于有一天，他说，你去过十渡吗？她撒了谎，说没有。他们就去了。那之后，十三陵、野三坡、潭柘寺……京郊的景点他们走了个遍。可是后来，柳溪回想起那个夏天，却只是想起银杏林那瞬间的光影变幻，大海星辰的林荫道忽而就成了幽深阴森的北欧森林。但是，她却不记得后来有没有下雨了，似乎那里突然出现了一个记忆的盲点。

田坚先去的美国，那个夏天之后的夏天，他拿到了美国大学的奖学金。田坚的专业成绩不差，英文不好，GRE 考了两次才过 2000，他拿到的最好的大学通知是加州大学尔湾分校。

来年夏天，柳溪也拿到了美国大学的奖学金。她拿到的最好的大学通知是哥伦比亚大学，化学专业排名前十。

我还是去加州吧。柳溪说，她也申请了田坚的学校，也拿到了奖学金，只是这个学校化学专业排名差许多。

真的？田坚说，你要想清楚，哥伦比亚是个藤校啊。

电话那头突然没了声息，顿了良久，柳溪说，我还是去加州，和你在一起。

田坚心里有些感动，你傻啊。

柳溪挺认真地说，其实不是傻……

那是什么？大洋彼岸的田坚问。

嗯，柳溪顿在那儿，突然不太说得出话来。她听到了一阵阵遥远的哭泣，一个女人和一个十岁小女孩的哭泣，从时光的深潭里清凌凌地传来。她心里有些发酸。

好吧，Welcome to Hotel California（欢迎来到加利福尼亚旅馆）！田坚在电话那头说。他知道她是个很拧的人，两个人刚开始约会时他就瞧出来了。其实，他自己又何尝不是？

Such a lovely place.（多么可爱的夜晚。）柳溪在心里接上了下一句歌词。那时候，他们常去静园的草地上听长头发的校园歌手弹着吉他唱歌，其中就有这首 *Hotel California*（《加州旅馆》）。他们跟着哼唱，怀着对太平洋彼岸的无限憧憬，或许，那更是对未知的未来的心驰神往。在那时的他们，未来如大海一样的辽阔、星辰一般的闪亮。

到加州的第一个冬天连着下了好几场雨。

还说南加州从来不下雨。柳溪皱着眉头，真不喜欢下雨。

你老家不是常下雨吗？田坚说。柳溪是无锡人。

嗯。柳溪看着公寓外面藏青色的天。天上是青灰色的云，大团的云，磅礴又绵软。她看到了云朵下一个小小的女孩，那么小，三岁的小柳溪，长长的眼睛，小翘的嘴。那个小小的院落里的她。天下着雨，细雨中灰白的院墙上有了道道水痕，墙角的青苔蔓延开来，成了绿色的一道波痕。院子里是灰砖地，长方形的砖，一前一后错开，雨水浸润着，湿漉漉的一片。院落之上是雨雾蒙蒙的天，屋子一侧四方桌子上的小龛里有几根残香，淡薄的香雾袅袅四散。太姥姥那么老了，脸上的皱纹深深地刻着时光的印痕，她坐在院落屋檐下的竹凳上，手里拿着一串小叶紫檀的念珠。她眼睛半闭，右手一颗一颗拨动着念珠，口里默念，南无阿弥陀佛，南无阿弥陀佛。柳溪小小的，坐在竹凳旁边的小马凳上，眼睛一动不动盯着太姥姥手里的念珠。108。太姥姥口里轻绵地吐出了一个数字，柳溪如得了令的士兵，慌忙把一粒花生丢在太姥姥前面的青花瓷碗里。然后，太姥姥又进入了另一个循环。南无阿弥陀佛，南无阿弥陀佛……苍老的声音从同样苍老的身体里发出来，细细地回旋在流水长年里。

花生终于堆满了那个不大的瓷碗。

够了，今天的够了，去，把它供在佛龛前。太姥姥说。

柳溪起身，双手捧着那碗花生，小心翼翼抬脚跨过门槛，走到里屋的神龛前，踮起脚，把那碗念过佛的花生放置在菩萨像前，然后又坐回到太姥姥身旁。太姥姥颤颤地起了身，去了厨房。她慢手慢脚，动作迟缓，过了许久，做好了一碗鸡蛋羹，她拿筷子在碗里画了一条线。

你一半，我一半，太姥姥说。

柳溪拿了一个小铁勺，太姥姥拿了一个短柄瓷勺，一老一小的两个人，在暮色四合、细雨绵绵的江南小院里默默地分吃一碗鸡蛋羹。

加州的雨季的确不长，很快黛绿葱郁波浪一般翻滚的山峦就成了一排排青黄色样的土馒头。原先还绿得滋润，顿时就成了干涩的黄，没有一点过渡，突兀得很。田坚和柳溪在夏天到来之前结了婚，搬进了学校的研究生学生宿舍。学生宿舍就在校园里，他们每日走路去上学，晚上也是在图书馆自习。回到家，柳溪都会蒸一个鸡蛋羹，又拿根筷子把鸡蛋羹分成两份，田坚和她一人一半。过了一阵，田坚说，不必蒸，用微波炉就好。柳溪说，微波炉蒸的没有水蒸的好吃。

可是这样简单。田坚还是坚持用微波炉。

两个人都有主意，都不肯采用对方的办法，最后就变成各做各的。田坚用微波炉做的先好，他一个人坐在简易桌子上吃，并不抬头。柳溪看看他，又看看灶火上的蒸锅，细细的水汽升了起来，田坚的样子变得有些模糊，有些疏离。

那天是中秋节，柳溪照样去实验室做实验，回家就有些晚，一开门，正好看到田坚在打电话。他匆匆地说了几句就收了线，大概是听到了柳溪开门的声音。

谁啊？柳溪狐疑。

嗯。说了你也不认识。田坚说。

是在这边认识的，还是国内认识的？柳溪换了个角度，却还是坚定不移地要把答案打捞出来。

你总是这么疑神疑鬼。田坚不高兴了。他们分开的那一年，网络刚刚兴起，两个人常在线上聊天。有几次田坚有事没有如约上线，隔天柳溪总是要盘根问底。

那是你心里有鬼，不然怎么我一回来你就挂了电话？柳溪不依不饶。

好了，我们是在签证的时候认识的。我们那次四个人，一起打车去的大使馆。四个都一次签过。大家就留了邮箱地址。田坚说。

然后到了这边你们就又联系上了？柳溪暗想，好在自己追着问。

是啊。田坚说。

女的吧？柳溪终于问了最关键的一个问题。

嗯。田坚应道。他的回答总是一个字也不多的。

知道了这个事实，柳溪倒不说话了，心想，原以为他异国他乡，就她一个人可以通电话通邮件线上聊天，原来他还有一个红颜知己。

田坚见她不语，又添了一句，我们也就是过年过节打个电话。

你不会骗我吧？柳溪心里有些慌，那种熟稔的恐惧居然如一条小蛇一般悄悄地爬上后背。

为什么要骗你？你想得太多了。田坚把话题岔开，我明天晚上不回来吃饭。

噢？柳溪抬头。

是一个公司招聘会，有免费的比萨。田坚马上补上一句，不如你也去，咱们省了做晚饭了。

嗯。柳溪不置可否。

第二天晚上，柳溪去了统计系的会议室——田坚到美国不久就转学了统计。她看到会议室前台一家公司的 HR（人力资源）的人在介绍这家公司，底下坐了不少人，不少老中，有些还是刚进校的，来这儿无非是想蹭吃蹭喝。柳溪在后排找了个位置，她的目光穿过好几排人群，看到了田坚的侧影，他听得很认真。她注意看了一下他左右的人，左边一个金发的女人，右边一个老中男，她放了心，悄悄地又溜了出来。加州的夜色温凉如水。她一个人走在路上，她看到母亲拉着六岁的她上了公交车，是那种有轨电车，有两根小辫子的车子。车子晃晃悠悠地缓缓前行，车窗玻璃里，她看到自己小小的脸和母亲的侧影。母亲拉着脸，一语不发。她们下了车，走了好长一段路，终于看到了一栋房子，两层楼的小洋房，四周都是沉寂，唯有那一栋房子亮着。她心里有些怕，站在那儿不肯动，母亲扯了她的衣袖，走啊。她只得跟着母亲进了那栋洋房。她想到这儿，心里叹了口气。

2.

过了夏天，田坚开始上班了，公司也在尔湾，是一家制药公司，需要统计方面的人。公司离他们的公寓不算远，十多分钟的路途。那天田坚加班，回来就是九点多了。

这么晚回来，也不打个电话。柳溪怪他。

一忙就忘了嘛。田坚躺在沙发上，累死我了，还有饭吃吗?

都说过好几次了，加班就要打个电话，这么小的事有那么难吗?柳溪还在生气。

我都饿扁了，你还在嘀咕什么电话不电话。田坚口气里有些不忿。

柳溪不作声，坐在那儿不动，铁青着脸。

田坚见她不动，只得自己起身去厨房弄吃的，锅碗瓢盆弄得动静很大。柳溪只当没听见，脸上还是没有好脸色。

田坚从那张脸上看到了一张更铁青灰黑的脸，在他幼时住过的土坯房里，房子里面是夯实的黑土泥地，地上散落着一串锅碗瓢盆，还有好几只摔烂了的碗。他心里有些难受。

日子飞速滑过。很快柳溪也毕业工作了，两个人白天不在一起，见面少了，矛盾却不见少。这几年来，两个人吵架多了起来。柳溪常想，谈恋爱那阵怎就没怎么吵?再一想，两个人约会的时间也就一年，也没住在一起，又正是热恋期，都是巴着心肺对对方好。后来田坚就出国了，两个人隔着太平洋，隔着无边无涯的水，矛盾哪还有滋长的土壤?

到了美国，住在一起，两个人的喜好和需求都不一样，各种睚眦、各种矛盾接踵而来，想来也都在理，说起来也都是小事，可是小事攒多了就像是房子里粉尘数量增加，不打个喷嚏不足以平民愤。尤其田坚是个不爱说话的人，经常就是吵到后面就闭嘴不言。柳溪尤其恨这个。两个人都没有想到矛盾这么快就降临，他们原来是空白的脑子走进婚姻，没有期待很高，甚至都没有期待，可是，还是被婚姻的这副嘴脸弄了个满头包。

柳溪头一次动心买房子是在陪陈冉芳看了一次房子之后。陈冉芳是她中学同学，陪读嫁了个比自己大十岁的工程师。工程师也没什么不好的，除了过早地谢了顶。他们刚从北卡搬到加州，住在公司给租的临时公寓，很快两个月期限就要到了，着急买房子搬进去。

陈冉芳看中了两个户型，要柳溪帮她做参谋。柳溪头一次走进这样簇新的样板房，顿时眼前一亮，房子进门就是挑高的门廊，金晃晃的吊灯从二楼照耀下来，柳溪抬头看，那个夏天银杏林里的大海星辰骤然而至。

柳溪回家就缠着田坚买房子，可田坚心里压根就没有种过买房子的草。

四十几万的房子，你开什么玩笑。田坚看着她，有些搞不懂她怎么突然像点着了火的电动车，拽着自己就要往前奔。

不开玩笑，完全不一样的感觉，你知道吗，就是房间里就有大海星辰的感觉！柳溪一向沉静，今天像是抽了大麻的高中生。

大海星辰个屁啊，我家里要我寄钱给他们修新房子。田坚前几天收到家里的信，他一直没好意思说出口，这一下脱口而出，没带着好气。

可是，咱们这些年不都是在给你家里寄钱吗？柳溪撇嘴，我家寄得少多了，你知道，我家也不宽裕的。

是啊，我知道，可是我家那些钱不都拿去还债了吗？田坚坐在那张硌人的沙发里，双手插进了头发里。

那现在他们钱还清了，我们的钱该考虑自己了吧？再说公司的绿卡也开始办了，买房子没问题的。柳溪赌气一屁股也坐在那张沙发上，沙发那头的田坚震了一下。

我们现在两个人，又没孩子，不需要买个大房子。田坚好声好气地说。

没孩子就不能住宽敞点？我不管，反正我就要买房子。柳溪铁青的脸又出来了。

田坚一扭头看到她拉长的铁青脸，心中一沉，怒火突然就燃了起来，他霍地站了起来，用脚踢翻了吃饭的凳子，转身就出了门。

柳溪从来没见他发过这么大的火，眼泪在眼眶里转，她深呼吸，没让眼泪流出来。

田坚后半夜才回来，他也实在没有地方去，在高速上胡乱地开了一气，又回到家，摸黑上了床，柳溪那边轻轻动了一下，他的手摸了过去。

完事以后，两个人躺在黑漆漆的夜里都不言语。这一年来两个人没少吵架。热吵之后就是冷战。忽冷忽热，吵吵闹闹的。可是，谁家又没有这样那样的矛盾呢？矛盾难道不该就是生活的常态吗？

最后两个人选了个折中的办法。他把钱寄回了家，答应一年后再买房子。

一年后房价已经涨了一大截，似乎是他们吵架连同把房价给炒了上去。同样面积的房子，现在要多十万。田坚又犹豫了。两个人又是一顿好吵，田坚终于勉强答应去看房子。

那天看样板房的时候，柳溪喜欢第一个户型，大大的前厅，还都是挑高的，吊灯高悬，跟她第一次看到的那个一进门就能看到大海星辰的户型很像。田坚却不喜欢。

这么多空间都浪费了，不实惠。田坚说。他喜欢的是第二个户型。楼梯靠边，不占地，前厅不大，空间利用率高，曲里拐弯做出了五个卧室。

这多好，房间也多一间。田坚说。

看起来有些小家子气呢，不够气派。柳溪说。

两个人回到家一边做饭一边还在为买哪个户型争辩。两个人都是有主意的人，又都不肯轻易让步。

田坚觉得过日子没必要穷讲究，日子是过给自己的。柳溪没好意思说那个夏天的大海星辰，只说第一个户型敞亮透气。

前厅那么高，那么大，加热加冷都更费电。田坚还是坚持。

加州大多数时候不要开空调的。柳溪说。她觉得房子是个大事，不能轻易让步。

要不就不买。田坚甩出了撒手锏，他知道柳溪有多想买。

柳溪着急了，直接就点着他的名字喊了：田坚，没想到你是这样出尔反尔的小人！

田坚心里恼怒，说：我怎么小人了，我不是去看了吗？是你自己太刚愎自用！还说我是小人。

两个人你一言我一语又陷入了热吵。昨天田坚老板给了他一个年中评估，不是很好，他本来心里就不爽，陪着她看了一下午的房子，现在还要指责自己，火气一冲，就把厨房桌面上几个洗菜的小钢盆撸到了地面，小钢盆砸在地上铮铮作响，洗好的小白菜撒了一地。

声音那么响脆，柳溪惊住了，田坚也惊住了。

有本事你都摔了啊！柳溪很快就从凝固的状态里醒了过来，脸涨成了青的。

田坚看到那张青紫脸，头就发晕，心头一热，把洗碗机猛一拉开，拿起几个瓷碗就往地上摔，细白瓷碗碰在瓷砖地上爽脆脆地裂成好几片，有几片还蹦到了小白菜上面，青的青，白的白。

柳溪看着田坚，像是看着一个陌生人。她以前听一个朋友说有一对夫妻因为买房的事情离了婚，她只觉得夸张，原来同样的事情完全可能在自己身上复制。田坚站在那里，有些搞不清自己身在何处，是在美国的小公寓，还是在老家的土坯房，却都是这般的残败和破碎。柳溪冰冷的目光刺了过来，他不知所措，扭头摔门而去。柳溪看看满地的碎瓷片儿，脚像是生了根，动弹不得。她喉咙哽咽了半天，眼泪终于掉了下来。过了半晌，她拖着腿走到沙发前坐了下来，田坚摔门的声音似乎还在空气里轻荡，她看到那个小小的女孩。被孤零零扔在太姥姥家的那个小小女孩。时光回转，旧的印痕原来从未被擦拭掉，而是轻轻一震就浮出水面，那种被抛弃了的忧惧和担心再度袭上心头，她心里酸涩，脑袋里却是空白的，这就是生活，就是人们常说的婚姻生活吗？

这次冷战没有持续很久，柳溪先屈服了，她太想买房子了。她同意买田坚看中的那个户型。她想要一个大房子，然后，她就成了房子里的公主。她想到公主这个字眼，鄙夷地笑了一下，她从来未曾做过一个公主，虽然在她刚刚进入婚姻的时候，曾经天真地以为，在婚姻里，她能成为一个被宠爱的公主，她是满心希望被人宠爱的，那是从三岁的她身上一路传承下来的渴求。然而这太 naive（天真）了。naive，英文里这个词真真太准确了。

买下的房子，是八个月之后搬进去的。

新房子空荡荡的，到处散发着一种稀薄的油漆味，房子采光不是特别好，柳溪恍惚间又回到那个江南的小房子，檀木的床，青面的被子，墙角的尿桶散发出来薄淡的尿臊味，昏沉的日光从窗棂里照进来，屋子里的一切都散发着和太姥姥一样苍老的气息。江南的白日长，晚上就更长了。柳溪和太姥姥睡在同一个床上。她小小的。太姥姥也小小的，时光已经榨掉了她生命的汁液，现在，她缩成了小小的一个。柳溪总是害怕，太姥姥那么老了，她真怕她一觉睡着了就不再醒来。

在新房子里的第一个夜晚，她睡不太着，她能感觉得到旁边的田坚也没有睡着。大概他也知道她没有。

满意了你？田坚在黑夜里吐出一句话。

柳溪想，似乎都是这样，原来一心向往的东西，到手了却不过如此。到美国如此，和田坚结婚也是如此，买房子更是如此。不过如此，如此而已，而且年岁越大，心愿满足后带来的喜悦感越低，边际效益递减规律吧？纵如是，人们还是巴巴地往前走，往高处走。

然而她是断不会把这番心思说出来的，她是个脾性儿犟的人，这一点和田坚倒是半斤八两。

挺好，她说了一句，一扭身，正看到窗户上临时安装的纸百叶窗，灰白的，在夜色里像块半透明的玻璃，把房子和外面的世界不清不楚地隔成两半。

3.

搬进去没到一年，田坚的父母要来了。

柳溪心头飘过几朵乌云，隐隐有些担忧。她觉得自己不是个会处事的人，担心和他们处不好，可是她也找不出什么理由反对，他们买了新房子，有地方给他们住，况且，田坚这一出来就是好几年没回国。

婆婆是个勤快人，一来就要做饭。柳溪说，我来我来，你们时差还没倒好呢，等休息好了再来。婆婆说，噢，就坐在了一边。

过了两天，婆婆开始做饭，柳溪要去帮忙，婆婆说不用不用，你休息，休息。柳溪也坐在了一旁。

吃完饭，柳溪晚上有个会，现在的公司都是跨国公司，有时差，晚上开个会都是常事。她想着先去准备一下。田坚，我先上去了，她说着就上了楼。她听到婆婆用四川话和田坚说话，声音有些大，田坚那边却没有回话，她没有在意。

晚上睡觉的时候田坚没个好脸色，柳溪心里不舒服，也没有说什么。她这一段常去看 BBS MIT，一个留学生的论坛，家长里短版，原来她不是唯一一个，原来很多的夫妻都处不好，原来这就是婚姻的常态，至少，是常态的一种。那时候，有个叫踏踏鸟的 ID，回答总是犀利，又切中要害。踏踏鸟说，在婚姻里女人要学会忽略男人，要做一个快乐的单身。她这么想着，没理睬他那张臭脸，洗漱完毕，就躺床上睡。她费了很长的时间才睡着，她觉得心里似乎还有一团气，就像是衣服的一个褶子，没有熨妥帖，心里不舒服，她想，这些道理说起来都很有道理的样子，可是真正实践起来真是难。

过了几天，田坚加班，他打电话回来说要晚点回来，让他们先吃。柳溪传了话给公公婆婆。婆婆又是噢了一声，公公也不太说话，柳溪突然发现，他们的脸像极了田坚。她知道这个说法逻辑不通，应该是说田坚的脸像他们。像，不仅面容像，神情也酷似。他们没有说什么，但是两个人都坐在那儿不动。柳溪从来没有面对过这样一种僵局。

菜已经做好了，不吃就凉了。她听到自己的声音，有些胆怯，像那个站在二层洋楼前面的小女孩。

噢，你要是饿了就先吃吧。婆婆终于开了口，脸上没一点笑意。柳溪站在那儿，进也不是，退也不是。她犹豫了一阵，轻轻地说了句，那我也等等吧，说着退到了楼上，心里又纳闷又委屈。

一个小时过去了，两个小时过去了，车库门终于响了。田坚一进门看到桌子上摞尖的几碗菜，再看看坐在沙发上的父母，心里不高兴，说，我说了不要等我。

那不行，咱家的规矩，男人不回来不能动筷子的。是公公的声音，用的是普通话。公公婆婆普通话说得不溜，平常他们之间一般都是用绵阳话。柳溪在楼上听得真切，明白了他们不肯先吃的来由，心里又烦又怨。偏偏田坚在楼下喊她，吃饭了，柳溪。她半天也不应答。

柳溪，下来吧。又是田坚的声音。

那顿饭柳溪吃得别扭，低顺着头，也不说话，基本就是吃干饭。那三个人也不怎么说话，房间里的空气晦涩。柳溪匆匆把饭扒了，也没跟他们说话，就上了楼。她听到婆婆在后面用绵阳话叽叽咕咕，她现在大致听得懂了一点绵阳话，听到婆婆是在数落她碗筷也不收拾，撒腿就走人。她听得心里烦闷。

田坚在下面收拾了半天碗筷，上了楼。

你把门关上。柳溪一肚子的气，又不想让公婆听见。

田坚把门一关上，柳溪的话就倒豆子了：没想到你们家这么封建，你要是今晚不回来，我就得饿一晚上肚子?!

田坚说：他们就是这样，我都跟你说了，他们就是不听，我有什么办法?

柳溪哼了一声：你们家规矩可真多，是不是还在说我没收拾自己的碗筷?

田坚没有说什么。

柳溪又说：估计还嫌我不做饭，不会伺候男人吧。

田坚狠狠地瞪了她一眼，还是不说话。

柳溪最烦的就是他不说话，她宁肯跟他吵个热腾架，也不愿意打冷战，他一沉默，她就抓狂。他沉默不语的样子跟几个小时前的公婆可不正是一副嘴脸？

柳溪一生气，话就不好听了：怪不得踏踏鸟说门当户对最重要，你这样的凤凰男就该找个凤凰女！

田坚却对凤凰男这个时髦词儿特别敏感，当下就生气了：什么狗屁踏踏鸟，你以为你是皇亲国戚、孔雀公主，你也不过是个小户人家，连个完整的家都没有！

柳溪脸唰地一下就青了，你原来是这样一个狠心的，真的算我看走眼！

田坚一看她这样说也没好气，看走眼了，现在纠正还来得及！

柳溪眼泪差点又要流下来，她喉咙发梗，站在那儿居然不知道说什么，田坚一别头，把门砰的一声关上，走到旁边的客房去了。他今天累了一天，回来一家人没一个给他好气，他在厨房收拾碗筷，他妈妈在他耳边唠叨了半天，他都要烦死了，上了楼柳溪又是和他一顿好吵。他心情不好，心想不如接着干活，就去了客房，打算把没干完的那些活干完。

一晚上柳溪都没睡，她恨田坚不仅没有安慰她，还和她大吵一架，把她扔在这儿，自己一个人跑到另外一间房子睡。她突然就懊悔买了这个房子，把公婆招来不说，还多了个地方给他躲，以前他摔门而去，晚了总要归家，那个小小的一居室的房子，空间狭窄，两个人摸摸碰碰，床下解决不了的问题上个床也都解决了。现在这算什么事？

日子就是这样磕磕碰碰地往前走。那天吃晚饭的时候婆婆说你们结婚也有好几年了，该考虑生个孩子了吧？柳溪含含糊糊地应了一句，田坚也是支吾。柳溪原是不想这么早要孩子，毕竟还没到三十，她也觉得田坚和自己还是有些问题，她不清楚这是婚姻都必须经历的磨合还是他们两个不太合适。她真希望能赶在时间的前头看个究竟。有时候她又往回看，她看到了那个六岁的女孩站在一级一级青石板阶梯的最高一级，山路曲折，小小的孩子站在冬天的昏沉夜色里，哈着气，看着稀稀疏疏从山脚下上来的每一张面孔。她真想给那个小小孩一个温暖的拥抱。

他们搬进去的这个小区，人慢慢也多了起来，万圣节的时候，来了快一百个小孩，她之所以数得这么清楚，是因为田坚把糖果都放在一个个小纸杯里，十个一排，一排一排地给出，差不多十排的糖果都给出去了。其中一个小家伙说，You guys are generious，keep up the good work！（你们这家给得很多啊，继续努力！）柳溪差点没笑岔气。

公公婆婆知道他们有生孩子的计划，挺高兴，你们只管生，我们来帮着带，不耽误你们事业的。大概田坚跟他们说了柳溪的顾虑。

嗯，柳溪说，要是生了两个，其中一个跟我姓柳如何？

那不行，公公平时不太说话的，这回马上开了口，田家的孩子当然要姓田。

男孩跟你们姓，女孩跟我，柳溪说，你知道，我是独生女。

这怎么行，那这个族系就乱了，将来他们就是两家人了。婆婆说。

我同学就是这样，姐姐跟爸爸姓，妹妹跟妈妈姓，两个人关系一点也不受影响。柳溪接着说，也不管田坚看她的眼色。

反正都是我们田家的人，只能姓田。公公一脸毫无商量余地的样子。

孩子是我来生，我和田坚再商量商量。柳溪心里有火，还是压了压语气。

这事没商量，我们说了算！公公又说。

凭什么是你们说了算，我的孩子。柳溪气头也上来了。

那现在就离婚！反正孩子还没生出来。公公拍着桌子说。

柳溪心里一震，这种话也说得出来，还说得这么凶狠。她心里有怒气，就转向了田坚，你说，你说，看看你们家的人，有一个讲道理的吗?！顺手就把厨房台面上的一个盒子一推，面板滑，纸盒子一出溜就从那头滑下，正砸在公公的脚上。

盒子里面是刚买的熨斗，挺沉的，公公疼得叫了起来，婆婆嚷了起来，这怎么还动手了！田坚，你不管管你媳妇！

田坚就站在柳溪旁边，空气里有一种箭在弦上的张力，他脑子一团混乱，手在虚空中机械地往前推，那手推在柳溪身上，她人小，又是毫无防备的，一个趔趄就摔在了地上。柳溪坐在地上，看着周围的三个人，心里发凉。田坚想上去扶她一把，看看旁边的父母铁青的脸，僵在那儿动不了。柳溪心里又屈辱又愤怒，她忍住泪，自己扶着橱柜站了起来。

她慢慢站起来上了楼，进了卧室就是砰的一声。现在，她也学会了这个。

那几天两个人都不说话，以前他们之间也有冷战，都还能化冰，从来没有一次这么长。公公婆婆还添油加醋地在背后数落柳溪不好，田坚更是烦躁，这几天他都自己单独睡客房。

然而这样太难受了。同一个屋檐下的人像是没有注意到另外一个人的存在，那个人却像是一团气，不依不饶地堵在这一个的胸口。

晚上，田坚没有去客房睡，而是早早躺在主卧室的床上。柳溪气他这几天都在客房睡，她心里的气一点没消，折腾到好晚才去睡。两个人终于都躺在床上。灯灭了，房间慢慢黑透，他们之间像是横亘着一道沟壑，那沟渠里充盈着内心的角斗。他突然难受不已，生理上的，也是心理上的。他伸出了手，摸到了她的后背。干什么，她的语气有些生硬。他突然有些恼怒，猛地翻身，把她压在了身下。干什么啊，她试图推开他。他一只手把她的双臂压住，一只手在她的身体上粗蛮地掠过。他像是生出了无尽的力气，他迅速地野蛮地冲进了她的领地，她叫了起来，疼！

他根本不理会她，还是用力地冲击。疼！她还在叫，她的指甲嵌进了他的肩膀。啊！他大叫了一声，又骂了一句，像一匹脱了缰绳的野马，继续在她的身体里横冲直闯，暴风骤雨地横冲直闯，没有一丝怜悯。她轻轻地抽泣了起来。

他在这抽泣声中看到了另一个哭泣的背影。那个人从土屋里跑了出去。

他心里突然充满了酸涩，这酸涩越过十几年的时光，从记忆里破土而出，他下面突然就软了。他从她身上翻下身，躺在黑暗里。她还在哭泣，声音越来越小。他在她的哭声中沉沉睡去。

第二天一大早他看到身旁的她已经不见了。他心里充满了懊恼，他原本是想和解的，他有些不懂自己，仿佛他的身体里藏着一头野兽，一头全然不受他掌控的野兽，那头野兽从一个牢笼里跑了出来，恐惧悄然漫上他的心头。

那天晚上她很晚还没有回来，他慌了，他听到一个声音，去，把她追回来。那是个熟悉的男人的声音。他小小的，跑了出去，四野茫茫，他看到唯一那条出山冲的路上有一个黑点，那个黑点越来越模糊。

他走出了房间，他看到了道路的那头有一个黑点，那个黑点越来越大，越来越清晰，那是一辆蓝黑色的本田雅阁，停在离他不远的地方，她从车子里走了出来。

他迎了上去，她没有说什么，他们并肩往房子的方向走去。南加州的夜空澄静如水，他们抬头，看到满天的星星如细碎的泪花，悠远地闪着。

公公婆婆住了半年总算是走了，两个人都掐着指头数他们回去的日子，他们动身那天，两个人终于松了口气。人越多，关系越复杂，矛盾越多。现在总算又回归到两人世界了。

然而上次的推人事件连带着田坚在床上的粗蛮像是给他们的关系添了一层淡淡的灰底子，柳溪心里有些怕。她现在特别怕和田坚做爱，总怕他又来蛮的。心里就有了阴影，每次和他做这个也是心不在焉，常常草草了事，自己也达不到高潮，如此循环更对做这件事情兴趣缺缺。

你这样怎么怀得上？田坚说。他们已经试了一年了。

我不是每次排卵期都配合吗？柳溪现在学着记下自己的周期，碰上那几天她和田坚好，其他的时候就不太愿意。

两个人就商量着看医生。

医生觉得他们都还年轻，也才试了一年，就说不急。这样又过了小半年，两个人都有点小急了。又换了个医生。这个医生倒是负责任，要田坚去查精子，要柳溪去查卵巢、子宫，查了半天，说是有些子宫粘连，于是动了个手术。

手术之后还是没有动静。这期间，两个人关系时好时坏，田坚是个脾性善变的人，总是前一分钟还好好的，下一分钟就暴躁起来。柳溪觉得他像定时炸弹，心里总是慌张。

4.

那天是情人节，田坚买了玫瑰，柳溪有些小感动。晚上田坚凑了过来，柳溪依然没什么兴趣。睡吧，她说，我明天还要做一个演示，挺重要的一个演示。

你每次都这样！田坚口气烦躁起来，买玫瑰也没用！

怪不得学洋人买那个东西，你以为我就值一打玫瑰，也太cheap（便宜）了吧！柳溪口气里满是鄙夷。

田坚最见不得她这样，火气一上来，骂了句脏话，操！

什么玩意儿，说什么呢！柳溪从床上站了起来，我去客房睡！

田坚见她要走，心里更火，也腾地一下站了起来，蹿在柳溪面前，眼前的人在黑夜里成了完全不熟悉的一团影子，他在黑暗里伸出手就给了她一巴掌：你他妈才什么玩意儿！

那一记耳光在黑夜里特别响亮，田坚听到这响亮的“啪”

的一记在那个久远的土坯屋里回响，他感到了某种说不清道不明的魔咒缠住了他，他一下子就蒙了。柳溪的脸上似火灼烧一般疼，人也蒙了，半天不动，终于嘴里吐出一个词，离婚！

这一巴掌力道不浅。她连着好几天没理他。第四天晚上田坚在黑夜里又摸了过来。她就躲，她越是躲闪，田坚越是来气，就越是要来蛮的。他把她紧紧按在那儿，她感到了他内心的怒火，她躲不过，只好又让他在她身体里肆虐地横行。完事后，他把头埋在她的胸口，长长地叹了口气，像个犯了错的孩子。她心里一软，一种强烈的快感混杂着疼痛潮水一般涌来。她听到自己压抑的呻吟，她感到羞愧，她根本不想让他听到。

有第一次，就有第二次，然后就有第三次、第四次……

家暴从来就是零次或者多次，不存在一次，这是柳溪后来从婚姻治疗师那里听说的。而每次和解的模式也差不太多。到后来，她发现她居然要他发蛮才能达到高潮。又怕又爱，又疼痛又快活，又酸涩又甜蜜，这是什么鬼？斯德哥尔摩症，后来，婚姻治疗师如是说。

看婚姻治疗师是柳溪的主意。两个人这几年离婚没少挂在嘴上，但是又都牵三挂四，扯这扯那，到了后头也还是没去离。柳溪总忘不了他们最初的那些时光，她记得自己如何固执地一次又一次走进那座男生楼，也总能从每一次和解中感到一丝心酸的幸福感。那一次柳溪又被扇了一巴掌后狠下心来，要么离婚，要么去看婚姻治疗师。田坚一向不同意去看治疗师，看到她坚定的目光，撇撇嘴，不再说什么。

柳溪先在网上搜婚姻治疗师，做了一些调研，才发现做这个行当的人也是分档次的，最便宜的是 social worker（社工），她就先约了个 social worker，哪知一聊就觉得不对头，这个 social worker 太不懂行，问的问题都不在点上。便宜能有好货吗？第二次就换了个 psychologist，大概相当于国内的心理咨询师。这回是个白人男子。一开始的寒暄长了些，热情得让他们觉得有些违和，又觉得他这么热情是想他们多去几次吧，两个人就又换了医生。这回是个华裔的医生，看名字像是台湾来的，是上了医学院的 psychiatrist（精神科医生），电话里聊起来还算对头，蒋医生还说了几句中文。柳溪想，将来要是有孩子，中文可不能丢。又一想，还孩子呢，这个婚姻都在摇摇晃晃。电话上聊好了就是去办公室，这回要收费了，每小时三百美元，田坚觉得肉疼。第一次是三个人聊，一聊起来柳溪和田坚就争执起来，互相指责。蒋医生说，我看还是分开聊。田坚一想这样费用就翻倍了，心里更没好气，回家路上都是冷着个脸。柳溪坐在副驾的座位上，扭头看见他冰凉的脸，森冷的感觉一下子充斥在心里，那神色多可怕，她看到另一张冷若冰霜的脸在眼前晃荡，她微微颤抖起来，脸也跟着冷了起来。

那天柳溪要田坚去买个辣椒粉，他不肯，说，怎么就知道指挥人，要买你自己去买。

柳溪说我不是正忙着吗？要做翠花排骨，晚上去聚会，说好做这个。

那就不去。田坚头也不抬。

你什么意思，我们几个朋友三周前就约好的！柳溪急了。

要去你自己去。田坚接着说。

田坚，原来你心这么狠！柳溪脸色一沉，去拉沙发上的田坚。田坚就挡，手一挥，打在她腰上，柳溪一生气就推他，他站起来，一拳捶在她下巴上。柳溪疼得下巴好半天没合拢，心里更是发疼。

柳溪又约了蒋医生。她坐在蒋医生小小的办公室里，眼睛看着窗外的一大片橡树林，叶子幽青，中间有亮亮的光团。她听到蒋医生说，说说你的过去吧，很多的时候，过去能给出现在最好的解释。

柳溪把眼神从橡树林上转过来，她又一次回到江南那个偏僻的小院，那里没有和柳溪同龄的孩子。院子里经年累月就是小小的她和暮阳一般的太姥姥。母亲和父亲那时年轻，工作忙碌，姥姥也不得空，就把她送到了太姥姥家。她是被骗了去的。她只记得母亲说是带她去个好地方玩，等她一觉睡醒来，身旁的母亲已经不见了。母亲后来又来看过她几次，总是匆匆吃个饭就走了。她小小的，看着母亲离去的背影发了呆。母亲每次都不回头，她觉得自己像一个被抛弃了的小小鸟儿，随之而来的不安全感似乎一直都跟随着她，而这种不安全感在她回到父亲母亲身边后非但没有减轻，反而愈加深重。

父亲经常在外面打牌喝酒，母亲怀疑他在外面有女人，她有时候是一个人去寻父亲，把柳溪一个人丢在家里。柳溪害怕一个人在家，就像多年后害怕田坚吵架后把门一摔，把她一个人扔在家里。她常跑到山腰上等母亲父亲归来。有时候母亲带着她同去，坐有轨电车去，去那栋二层楼的洋房里寻父亲。她同样害怕母亲牵着她，走进那栋二层的小楼，看到父亲冷若冰霜的脸。她潜意识里记住了那张脸，会在每一次和田坚吵架时把那副脸孔摆出来。

蒋医生只是静静地倾听，不时问一些细节。

慢慢来吧，你要试着把你父亲和你老公分辨开来，不要把对两个人的情绪混合起来。蒋医生说，另外，试着从另一个角度看问题，或许有所收益。

柳溪点头，她极少与人说起小时候成长道路上的阴霾，现在说了出来，心里舒畅了许多。她想，原来一个好的医生就是能听见她内心的人。

田坚也同样坐在了这间不大的屋子中间，蒋医生说，我们会潜意识地重复我们记忆中最厌恶的事情，说说你那些不好的记忆吧。田坚却一直沉默。他在令人不安的沉默中看到四川绵阳一个偏远村落的小土坯房子里，地上是摔得乱七八糟的瓶瓶罐罐，他的父亲板着铁青的脸，一巴掌打在他母亲脸上，耳光响亮，然后揪住了他母亲的头往墙上撞。母亲跑了出去。去，把她追回来，父亲对他说。他那时八岁的样子，站在屋门口看母亲变成一个黑点，心里满怀着对父亲的痛恨。他痛恨父亲，却始终什么也没能做，只是把恨埋在心里，任由它发芽、滋长。他难以想象，那痛恨会在他身体里蕴藏那么多年。他竟然在不知不觉中沿袭了父亲的粗暴。终于有一天，当他看到柳溪那张铁青的脸时，会不由自主地爆发出来。那巴掌，是打在柳溪的脸上，还是打在他一直痛恨的旧时光里的父亲的脸上，他自己都搞不清楚了。那样的时刻，他已然不是自己，他成了过去的殉道者，成了自己最痛恨的人。

他看到了这些，但是，他一直沉默，整个过程都不说话。

蒋医生叹气，如果你这样不愿意沟通，一定是有什么隐痛。心理医生能做的就是倾听和引导，如果你不愿意开口，我一点办法没有。

蒋医生把这些告诉了柳溪。柳溪叹气，现在你知道我有多难了吧。他从来都是沉默，我觉得特别无助。

一定有他的原因，蒋医生说，你想办法让他开口。

那天晚上两个人吃饭的时候田坚说可以试试体外受精。距上次动手术又是一年，还是没动静。田坚对于生孩子的事情一直非常积极，比柳溪积极得多。

我们两个这样子还说什么孩子。柳溪脸色还是不好。

有了孩子问题就会简单多了。田坚说。

你怎么想的？有了孩子问题矛盾更多。柳溪说，不行，我们必须在生孩子之前把我们之间的关系理顺。

你看你就是没有诚意。田坚撇嘴。

我没有诚意？医生说你整个治疗过程都不开口，谁没有诚意？柳溪声音高了起来。

我觉得根本没必要看心理医生，其实我自己也有在看心理方面的书，他说的那些我都知道。田坚说。

你怎么这么自负，人家是专家！不行，你不好好看心理医生，我就不去看不孕症医生！柳溪也拧了起来。

田坚冷眼看了她一眼，就又闭嘴不说话了。两个人便又陷入了僵局。

晚上，柳溪想起蒋医生的话，试着从另一个角度看问题。她想田坚积极看不孕症医生，说明他潜意识里还是希望改变他们之间的困境，说明他还是想挽救这个婚姻的，其实和她要求他去看心理医生不是一个意思吗？她想通了这一点，就碰了碰旁边的田坚，哎，我准备去看不孕症医生。

田坚在黑暗里噢了一声，心中动了一下。

尔湾是个规划得特别好的城市，商业区，住宅区，医药区，都是事先规划好的。城市东边这一片都是医药区，各种各样的小门诊和医院都在附近。蒋医生和不孕症医生就在遥遥相对的两栋楼里。

这两栋楼之间是一片橡树林，树叶宽阔，在半空中搭了起来，成了一片绿色的长廊。那天看蒋医生的时间正好在不孕症医生之后，柳溪看完不孕症医生，走过那一片橡树林，走向另一头的婚姻治疗诊所。那日正好刮起了 Santa Ana（圣安娜）风，风刮起树枝哗哗地响，涛声一般，而前面的阳光有些刺眼，柳溪下意识地眯起了眼睛，她猛然想起大学宿舍楼前的那片整齐笔挺的银杏林，那个大海星辰的瞬间，那光影交错的起起伏伏。眼前的橡树林似乎是多年前那片银杏林的九十度旋转。在银杏林里，头上是星辰，脚下是大海，而此时此刻，前面是星辰，背后是大海。如此不同的两样庞大的事物就这样默然不语地相对而立，柳溪心里一惊，顿觉时光重现，却是物是人非。

坐在蒋医生的那间小屋子里，柳溪还是有些恍然，她好不容易定下神，继续着自己的回忆。她父亲在她十岁的时候真的跟了一个女人走了，抛下母亲和她，不知道是母亲的疑神疑鬼让他生厌，还是母亲的直觉从一开始就是对的。她记得父亲离开的那个晚上，母亲抱着她在屋里哭泣，她觉得母亲把内心的忧惧和恐慌一点点推进了她的身体里。那之后，父亲的影子愈来愈薄——其实父亲在她生命里大多数时候是缺失的，现在更是如剪纸一般单薄。她第一次见到田坚，有些心惊。他长得居然有几分像父亲，都是单眼皮，尤其他冷冷的神情更是像。她是有些怕的，但又不由自主地靠近他。她害怕又一次被抛弃——被父亲抛弃——这是她当年选择加州大学尔湾分校，而不是哥伦比亚大学的真正原因。

蒋医生边听边点头：我们从小缺失的东西，成年后会在新的亲密关系中加倍讨回。

柳溪想，可不是，她想起自己的不安全感，想起自己是多么的渴望被爱，那个不切实际的公主梦！她从来没有想到过去、现在和将来之间的丝丝缕缕的联系，现在，她坐在这间不大的屋子里，看着外面的橡树丛林，一切似乎渐渐清朗起来。

那我该怎么做？她问蒋医生。

抱歉，我也不能给你什么药方，最后还是要靠你自己领悟，自己走出来。我只能告诉你我们从小生长的环境潜移默化地影响了我们的行为，尽可能去理解对方，原谅对方。我做了这么多年的心理治疗师，诚觉世间一切皆可饶恕，如果追溯到当事人过去的伤痛。蒋医生说。

柳溪点头，眼里却还是茫然。她的目光又一次飘到了橡树林，似乎答案就藏在某一片青幽的树叶背后。

5.

田坚又一次坐在了蒋医生的对面。

说说你成长的经历吧，你的成长经历是否有很多暴力？蒋医生问。

我就知道你要问这个，田坚皱着眉头，好吧，今天我都说了，以后我再也不会说的。

很多的暴力，很多。父亲总是打母亲，母亲有时候也会回手，两个人拧在一起打。有一次，父亲拿起种地的十字镐一下子把灶台砸得稀烂。母亲骂他，父亲飞起一脚踢在母亲肚子上。我那次突然就长出了勇气，冲到父亲面前，说，你是要把母亲打死吗？父亲没有想到我会如此，愣住了，好半天才反应过来，兔崽子，你以为你翅膀硬了，给我滚开，他把我狠狠地推在地上，我的头碰在破碎的灶台的一角，流了好多血。

不过了，大家都不过了！母亲一边叫着，一边就去里屋拿了一瓶农药出来，当着父亲和我的面喝了下去。

田坚说到这儿，脸色苍青，陷入了深深的伤痛和沉默。

天哪，这么深的创伤。蒋医生小声地说了一句。

这样的事情在我们农村根本不是什么新鲜事。这些事情，说了出来，你们这些从小在蜜罐里长大的 ABC（在美出生的华裔后代）懂吗？田坚有些怨愤地看着蒋医生。

懂的，蒋医生脸色变得阴郁，其实我自己一直有心理问题，我的母亲是个控制狂，我高中开始就不断地抑郁，我从来不敢和别人说出我自己的需求和想法，因为我知道我的母亲有她的要求，我说了也白说，她特别严厉。其实上一次看到你不愿意开口，我很理解。我们这样受过创伤的人都或多或少有些自闭，不知道怎样和别人沟通。我看了很多的书，后来立志做心理医生也是想搞明白自己的问题。

田坚心想，这些医生也是可怜，明明自己是个病人，还要出来帮助别人。这个世界真是荒谬。又荒谬又悲哀。他没有说这层意思，只是说：久病成医吗？

他说的是中文，没想到蒋医生却听懂了，嗯，就是那个意思。

我也是这样，自己去找书看，拿出搞科研的态度来了解自己，可是明白了也没用。我小时候跟自己说，我长大了绝对不要对自己的妻子施暴，可是，事实却完完全全相反。田坚叹气。他没好意思说他自己去看书自学，其实是舍不得花心理咨询的费用。他也没有把舍不得花钱的这个想法跟柳溪说，而只是用沉默的方式表示他的不满。

从小在暴力环境长大的人长大了要么是坚决杜绝暴力，要么是不自觉地落入同一个模式，看来你是后一种。蒋医生说。

其实每次暴力之后我都特别后悔，但是一进入那种状态我就压根控制不住自己，好像手脚都不是自己的了。田坚说。

是的，道理并不复杂，但是要走出来非常不容易，我自己特别清楚这一点。蒋医生说。

田坚不再说什么。他是个聪明人，自己也做了许多功课。他有时候觉得自己是能洞察一切的智者，有时候又觉得自己是个手足无措的孩子。原生家庭是一个黑洞。一切似乎都可以找到答案，一切似乎都有了因果。每一个人的过往就如阳光筛落在地上的树影，模糊又确切地折射着来时的路。但是，又能如何？那些时光的浅影晃荡游离，踩不住，摸不着，一切都难以逃离黑洞的强大引力，一切似乎都进入了一个惯性轨道，一个难以自拔的循环和泥淖。

那天晚上为着房子和钱的事儿，两个人又吵了起来，一边做菜一边吵。这回是田坚的一个高中老同学撺掇他在国内投资房地产，柳溪不肯，田坚说着说着就急了：那可是我高中最铁的哥们儿，人家会骗我？

柳溪说，也不是人家故意骗你，去投资就是有赔有赚，要是赔了怎么办？

田坚说，我这同学脑子活，他现在投资房地产就没失手过。他说现在三亚地产热得很，买个一套两套投资房，到时候就翻倍。

柳溪说：要投资房地产在美国也可以投啊，我看尔湾就是个好地方，将来也会涨，国内的房子那么远，也不知道有什么问题，管理也不方便。

田坚说，国内的房子比美国涨得快，你懂个屁。

柳溪最烦他出言不逊说脏字，心里生气，也发起蛮，反正我不肯。田坚一看她面若冰霜的样子也烦躁。两个人从买投资房，到以前寄钱给田家买房子，到孩子姓什么那些陈芝麻的事情都抖了出来，越说越生气，越说越觉得对方蛮横。田坚是个冷暴脾气，正在切肉，一生气，手里的刀子在空中转了个向，直接就朝柳溪指了过来。

干什么你要？柳溪又惊又怕，叫了起来，我要报警了！

报警啊你！每次都是光说不练，你打 911 啊！田坚也叫了起来，他脑子发热，眼睛里却闪着寒气。

柳溪突然就镇静了下来。她不知道从哪儿获得了勇气，往前走了一步，平静地说，你把刀子放下来。田坚盯着她，她也毫不示弱地看着他，他们的目光在空气中不动声色地角斗着。他看着她，像是看到那个站出来斥责父亲的八岁的自己。他心里一惊，目光顿时涣散，手里的刀也垂了下来。

柳溪松了口气，身体却不由自主地抖了起来，黑霭从时光的远处飘来。他那样子真像父亲啊。她打了个寒噤，转身去了车库，她打开车库门，迅速地倒车，车子开出了小区，向北而去。

尔湾是夹在大海高山之间的一块方寸之地，向北，便是向着高山奔去，她毫无目的地开，眼前的路开到头，她转到了另一条路，山路蜿蜒，高低曲折。山，就在那儿，然而，她却像是永远也无法抵达，只是在山脚徘徊。她看到旁边一面如水的湖泊，镜子般明亮，就像家乡的河湾水汊，而那座江南的小院，便是在水之边缘。她顿觉自己是行驶在回乡的路上，故乡山川的感觉，她有些恍然，然而她很快意识到，她是在异国他乡，在这个城市里，她甚至没有一个可以倾诉的朋友，除了和他的那个家，她哪里也去不了。她把车开到路旁的一条小路，是通向一个农庄的小路，她把车停在小路旁。夜色越来越浓，恐惧和孤独一点点向她袭来，直到将她完全淹没。她开车落荒而逃。

柳溪大半夜才回到家。她趴在客房的床上，没有哭，只有无比的压抑和阴郁，她以为她肯定会失眠，却很快就入了眠。她主意已定，明天，就是明天，明天就去办离婚手续。

早上起来，她把决定和田坚说了，田坚面无表情地喝了一口牛奶，半天说了一个字，好。

她心里有些委屈和难受，平常他都不是这样爽快地答应。她想，他大概在外面找好下家了，或许就是他签证认识的那个红颜知己，怪不得他这几天都待到好晚，大概在网上和红颜谈情说爱呢。她越想越窝心，恨恨地说：那就今天上班之前去办了吧。

好，她听到餐桌那头传来的应答。他还是那样面无表情，他那平日里明亮的眼睛变得淡漠无光。她心里发凉。

也好，她想，反正现在还没有孩子。

吃过早饭，她觉得有些恶心，她心里一惊，突然意识到自己的例假推后了。她这些日子心情实在是糟透了，都没有留神这些。

她把车子拐到了一家超市，买了一个早早孕试纸。当她看到两根粉红的粗线时，她呆住了。天意吗？难道两个人缘分还未了？老天还不准备把他们拆散吗？

她开到法院的时候，看到等在门口的田坚和他身后长长的队伍。原来，每天都有这么多夫妻要离婚，有这么多夫妻不能忍受彼此，或者说是忍受现状。

她告诉了他怀孕的消息，他的脸上露出了一丝笑，真的啊？

她点头。

走。他拉了她的手往回走。

他的眼睛发亮，外面的天空似乎也跟着明亮起来。橡树的叶子在风里唰啦啦地响。她想起了那瞬间的光影变幻，大海，星辰，那么辽远，那么闪亮。

他们给孩子取了个名字，一个男女都可以用的名字，田纯善。纯善之家，纯善的孩子，重新开始，一切都是至纯至善，他们曾经是那样满怀着纯真良善的初衷走进婚姻的。

那一阵，日子突然就变得柔顺起来。也还是有些争吵，总是吵了个头，两个人都小心翼翼地绕了过去。去超市买菜，他不让她拿，你一边站着，我来。柳溪想起了她心底的那个公主梦，她一直渴望的被宠爱被关爱的公主梦，然而这不是梦，不，不是梦。但她心里总还是有些隐隐不安。

一个月后的一个清晨，柳溪梦到一个娃娃，一个面目模糊却浑身光影斑驳的娃娃从她身边走过，然后头也不回地走出了她的家门。纯善，柳溪在梦里忍不住喊了一声。

她醒了过来，下面是湿乎乎的，她一摸，手指成了红的。

他们一起去不孕症医生那儿做的手术，那个只存在了几个月的叫作纯善的孩子成了虚无，大海星辰瞬间就能变成幽暗森林，她多年前就已亲见。只是，在刹那变幻的前一刻，天上的星星是坠入了大海吗？那些坠落的星星是随浪漂流，还是沉入深海？

他扶着她走出大楼的时候，天空突然下起了雨，漫天的雨，在天地之间扯起了帐幔，灰薄如蝉翼的雨幔。他们都看着雨中的树林，那一瞬间，她记忆的盲点突然无比明晰，她确切地记了起来，七年前的那个夏天，在她回到宿舍后不久，雨，便下了起来。天气预报是准的，她想，准的，就像他们的过往，准确地预知了他们的现在。可是，他们的未来呢？他们还会并肩穿过这片霏雨淋漓的橡树林吗？他们站在那儿，面朝着一整片的森林，他们没有看对方，却都如此清晰地感知到彼此的呼吸。

1.

酒店的天花板是白的，灰白，和棉质的被单不一样的白，那种白带着一层似有似无的黄，像是长日里见不着太阳的人的脸，透着一丝委顿。

成和田目不转睛盯着天花板发了一小会儿呆，厚重的暗绿色落地窗帘后面没有一丝光。天还很早吧，他想。这一年来总是早醒，到了四点多就再无法入眠。他打开了手机——昨夜欢愉之前他照例是关了手机。

微信的对话框里有好几个王静尝试和他语音通话的字样。然后是几个字，

“出事了，赶紧回信”。他看了眼身边那个一丝不挂、起伏有致的身体，心里划过一丝疑惑和不安，似乎这个身体和这条信息有着某种隐秘的关联。他把目光再次转向微信，敲了几个字：什么事？

“家里死人了。你赶紧给我打个电话过来。”那边显然在等着他，马上就回了话。

“死人了？”成和田心里一震，腾地一波巨浪掀起来，这种感觉如此熟悉——这是今年第二起和他有关的死讯了。他赶紧穿了衣服，带上门，马上就给王静打了微信电话过去。

微信电话很快接通。王静的语气带着一丝颤：“天宇的同学在我们家……死了……是吸毒过量……”

成和田心里的巨浪软乎乎地翻了过去，他大大地松了口气，但是转瞬又提了起来，“我们家？死了？吸毒？”他像牛一样反刍着妻子的这句话，儿子，吸毒，死亡，这几个词怎么就撸成了一串？儿子和妻子是去年年初回的美国，住在南加州的尔湾，他一个人待在北京，之间隔了一个太平洋。

“是的，你别问那么多了，这边警察还在这儿。还要取证，对供词。现在还不知道那个人家里会不会告我们。总之麻烦事情多了，你赶紧飞过来。”

秘书给他订的是第二天晚上美联航北京直飞洛杉矶的航班，用的是他积累的里程数，他这两年做海鸥，一年也得飞三四回美国，攒了不少里程数。

晚上九点的飞机。起飞的时候，成和田俯视着夜空下这个浮华璀璨的城市，万家灯火，绵延成海，一片片一簇簇铺在华北大平原上，犹如一场永不谢幕的人间盛宴。那个瑞士名牌腕表在三里屯的鉴赏酒会这个点该开始了吧，他暗自寻思。今晚他原本是要出席那个酒会的。酒会大厅的施华洛世奇水晶吊灯像瀑布一样从屋顶一倾而下，水晶用得低调而有内涵，桌子上摆着鲜橙、蜡烛和青花小瓷碗，瓷碗里装了水，水面漂着一两朵栀子花。暗红色的实木桌上摆着法国的红酒、鲜花和各式茶点，整个场景透着一种说不出来的低调的奢华。各种成功人士带着打扮时尚、妆容精致的佳丽出入其中。大家寒暄着，低声谈论着。这样的地方才能碰到他潜在的客户，而这些人也是乐于结识他的，他是业界公认的最好的基金经理之一，要入他的基金最低要三十万美元。

飞机越飞越高，穿过云层，一路向东，那个灯火辉煌的城市顷刻便湮没在一片黑暗中。他有些恍惚，闭了眼，眼前一张煞白的脸在晃，他慌忙睁开了眼。

年初快过春节那阵，他的团队加班加点做年度盈利分析。每一个客户都要一份具体的基金成绩表。他的主顾都是非富即贵的体面人，挑剔得很。他的成绩表细致入微，一条一条分析，美股表现如何，A 股是否值得推荐，港股后劲是否够足。团队做得很辛苦，他何尝不是，连着几个晚上他都只睡三四个小时。做金融这一行，辛苦是众所周知的，女人当男人用，男人当牲口用。

那天晚上九点的时候，加班的几个人准备撤了。模型分析组的林仲说他再弄几个数据。大家都散了，剩了他一个人。凌晨的时候和田接到一个电话问他是不是这家基金公司的法人代表。和田回说是。“你们公司有一个员工拨了120，送到医院已经不行了。是猝死。”和田赶到金融街附近的协和医院时，林仲躺在白床单上没有一丝声息，脸色煞白，眼睛似乎还在半盯着这个他未曾打算离去的世界，像是在诘问为什么会给他这样的宣判。

从医院出来，夜色已经深沉得如太平洋最深处的马里亚纳海沟，黑苍苍的天像是落幕的幕布，沉重地垂在星空的边际。和田心中也似这冬夜一般沉闷，他去了一家夜总会。他需要一个鲜活的异性来抑制他对于死亡的恐惧。他被周遭的物事压得死死的，得找个出口。他算是有品的，但是那天晚上他粗暴得让他自己都羞愧，他像是揉搓面团一样折腾着那个女人，变着法子蹂躏她。那个女人双眼冷得像是随时会飞出两把飞刀。他有些惭愧，完事后，他给了她两倍的钱。她数了她该拿的钱，把剩下的钞票扔在他脸上，摔门走了。

他发了一阵呆，拿出手机，凌晨四点。他翻看着微信上一千多个联系人，他找不到一个可以倾诉的人。他把手机扔在一边，向后一倒，人直直地躺在揉成一团的白床单上，像是躺在深海的一叶孤舟上，空虚，一种不那么尖锐却辽远的空虚有如一张有很多缝隙的网，将他紧紧包裹。

没过多久，林仲的父母把公司告到法庭，说林仲属于因公“过劳死”，要求医药费、丧葬费等各项损失共计两百万人民币。和田被这事弄得焦头烂额。好在公司的摄像头调出来后显示林仲那晚一个人先是在玩手机，之后虽然是坐在电脑前，电脑访问记录却显示他其实是在玩网游。和田心里也清楚这些分析师实在是太疲惫，需要小小的休整。哪个分析师上班的时候没开过小差，他自己当年在华尔街干活的时候不也常看华人网站文学城吗？但到了钱骨眼上他又恢复了商人的真正面目。公司靠着这条理由赢了官司，最后只赔了林家二十万，和田心里知道亏欠了林仲。他不是没动过心思多赔一点给林家，可是万一下次又碰到这种事呢？那一阵，林仲那张煞白的脸总是在和田眼前晃，过了好几个月才慢慢消逝。现在，在这三万英尺的上空，那张脸又回来了，和田打开飞机窗户的隔板，外面是一层一层的黑，飞机仿佛穿行在一个巨大的虚空里。

飞机是下午到的洛杉矶，和田再次打开隔板，阳光有些刺眼。白天和黑夜在高空里如此迅速地切换，和田惊诧之余添了些许的不真实感。飞机即将降落，机身倾斜着调整方向，云层下洛杉矶的那些摩天大厦便也倾斜了。他不由生出了一种细微的悲戚，这一个又一个钢筋水泥的城市啊，似乎坚不可摧，但只需一瞬就会彻底毁灭，就像一个人的命运，刹那间就被改变。他这么想着，又生出了一丝侥幸，幸好出事的不是天宇。

和田在洛杉矶机场等了许久王静的车子才过来，是一辆奔驰的 SUV。

“路上堵得一塌糊涂，洛杉矶现在的交通比北京还糟糕。”王静看上去非常疲惫，眼圈都是黑的，眼角的皱纹比几个月前又深了些许。车子上了 405 号高速，王静开始述说出事那晚的情形。她的叙述中时不时就加上个“你相信吗?”，仿佛生怕丈夫质疑她在撒谎，又或者是这件事情实在是太出乎她能想象的范围。

那天晚上天宇和这个白人同学迈克在他们家玩耍，王静在小区一个朋友家聚会。晚上十点多的时候，天宇慌慌张张地给她打了电话：“妈，你快回来，迈克，他好像没有气了……”

她眼睛睁大了：“啊！你说什么？我就回。”十分钟以后，她赶了回来，匆匆上了楼，迈克躺在天宇房间的一个摇椅上，嘴唇发蓝，手里拿着一支吸管，旁边的桌子上放着一个薄玻璃封袋和一个小盘。盘子里是白色的粉末，细滑入微，粉尘一般，白白的，是一种细致纯粹的白。

“我刚才上了个厕所，出来他就成这样了。”天宇的脸色惨白，手还在发抖。

王静也在抖，她颤抖着把手伸到迈克的鼻子下，气息全无，她觉到了一阵阵眩晕，恐惧在她的身体里迅速生长膨胀，她不记得自己这一辈子什么时候这么恐惧过了。她觉得脑子和手没有办法协调行动。过了几分钟，她终于不那么抖了，她拨了911。

救护车尖厉的响声把黑夜平静的面纱一把扯掉。十分钟后，王静家的门口就聚集了一辆消防车、一辆警车和一辆救护车。车顶红黄相间的灯不停地摇晃，黑夜里沉淀的不安和污浊一点点升起，这个宁静的高级住宅小区像是川剧里的变脸，转眼就换了副模样。

两个穿蓝色护理服的急救人员马上到了二楼，她们训练有素地拿出了一管纳洛酮塞到迈克的鼻孔，他没有反应，她们马上开始进行人工呼吸，但是，显然也是没有一点用处。十分钟之后，她们摇了摇头，“对不起，我们尽力了。”一个大个子墨西哥裔警察上了楼，询问迈克家人的电话。

“不知道。”天宇的脸色还是惨白，他摇了摇头。

急救护理人员把迈克——那具尸体抬到担架上，开了车走了。警察开始拍照，询问天宇情况。迈克什么时候晕过去的？你是什么时候发现的？

“多长时间以后报的警？”大个子问天宇。

“我不记得了，我上厕所出来看到他那样，马上就喊我妈妈，然后，我们很快就打了911。”天宇总算不那么抖了。

大个子眼睛看了一眼天宇，又低下头记录。

“谁的海洛因？”他再度抬起了头。

“是迈克带来的。”

“噢?”大个子右边的眉毛挑了一下，“确定?”

“是的，他的包在这儿。”天宇把迈克的书包递给大个子。

“他带书包来你家做什么?”大个子又看着天宇。

“我们原来说好做一个电影项目的，但是他说我们要先体验一下生活，再开始拍摄。”天宇声音平静了很多。

大个子看着他，点点头。

车子开过了小西贡，王静总算把这事说全乎了。车外的交通也顺畅了一点，像是配合着让两个人透口气。

“你说，这么奇葩的事情怎么可能发生在我们家!”王静想起了儿子最喜欢说的一个词，奇葩。是的，这么奇葩又糟心的事情。

“唉，今年好像真是流年不利。”和田眼前闪过林仲的脸，他按了按太阳穴。

“还好是那个孩子自己带来的毒品。不然他们家还不得告我们告得妥妥的。”王静说。

“他们家是干吗的?”

“据说他爸爸是加州大学尔湾分校医学院的，好像还是个院长。”

“噢。那就有些麻烦了。”和田皱了下眉头，他在美国住过很多年，知道这些美国人有多么爱告状。他那时刚到美国一个月，就被那个犹太房东告到了法庭，说他们提早搬出去，也没通知他，违背合约，要求赔偿一个月的租金。然后他又想起了林仲的官司，心里又添了几分堵。

终于到了尔湾，这个距离洛杉矶一个小时车程的城市这些年成了国内新移民的首选。和田有好几个客户住在这儿，他还听说好几个影视圈的导演和明星都在这儿置办了房产。

车子开进了小区，小区在山上，俯瞰着整个尔湾城，背后就是一个自然保护区。和田远远看到一幢幢红瓦青墙的高级别墅从一垄垄深绿之中探出头来。这是个高档住宅小区，小区鹤立鸡群的一个显著标志就是这些红瓦。要知道，很多房子的屋顶用的是一大片的黑色油布毡，而不是这样一片一片的瓦。

天宇看到和田的时候，破天荒地给了他一个拥抱，和田也回抱了一下他，有一点拘谨。他似乎还是不习惯像美国人那样，拥抱亲吻就跟喝水一样稀松平常。无论如何，他有些宽慰平日和他隔了一层的儿子这次这么主动。不知是儿子又回到美国生活了两年，慢慢西化了，还是这一次发生的事情太凶猛，儿子需要一个靠一靠的肩膀。他拍了拍儿子的肩膀，想不出来说什么好，半天说了一句，你好像又长高了。儿子有些释然他没有劈头盖脸责骂他，摸了摸头，也说了一句不着边际的话，你什么时候回北京？

晚上和田躺在床上有些许的不自在，天花板上的吊扇是新换的，黑魆魆的青铜的灯头，四个乳黄色的灯罩像倒挂的金钟花的花萼，他顿觉这间大得有些离谱的主卧有了一丝陌生感，陌生得甚至有些像酒店。只是和国内酒店的床相比，这边的席梦思有些硬，他翻了个身。飞了十多个小时，他有些疲惫，躺在那儿什么也不说。王静躺在旁边，翻过来覆过去，也是没有言语。过了好一阵，他有些不忍，问了句：“哎，要吗？”他知道王静是个倔脾气，从来不会主动。王静还是不作声，黑暗中他把手伸了过去。王静一下子就转过身，紧紧地抱住了他，像是汪洋中的人抓住了一块板子再不肯松手。他怜惜地抱住了她，她的皮肤不够细滑。他脑子里闪过一个年轻的身体，是前天晚上他睡的那个女人，紧致细腻的皮肤，屁股翘翘的，像两只小地球。他这么想着，有些惭愧，但是又想自己为的是曲线救国，心里的罪恶感又减轻了些许。他把王静压在身下，很快听到了她的呻吟。

王静很快入睡了，发出轻微的呼噜声，有些安宁，有些麻木。和田却久久不能入眠。黑夜黑得不是那么彻底，他能看到窗户后面的一层浅灰，仿佛是来自地狱的幽光。他心里打了个战。整个世界像是昏睡在梦里，安静得没有一点呼吸。突然，房子后面自然保护区的一群郊狼传来一声声凄厉的嚎叫，听起来像是狼群在厮斗。他听得有些胆寒，过了好一阵，狼群的声音才慢慢泯灭。周围的一切像是掉进了更深一层的梦魇。他突然觉得天花板上有一个影子，棕黄色的微卷的头发，绿色的眼睛，那个影子悬浮在空中，死死地盯着他看。他一个激灵，不由大叫了一声。王静醒了过来，问他怎么回事。和田不作声，坐了起来，那个影子已然消逝。他不知道自己是从梦中醒了过来，还是他那声吼叫把影子吓走了。

第二天他和王静去看了学校的心理医生。

“你们知道孩子用毒品吗?”心理医生是个波斯女人，眼睛特别大，像是擅长读心术的人。

“我还真的不知道，孩子平常很听话的。”王静回答。

“爸爸呢?”波斯人的大眼睛在和田的脸上扫描了一遍。

和田有些不自在:“我……一般在中国，几个月过来一次。”

“噢。”大眼睛点点头，“我碰到好几个这样的家庭了。你们夫妻平时和孩子交流多吗?”这个学校是这个城市最好的高中，有不少新移民，许多是男的在国内挣钱，女的陪着孩子在这边念书。

和田没有答话，他这几年和妻子儿子分住两地，人是自由了许多，但是似乎也生疏了不少。和王静，他需要很努力地寻找一个话题，基金股票的事王静不感兴趣，他自己也没兴趣说。王静看的《琅琊榜》《欢乐颂》他根本没时间看。除了儿子，他们似乎再找不到别的共同话题。他们的电话总是简短，微信对话就事说事，没有任何昵称。他不确定这是距离的缘故还是中年夫妇常见的问题，或许两者都有。他们像是移植到河两岸的两棵树，隔了一条河，地下的根茎再也搭不上，地上的枝叶更是碰不着。而每次和儿子通电话，儿子都是敷衍地应着，估计是一边看电脑一边和他说话。他觉得他们之间隔了不止一个太平洋。

“迈克的葬礼最好让天宇去参加。你们事先跟他说好。”波斯医生又说。和田和王静相互看了看，没有说什么。

“不要给孩子设定什么时候必须恢复过来，给他时间。”波斯医生最后说，“你们多陪陪孩子。”

2.

过了两天就是迈克的葬礼。

和田、王静和天宇的车子到达殡仪馆的时候，停车场已是满满当当。迈克生前是学校篮球队的，认识的朋友很多，再加上美国的高中是跟课不跟班，不同的课不同的人，几乎全年级的人都有机会认识。和田下了车，天宇耷拉着头，跟在后面。

一进大厅，和田就感到一阵窒息，沉重的气息扑面而来。对面的墙上挂着一个木质的黑色十字架，发着幽光，那光像是来自地狱和天堂的交界，震慑着灵堂里每一个肉体和肉体之上的每一个灵魂。灵堂里每个人都穿着黑衣黑裤，黑鸦鸦的。黑衣人的目光像箭一样扎过来，那目光里有责怨，有好奇，大概还有些幸灾乐祸。大厅坐满了人，他们一家好不容易在后排的一个角落落了座。和田第一次感觉到什么叫如坐针毡。

追思会开始了，先是迈克的父亲发言。和田看到他，吃了一惊，他见过这个人。还是去年的暑假，他送天宇去他们班上的一个游泳聚会。他在游泳池边碰到迈克的父亲。他记得他的脸色有些白，头发有些卷，绿眼睛像猫眼，有一种幽深和让人难以捉摸的东西。

“我叫丹尼尔，我以前在中国待过半年，会一点点中文。”他主动聊了起来。他们聊得还算投机。丹尼尔去过几次西藏，对密宗很感兴趣，“你知道什么叫因果报应吗?”他的中文说得很差，和田半天才反应过来他说的是“因果报应”那几个字。和田对佛教知之甚少，他努力寻找一个合适的英文词来对应这个词，他想起以前一个印度同事放在小隔间的一个装饰物，上面写着一句话：You have a right to “Karma”, but never to any Fruits thereof.（你有权获得因果报应，但无权获得任何果报。）那句话有些绕，但他经常从那儿过，居然也记住了。“Karma（因果报应）。”他说。

“Karma.”丹尼尔若有所思地点点头。

台上的丹尼尔回忆着儿子迈克的一点一滴，台下开始有人啜泣，和田的鼻子也开始发酸。接着是另外几个亲朋好友开始讲述他们记忆中的迈克，一个充满活力、精力过剩、待人接物都礼貌得体的男孩子。没有人想到他会吸毒，就像没有人想到自己会在外面嫖妓，乱找女人。和田这么想着，心里有些发虚，眼角落在了旁边的王静脸上。她的脸色有些黄，眼皮都耷拉了。上大学那阵，他们两个都是话剧团的，排演《雷雨》，他演的是周朴园，王静演的是鲁妈。她那时化了妆，故意扮出老相。若是现在去演，倒是一点也不需要化妆，和田心里叹了口气。

接下来是遗体告别。屋子里所有的黑衣人都站了起来，排成了一条黑色的线。黑线上每一个面目模糊的小点缓缓前移。和田终于走近，黑色的棺木四周摆满了鲜花，鲜花丛中平躺着一个少年，脸色苍白，棕黄色的头发，微微卷曲，他的眼睛紧闭，看不到眼睛的颜色。和田转过头，正好看到旁边的遗像。相片中的少年一双幽绿的眼眸似乎也在看着他，和田心里一惊，这不正是那夜天花板上的那个人影吗？然后他意识到自己其实是见过迈克的，也是那次游泳聚会，他像极了丹尼尔，只是脸庞是圆乎乎的，而不是丹尼尔的长脸。那晚的那个幽灵一定是自己的臆想，和田使劲摇了摇头。

殡仪馆大厅的出口站着丹尼尔和他的太太。他们站在那儿，人们排着队鱼贯前行去拥抱他们，告慰他们。和田特别希望自己能穿上隐身衣，从他们身边悄无声息地走开。然而那做不到。前面的，后面的，都是紧紧密密的黑衣人。他被这黑色的人流簇拥到了他们面前。

“对不起。”和田开了口，“我们非常非常抱歉。”王静在一旁哭泣。

丹尼尔的太太看到了他身旁低着脑袋的天宇，她把眼睛转开。丹尼尔的眼神里有一丝慌，他大概也意识到原来与和田见过面，还曾有过友好的交谈。他兀自嘟噜了一句，和田没有听清楚，就被后面的人流簇拥到了门口。他回过头看了一眼，看到丹尼尔正好也向他望过来，但是他迅速地转回头，收回了他的目光。

迈克的幽灵似乎还在房子里游荡。和田连着好几个晚上都看到他，有时候在天花板上，有时候在吊扇上。有一天晚上，他到楼下喝水，看到那个影子站在橱柜的白玉老虎身后。那天早上他好不容易睡着，又被门铃声吵醒。

是邮局的邮递员，手里拿着一个需要签字的邮件，和田看到邮件右上角的“Kring & Lewis”律师事务所的字样，倒吸了口凉气。他刚到美国就收到过那个犹太房东的诉讼信，用的就是这种“certified mail（认证邮件）”。收信人必须签字，证明你收到了来信。

果然是封诉讼信。很厚的一封信，和田大致看了一下，丹尼尔夫妇找了律师，把他们告上了法庭，罪名是“不当致死”，要求赔偿两百万美金。

他把信扔到茶几上，人半躺在沙发上，看着对面橱柜里摆着的白玉老虎发了呆。玉质的老虎站在石头上，回头长啸，嘴巴张得很大，尾巴搭在沉香木的底座上，孔武有力。整只老虎通体纯白发亮，目光凛然，让人心生寒意。和田越看那只老虎，越是不安，似乎所有的奇葩和闹心的事情都可以溯源到这个小小的装饰物上。他走到橱柜前，顺手把那只老虎拿了起来。

门开了，王静回来了。

“怎么了?”她疑惑地看着和田。和田把那只白玉老虎又放了下来。

“吃早饭吧。”王静从袋子里拿出豆浆油条和饭团，“大华买的，你吃，我把菜拿进来。”她一早起来去了大华超市买早点，又顺便买了菜。

“迈克家把我们告了，要求赔偿两百万。”和田拿起茶几上的信封。

“要这么多！真是事赶事。”王静眉头皱得很深，她的抬头纹越来越多，连鼻梁上都是。和田看到了那皱纹，心想，她这两年，一个人在这边不容易。

“美国人也真是的，孩子去世了，还有心思打官司要钱。”王静有些愤愤。

“你觉得中国人就不一样吗?人没了，至少要点钱补偿吧。”和田想起了林仲，“不过两百万是多了点。”

和田和王静约了一个华人律师，在洛杉矶的中国城。两个人从律师事务所出来的时候，天都快黑了，街道上人不多，每一个都行色匆匆，似乎都知道自己的方向。和田却有些迷失了方向，两个人在停车场居然绕糊涂了，没有看到他们的车，倒是看到了一个算命看卦的牌子。广告牌背景是个金灿灿的佛像，拈花而坐，旁边几行字：“风水算命大师，卡米女士，属灵医治，心灵净化，看手相，塔罗牌解读。”和田站住了，他看了一眼王静，王静也看了他一眼，两个人推开了那个小平房的玻璃门。

一个面容瘦削的女人坐在那儿，深陷的眼睛，身上穿着件普通的白色棉布长裙，唯一不同的大概是她的手串，青田玉，和田能看出那不是假货，玉色洁白，略带青绿，有一种淡淡的油脂的光泽。

两个人把家里的事情从头至尾说了一遍。那女人席地而坐，并不看他们，只是安静地听着。等他们说完，她略微沉思了片刻，开口道：“大概是犯了什么忌，需要把房子转转气，这样里面的人才能转运。如果两位相信我，我可以去你家看看。”她平静地看着面前的两个人。和田觉得这似乎有些荒唐，自己也是喝了洋墨水的人，怎么可以信邪门巫术。他的目光转向了墙上的佛像，佛坐在莲花座上，垂目合掌，并不看他。他又看了看那个女人，清淡无奇的脸，这样的一张脸能帮他们打赢官司？能把他们家的糟心事都摆平了？这太荒唐了。他想了想，拒绝了那个叫卡米的女人。

“没关系，随时欢迎你打电话咨询。”她顺手取了一张名片给和田。

和田最后还是选择了一家美国人开的律师事务所。一来离他家近一些，二来他是觉得，真的在法庭上斗起来，美国当地人应该更有优势。

但是这家美国人的事务所可不便宜，一开始就要了五千美元作为押金，每小时收费五百美元。第一次交谈他们询问了天宇和王静很多细节。

“你知道，他们现在告你们的两个理由是，提供毒品和没有及时抢救。第一个看起来你们有证据证明是迈克自己带来的。但是第二个对你们非常不利。你们没有及时呼叫911。而我们需要做的是提供你们及时呼叫的证据。你们有什么可以证明你们迅速报警了吗？”

和田看了看天宇和王静，他们两个都有些不安，那天天宇的确没有第一时间打911。他们两个都没有回话。

回去的路上，和田安慰他们。“不必担心，请了律师咱们心里就踏实了。”天宇两手相握，关节掰得咔嚓响。王静的眉头还是皱着。和田记得上大学那阵，她是个爱笑的女孩子。有一次班上开联欢会包饺子，她负责揉面，揉面是个力气活，在她那儿成了个轻松事。她一边笑一边揉面，两只手有力而有节奏地揉动，连甩带摔，谈笑间，她手里的东西就从絮状的面粉变成了光滑饱满的面团。他记住了那一幕，记住了她的笑容。从什么时候开始，她就习惯了皱眉呢？而她整个人倒像是那一幕的倒带，从光软紧凑的面团到松松垮垮的面粉的逆转。

“那天你们聚会有几个人？”晚上躺在床上，和田问王静。

“三个。李医生，还有帮我们买房子的小陈。”

“如果……她们都不说话，那么你可以说你就在家里，天宇一喊你，你们马上就打 911 了……”和田迟疑了一下，说了自己的这个想法。

王静转过脸，有些吃惊地看着他。

“我知道……但是……这种时候，也顾不得那么多了。”和田像是看出了她的想法。

“嗯。”王静点头，她其实不是质疑这种做法的合理性，她自己不是有道德洁癖的人，她不过是吃惊和田毫无障碍地提出这个建议。他以前是个实在的人，不会说假话，她当初选择他也是看中他的厚道，什么时候他可以这么轻松地编造谎言了？

两个人在黑夜里都不说话了。

和田处理了一些事情后，就回国了。这一阵金融圈的事儿不少，滴滴打车和优步合并了，宝能和万科的斗地主大战，还有董明珠要造汽车。股市像个骚娘们儿，他得盯着。除此之外，大盘走势、资产配置和风险管理，哪个环节都不能出纰漏，每个环节自然都有负责人，只是他还是需要全盘掌控。

一个月以后，王静给他发了一份律师账单。和田吃了一惊。怪不得说律师是不可缺少的魔鬼，这些律师可不是吃素的，不，简直是狮子大张口。他们的时间表上精确地罗列着每一项事情，真可谓是细致入微。第一次会谈是一个小时，但是他们后来整理材料花了半个小时，跟对方律师打电话花了十五分钟，给律师发电邮花了二十分钟，天知道他们打了电话之后为什么还要发电邮，然后还有做吸毒过量被诉讼的调查花了一个小时，名目众多，不一而足，第一个月的律师费将近六千美元。

和田有些割肉的感觉。他的钱也是一分一分挣出来的。国内做金融压力大，有太多他们不能控制的因素。哪天就不知道哪根筋不对了，股市抽起筋来，跟发癫病似的，只能看着干着急，没一点法子。市场总是充满戏剧性，前一刻还温柔可人，后一刻马上翻脸，血淋淋的残酷。但是比市场更戏剧性的是人性，是从动机到执行到结果的连锁反应，是一百八十度大反转导致的市场的溃败。这些年，他见到太多的案例和案例背后或淋漓尽致或隐忍踌躇或冲动乖张的人性。

他下意识地摸了摸脑袋，这几年他的发际线越来越高，眼看着头发越来越稀薄。

“据说一个官司要拖一两年，这么拖下来可受不了。”王静那天跟他抱怨。

和田心里也知道这个理，但是他知道开弓没有回头箭。他们不是愿意打这个官司，是官司寻了他们来的。

“再等等吧，我也做不了什么。”和田只能劝慰她。他的办公室在二十层，面向金融街，隔着玻璃，他能看到街上的车辆。正是下班的时间，交通很堵，车子看起来像一只只黑蚂蚁，小小的，慢慢地往前挪。太阳就要落山了，黑夜就要降临。西边的天空不紧不慢地变幻着色彩。从橘红转成橘黄，再到深紫、蓝灰、深灰，整个色彩的转换旖旎又暧昧。华灯在深灰里一盏盏点亮，这个徐徐滑入黑夜的城市，马上就会展露出另一副面孔。

第二个月的时候，王静把那封律师账单的电邮转给和田，并写了几个大字，“这日子没法过了”。这次的账单是八千美元。

他晚上给王静打电话，王静没好气地说：“我说要请老中律师，你不肯，现在，你看看，这帮子洋大爷心狠着呢!”

“天下乌鸦一般黑。你以为老中的律师能好到哪儿?”和田一向笃信人性是相通的。

“至少不会这么狠。”王静说，“下个月就要取证，你赶紧给我再回来一趟。”取证是打官司最重要的一个环节。和田想不起来自己在北京和在美国有什么不同，他不是被告，能帮他们两个的也少。

“你回来我就有主心骨了。”王静又说。和田不喜欢她颐指气使的口气，她这最后一句，又让他受用了一些。自己还是被需要的，他想了想说好啊。

再次回到尔湾的那栋大房子，和田又觉到了家里那种陌生的气息，这种陌生的感觉通常他刚回到家都有，但是这次尤重。他把窗户拉开，风从路的尽头吹过来，把窗外紫丁香清淡的香气吹过来，他觉得稍微好受了些。

取证那天居然下了雨，南加州的冬天极少下雨，一下雨，就堵车。他们到达原告律师楼的时候已经晚了五分钟，停车又找了一圈，到了约定的会议室，已经晚了十多分钟。和田想起这些律师都是按时间收钱，他晚了的这十分钟就是八十美元，心里不免又难受了一回。他小时候家里没钱，他父亲给他取名“禾田”，指望他将来有禾有田。他嫌这个名字土，上大学的时候改成“和田”。他做留学生的时候也是省吃俭用，后来钱越赚越多，但是用起钱来还是原来的习性。

双方的律师都到了，丹尼尔和他太太坐在那里，面无表情。边上是个摄像的人。每个人的供词都会录下来，到时候真的上了法庭这就是最好的佐证。

“说一说那天晚上的情形。”对方律师问天宇。天宇重复那天对警察的叙述，但是他实在是太紧张，声音都有些抖。和田怜惜地看了一眼儿子。

“毒品是谁的?”

“迈克带来的。”

“你确定?”对方的律师是个戴着眼镜的中年女人，红色的眼镜架，架在她高高的鼻梁上，她的声音有些尖厉。

“是，当时警察翻了他的书包。”

“有谁能证明不是你事后放到他的书包里的?”红眼镜盯着天宇问。

“当时就我和他在场。”天宇回答。

“我再重复一下我的问题，有谁能证明不是你事后放到他的书包里的?”

“没有。”天宇低下了头。

“我反对，对方律师这么问有误导。”天宇他们的律师发话了。

协调会议的人没有说话，红眼镜露出一丝微笑，接着问天宇。

两个小时很快就过去了，天宇和王静已是筋疲力尽。中午休息时间短，三个人在对面的一家麦当劳匆匆买了几个汉堡。

“今天差不多要五个小时，两千五百美元的律师费。”王静现在关心最多的就是这个律师费，真正的案子倒是没那么上心了，像是律师才是他们真正的对手。

“我今天又耽误了一天课。”天宇的双手又开始揉擦，咔嚓的响声有些惊心。

和田拍拍儿子的肩膀，“没事，你们年轻人常说的那句是什么，人生又完整了一回。”天宇没想到他还这么镇静，点点头，咬了一大口汉堡。

晚上回家的路上，他们买了希腊菜的外卖。和田喜欢吃那种叫 gyro（皮塔三明治）的东西。到了家，三个人都又累又乏，坐在桌前悄无声息地吃着，像是在演一幕哑剧。和田觉得这件事远比他想象的要严重，好像每个人心里都填了块石头，压得大家有些喘不过气来。他再一次看到了橱柜里那个白玉老虎，张着血盆大口，带着一股戾气。

夜很深了，和田还睡不着，他总是如此，心里有事就睡不着。他在想，为什么突然又绕进了这样磨人磨心的事？上一次林仲的那个案子也是让他受折磨。他想起丹尼尔那时候跟他说的那个词，因果报应，难道是自己做了什么坏事？他心里凛然一动，他这几年一个人在北京的时间多，开始找女人，有一个痴心的还为他流过产，想一想，那也是条生命，自己间接就杀了条性命，可不是报应嘛！他翻了个身，觉得床头柜上似乎有两张脸，两张模糊又清晰的脸，交替着，重叠着，一张煞白，黑色的头发，另一张有着棕黄的卷发，绿色的眼睛，他腾地一下坐了起来。

3.

第二天，他从抽屉的一角找出了那个叫卡米的女人的名片。他给她打了个电话。他们谈好了收费的事情，一次性五百美元，还好不是按小时收费。

卡米到他家的时候，眼睛不自然地瞄了一眼橱柜上的那只白玉老虎。和田想，果然是有问题。她手里拿着一个帆布袋子，她放下袋子，坐在沙发上。和田递上一杯茶，她喝了一口，“好茶，是今年的新茶吧？”和田点头称是，他们稍微寒暄了几句，然后她从帆布袋里拿出一个罗盘。罗盘内圆外方，最中间是个指针，指针指着南方。内盘上印有许多同心圆环，每一环都刻了一圈密密麻麻的小字，有些像希伯来语，又有些像梵文，神神秘秘的。和田看了一阵，也没看懂什么意思。

她站了起来，手里拿着罗盘，一语不发地四处走动，像是有一种无形的力量在牵引她。和田和王静跟在后头。她深陷的眼睛四处打量着这栋两层楼房的每一个角落。她还把每一扇窗户都打开，往窗外看了一阵，像是那窗户外面暗藏着玄机。

过了一盏茶的工夫，他们重新坐了下来。

“白虎是管财的，你们家这几年肯定财源兴旺。”卡米在沙发上坐定后，缓缓开口。和田和王静都不作声。

“但是你们和邻居住宅隔得太近，风水称作‘白虎压宫’。”卡米接着说话，“所以会因官司破财或者出别的什么事。”

和田略微点头，王静悄悄跟他说：“这接下来就该撺掇咱们买东西保平安了吧？”

不料卡米倒是没有，她开口问了个问题：“你们家中有属虎的吗？”

王静有些吃惊：“我是。”

“嗯，一山容不得二虎，这大概是你们家里出事情的缘故。”卡米喝了口新茶。

“怎么办？”和田问。

“这个容易，你把白玉老虎收起来，不要放在显眼的地方就好。”卡米说。

和田寻思，这么简单。

“另外，我到出事的那个房间看了。那个房间阴气太重，你们可能……”她顿了一下,“你们可能需要把屋顶掀开……”

“什么？这太荒唐了。”王静几乎脱口而出。和田没有作声，他家是农村的，他的确看到邻居把屋顶掀开，要阳光直射进来，据说这样可以把旧房子的霉运改掉。

“要掀开多久?”过了好一阵，和田开口了。王静不可置信地看了他一眼。

“最好两个星期，或者一个星期也可以。”卡米说。

和田思忖了半天:“如果下雨怎么办?”

“我有一个镇宝的青龙，你们可以放在他的房间，保佑天公配合。”卡米说着，从她的帆布袋子里又掏出一个石头雕刻的青龙。和田想，那个袋子里还有什么宝物，不会是魔术师的袋子，什么都能变出来吧?

“这个不是一般的青龙，加持过的，租一周两千美元。”卡米手里端着那条龙。

王静冷笑了一声:“果然是说到钱了。”和田轻轻地拉了一下她的衣角。

“你们不必全都掀开，单掀开他那个房间上的瓦就好。”卡米倒是不介意，她继续说，“你知道，南加州的冬天从来不下雨的。”

和田想起取证的那天就下了雨，心里咯噔了一下，谁知道呢，老天是最喜欢跟人开玩笑的。

“有没有折扣?”和田觉得这句话简直不像自己口里说出来的。王静使劲看了一眼和田，她的眉头皱得更深了。

卡米笑了：“给你们八折，一千六百美元一个星期。”

“再说吧。”王静神情冷淡。

卡米也不说什么，把她的罗盘和青龙收进帆布袋子就告辞了。和田和王静都在沙发上坐了，各想各的心事。

“跟你说件事。”和田打破了沉寂。他跟王静说起自己小时候的一件事，这件事他未曾和任何人说过。那时候他四岁，一家人去附近一座寺庙游玩，不知怎么他回来就得了怪病，不说话，不吃东西，就是昏睡不止。送到医院医生都说没救了，他父母亲只好请了当地的一个巫医回来。那个巫医手里拿着个黑木槌，指天指地，口里念念有词，说是和田冲撞了神灵，要驱邪，就给他请了一张符。他父亲把符烧了，纸灰冲了水，灌到他嘴里。一天之后他真的醒过来了，说话，吃饭，样样正常。

“也许是巧合呢，你还真信这个。”王静这么说着，心里也不由得有些动摇。

“现在这个家里诸事不顺，反正钱也花得不多，就把死马当活马医了。”和田低着个头，话是说给王静听的，倒像是在宽慰自己。王静叹气，转身上了楼。

和田掀瓦盖之前特意去了这个城市唯一的一家寺庙。这座绿檐黄瓦的寺庙身处闹市，旁边就是一条大街，里面却是安静得如另一个星球。寺庙停车场稀稀拉拉停了几辆车。他下了车，迎面看见蓝天下端端正正的寺庙和寺庙前的两个石狮子，心里不由生了几分敬畏。他从寺庙一侧的香火筐里取出三炷香，风有些大，打火机好几次都被风吹灭了，他隐隐有些不安。他好不容易点燃了三炷香，放在寺庙门前黑色的香炉里，那香炉有一人高，里面是泛白的粉尘和粉尘之上星星点点的香火。他从侧门进入寺内，寺庙走廊里面安静至极。走近了，隐隐听得佛堂里有人在念经。他不敢打搅，只在佛堂正厅门口的佛像前下了跪，求佛保佑这几天安安顺顺，老天不下雨，律师不来找他事。

他从寺庙里出来，心里还是没着没落。路上他接了个电话，是王静的，说是家里快没盐了，要他去沃尔玛顺便带两罐。

他买了盐，从装饰物那一片经过的时候，看到一个十字架，重金属的底座，看起来像是银的质地，里面镶着绿松石。十字架八寸，不大也不小，是一个墙上饰物。价钱公道得很，才 14.99 美元。他下意识地拿起了那个十字架。

回家的路上，他觉得自己真是荒谬极了，不信教也不信佛，更不信迷信，到了这当口，开始信巫术，又开始求菩萨、求上帝。人心真是够贱，遇到事情，就想找个依靠，而且是不管三七二十一，是个神就靠。他脸上露出了一丝苦涩和自嘲的笑。

掀屋顶那天天气晴好，蓝幽幽的天上有几团白云晃晃悠悠。几个墨西哥工人哇呀哇呀说着话，手机里还放着墨西哥小曲，一边听歌，一边干活。和田站在门口看，他看到几个邻居的车从他家过的时候速度都放慢了，然后又悄无声息地慢慢开走。这几个老墨干活不偷懒，一上午的工夫就弄好了。

和田跑到儿子的房间里四处瞧了瞧，把那个青龙和十字架各摆在房间的一角。他站起来，抬头往上看，瓦没了，木梁还在。木梁把天空隔成一个个四方的格子，每一个格子里都有天空和白云，像是儿子小时候玩过的拼图，凑在一起，又拼出了一大块天空，只是那天空被生硬地切成齐齐整整的许多块，看起来有几分诡异。

儿子搬到楼下的客房住。和田晚上起来解手的时候又溜到儿子房间。黑的夜，夜的潮气在空气中慢慢浸润。他抬头看星空。无数的星星从厚重的天幕里探出头来，闪闪烁烁，细的房梁到了晚上都看不真切，只有两根相互垂直的主梁倒是愈发清晰可见，像是架在星空里的一个十字架。和田看得惊心，两腿一软，就跪在了地上，迎面摆着的，正是在沃尔玛买的那个黑蓝色的十字架。

他记得刚到美国时，有一次圣诞节去教会蹭饭，一进门就看到大厅对面整幅的墙上挂着一个硕大无比的十字架，肃穆坚硬，和田颇震撼。可惜那天陆陆续续来了很多人，吵吵闹闹的，像是一桌一桌的蚂蚁，低低地交头接耳。来布道的华人牧师是从纽约过来的，他站在高高的台上，急切地表达了他对所有非基督教徒将来要下地狱的焦虑。他接着无意识地透露出一种恨铁不成钢的嘲弄，十分直白地说你们底下有很多是因为免费晚餐而来的吧。和田很尴尬，那以后就再也没有去过教会。

后来有朋友多次拉他入教，他都一一拒绝，他们怀疑他是不是碰到了不好的见证。其实是他一路走得顺当，没有觉得自己有这方面的需要。不过他心里还是十分羡慕那些信了教的朋友，他觉得有信仰是件让人踏实的事情，尤其他年纪大了，更是想找个避风港。他也知道自己的想法太功利，他觉得自己这么功利的人不管是佛祖还是上帝大概都不会喜欢，尤其这几年他开始去找小姐，自己也知道罪孽不浅，干脆什么都不信。

第一次带他去找小姐的是他的一个合作伙伴，是个基督徒，也是一个海归。那次他们白天谈了生意上的事，晚上那个男人说带他去个地方见识见识，开开眼。和田心里早听说过这样的娱乐场所，心知肚明地跟了去。他厌恶自己的选择，但是他似乎也没有办法拒绝这样的选择——对于一个中年男人来说，那似乎是个很简单的选择。但是于他而言，的确不易。这一点点的矫情让他略略心安又倍感惭愧。那晚他虽然早有所准备，但当二十几个或妩媚或冷艳的女人一溜地站在他眼前的时候，他还是颇吃了一惊。她们穿着一水的紧身制服，超短的裙子，露出一条条雪白的大腿，每一个皮肤都紧实有弹性。那种最原始的欲望从下面一路上蹿，烧得他难受。那以后他做选择就容易了许多。欲望像罂粟花，洋溢着妖冶炫目的芬芳，他无法抵御。王静带儿子去了美国之后，他更是任由那些欲望的花朵肆意生长。

他周围几个朋友海归以后变了心，闹离婚闹得鸡飞狗跳。他不一样，他玩归玩，不动真感情。他是个厚道人，和王静是多年夫妻，还有儿子，他做不来那种事。又或许是他太精明，他知道那些不要钱的女人其实更昂贵，那些良家妇女要的是爱情。爱情，多么令人敬畏的字眼，爱情是需要时间、需要心气神儿来对付的，爱情是这个时代的奢侈品，他这样的中年男人要不起。他每天忙得像陀螺，哪里分得身来谈恋爱。这样算下来，找小姐倒是干脆和值当。只是每一次完事之后他都感到更深的一种空虚，一种并不尖锐却无处不在的空虚。他生出了一种灵魂在泥浆里又打了个滚的惭愧。但是，只是那么一瞬间。就如他的那个合作伙伴，每次嫖了妓以后就跪在地上请求上帝原谅，然而到了下一次还是照做不误。

夜色深沉，风，从镂空的屋顶灌进来，他打了个哆嗦。他一个人在那个没有瓦片能直接看到星空的房间里坐了许久。他静静地坐在那儿，什么也不想，像是意识都停止了。

接下来的一周，他们每一个人的心都悬着，好在头几天都没有下雨。第七天的早上，天气有些阴，天空成了浅灰。和田站在天宇的房间，看到的是一格一格的灰，他心里开始不自在。整个上午，他什么事情也做不了，本来是要看一个分析员给一个客户做的投资规划，他看了一眼就再看不下去。他不时地看看天，像是天上悬着一把剑，不知道什么时候就掉了下来。

中午那一格一格的浅灰成了深灰。天气预报说是50%的概率下雨。50%，等于没有预告，和田恨恨地想。然而，就算预告了，又如何？还差一天，现在就封了，会不会前功尽弃？

吃中饭的时候王静说这样不行，要是下了雨房子泡了水，两百万的豪宅到时候都卖不出去。“我不管了，反正今天下雨之前要把屋顶封了，你不要再犯傻了！”

和田也有些慌，急急忙忙给掀瓦的那个墨西哥工头打电话。一声，两声，没人接，接着就是电话留言一嘟噜一嘟噜的，他只听懂最后一句“gracias”。意思是谢谢。他留了个言。

和田在屋子里坐立不安，他以前在华尔街一下手都是几百万美金的交易，已经是久经沙场的老手，能够冷静应对各种市场变化。这一次，他罕见地焦躁起来。他似乎在和一种无形的力量较劲，而那个筹码似乎不只是一栋房子。

他刷了一下微信，他心烦的时候就是刷微信，他看到了一个女人的微信，前几天他在北京睡过的一个女人。

“你什么时候回北京，没你我睡不着觉呢。”女人发了一行字，后面跟着几个红唇的微信表情。

“宝贝，你乖乖等我回，我这边事多。”他心不在焉地应付着她。他有一次把一个女人喊成了另一个女人的名字。从那以后，他把这些女人都叫宝贝，这些和他有过欢愉的女人。事实上，她们除了名字不同，对他并无多大区别。

“亲爱的，要不要看看我现在的样子啊。”她开始发嗲，他能想象出她秋波流转的样子。

电话响了，是家里的电话，希望是那个老墨工头的电话啊，他这么想着，撂下手机，飞快地跑到客厅去接电话。果然是。

“可是现在太晚了，我的工人都散了，只能明天给你把瓦装回去了。”老墨说了个对不起就把电话挂了。和田又气又急，这帮不负责任的老墨！他简直恨不得手伸到电话那头给他扇个耳光。

他那时一个人先来的美国，王静还在国内。研究生班有个墨西哥的同学很友善，总是笑笑的，他一笑，就露出白白的牙齿。他自称阿米哥，意思是朋友。阿米哥要把他的表妹介绍给和田。阿米哥说你们中国小伙子顾家，和他们墨西哥男人不一样。他父亲整天乐呵呵的，哪怕第二天的伙食没着落也不着急。他小时候有一次发烧说胡话，他母亲到处找不到他父亲，他父亲在酒吧喝醉了，什么电话都听不到。“一个人要做到这样没心没肺地乐和就得不负责任。”阿米哥说。阿米哥的父亲是个天主教徒，墨西哥人百分之八十都是天主教徒。阿米哥说信教和顾家没一毛钱关系。你们中国人不信教，可是都顾家。和田想，如果现在阿米哥知道他在外面的事情，还会要把他的表妹嫁给他吗？

他蔫蔫地回到书房。王静站在那儿，手里拿着他的手机，面色铁青，比天空的颜色还要青。他还没反应过来，脸上已经挨了一耳光。王静把几张纸摔在他脸上，转身出了他的书房。

他的手机微信里，那个女人发了张自拍照，穿着件吊带的睡衣，一边吊带滑了下来，露出浑圆的肩头，两只丰乳呼之欲出，像两团揉好的紧致饱满的面团。她全身的皮肤白得像涂了一层白粉，估计是用了美图秀秀。

他捡起地上的几张纸，是律师第三个月的账单，收费是九千美元。他脸颊发热，心口倒是没那么刺痛了。

已经下午三点多了，天色愈发黑了，雨，是肯定要下的。他走到天宇的房间，房间的一角是青龙，一角是那个十字架，它们面无表情地站在那儿，像是所有已经发生的和将要发生的都和它们毫无关系。它们似乎都忘记了曾许诺要庇护这个房间免遭大雨之灾。他抬头看着黑灰的格状苍穹，悲从心起，卡米，菩萨，上帝，通通都没有用。一种被整个世界欺骗了的悲怆从血液的底层泛起，他仰起头，张开嘴，对着灰色的天空咆哮了一声："Holy Shit（该死）！"

他想起上一次说这句话还是儿子五岁的时候，他们住在纽约城一河之隔的新泽西的新港。他在华尔街的一家小投行工作，从最底层的分析员做起，每天累得像条狗。周末他带儿子去康州爬山，从后面来了一个骑自行车的白人，冲着他们大吼："行人靠右走，你们知道吗！"然后他骂了一句"Fuck you!"和田火气腾地上来了，他冲着那个白种男人的背影大叫了一句："Holy Shit!"白人不知道是走远了没听到还是没想到这个亚洲男人会回骂，骑着自行车一溜烟儿地跑远了。儿子倒是吃了一惊，定定地看了他半晌："爸爸，你刚才……说了句脏话。"

他没有作声，那之后不久他们就全家海归了。

他站在那里，不知道站了多久，他心里的事情多得突然就失去了方向。太多了，太乱了，乱得他脑子里成了空白的一片。他不知道该是去楼上找王静解释还是再找别的工人来装瓦。王静那边估计是解释不清了，工人这个点这鬼天气估计也是找不到了。他似乎走到了悬崖之巅，他突然就生出了一种英勇就义、引颈受戮的悲怆，他抬起头对着苍黑的天空兀自笑了。

"爸爸。"儿子不知什么时候站在了他身后，"爸爸，你觉得……我们自己把瓦片装回去有没有可能？我刚才去油管里查了一下，好几个教你怎么装屋顶瓦片的录像。"

他看着儿子，儿子的眼里还有一丝怯。他又一次仰头笑了。对啊！自己从小是农村里长大的，上房揭瓦的事没少干过。反正自己先补上这个漏，等天晴了那帮老墨再来重新拆装。

“但是，我们没有一个长长的梯子。”儿子接着说。

“现在就去 Home Depot 把梯子租回来!”

他们从 Home Depot 回到家时，天空已经是乌云密布，雨，很有可能是瓢泼大雨，会在这一刻之后的任何一个点下起来。

他一个人上了楼梯，一梯又一梯，到了屋檐边上，他有一些害怕，儿子在下面往上看，他看到了他的目光，他知道他没有退路了。他爬到了上面，先是俯着身子，然后直立行走了几步，他心里踏实了一些，甚至敢往周围四处看看。他看到了邻居家大红的屋顶，看到了墨绿色的丛林，甚至看到了山下高速公路上的车水马龙，像河流一样奔腾不息。他看着脚下的这座城，看着头上青灰的天，他从来没有觉得这个世界如此空旷。他深吸了口气，开始铺瓦。其实木架子都搭好了，瓦就放在旁边，他要做的就是把瓦片一片一片垒好。他按照油管上的指导，从下面开始装，一行又一行，他的手法越来越娴熟。那一格一格的空洞慢慢地被红色的瓦盖住。格子越来越少，天上的乌云也越来越浓重，已经有雨丝在飘扬。突然，漆黑的乌云里闪出了一丝亮光，他抬起头，看到天上的闪电在一刹那间闪成了一个十字架，一个光亮无比、硕大无比的十字架在他头顶闪过，那光亮刺破了漆黑的苍穹。他站在高高的屋顶，像是被一种神奇的巫术点住，一动也不能动。然后他被轰隆隆的雷声震醒了。

“爸爸！爸爸!”他听到儿子在下面大声地喊。

“和田，和田，你没事吧?”那是王静焦急的声音。他的眼角有些湿润。

“在呢!”他大声地回着话，他迅速把最后几块瓦盖好，雨已经汹涌澎湃地从漆黑的天空里倾盆而下了。

他从梯子上下来的时候，已经全身湿漉漉了。儿子和王静都迎了上去，他一把把他们两个搂在怀里。天上的雨越来越大，天地间都是水，整个世界都是水。雨水落在地面上，溅起一朵朵涟漪，像是盛开的罂粟花。

他的手艺不够好，天宇的房间有好几个地方漏水。这个不难，他们找了几个盆子，雨水漏下来，一滴又一滴，同时滴在几个盆子里，噼里啪啦的。他小时候家里穷，过年了，父母就是给他们兄妹几个一人买一挂一百响的炮竹。他把一挂炮竹拆了，一个一个地放，可以响一百下。他听到邻居小军噼里啪啦地一下子就把一挂炮竹都放了，他羡慕得要死。现在，他听着滴水声，心想，这回痛痛快快地放了一回炮竹。

雨一直在下，窗外的雨声潺潺，落在窗玻璃上，刷出了一道道细密的水痕。他觉得自己的意识似乎也开始流动，渐渐一点点恢复。

4.

第二天上午，他一直在房间里睡，他好像很久没有睡过这么踏实的一个觉了。

“你快起来看这个。”王静把他吵醒了。她把手提电脑塞到他眼前。他睡眼惺忪地看了一眼，“啊!”他坐直了。

是《洛杉矶时报》的新闻头条。

“加州大学尔湾分校医学院院长丹尼尔·盖博涉嫌吸毒嫖娼，现已离职调查中。”

“迈克的爸爸，那个丹尼尔?”他坐正了，脖子转了转，靠在床背上，又仔仔细细地把《洛杉矶时报》上的新闻看了一遍。新闻的副标题很炫目:“一个体面人的秘密生活。”哈佛大学医学院，后来还去沃顿上了商学院，加州大学尔湾分校医学院院长，年薪百万，他身上有许多令人艳羡的光环，但是光环的背后更加令人惊心。他吸毒，嫖妓，和犯罪分子一起狂欢作乐。

新闻上有他的照片，和他一起吸毒的妓女的照片，以及另外几个一起吸毒狂欢的小混混的照片，同时放在网上的还有他和一些社会名流、企业家的照片。照片上的他穿着得体的西装，挺括合身，一个褶子都没有，他站在那些名流旁边，微微笑着，棕色的自然卷的头发，绿色的像猫眼石的眼睛。

真的是他。那双让人捉摸不透的绿眼睛。

“Karma.”和田喃喃自语。

“你说什么?”王静问。他没有回答，而是走到了儿子的房间。雨已经停了，房间里安安静静的，那条青龙和那个十字架都沉静地站立在房间的一隅，像是什么都没有发生。他抬起头，几根细微的光柱从那几个漏洞里一泻而下，尘埃在光柱里打着转，把光明呈现了出来。光明似乎是不分昼夜地在他身边流淌，然而他却毫发无损，只有从这样的漏洞里才能窥见一斑。

律师通知他们迈克家撤诉是两个星期以后的事情。“你们很运气，他们家自己屁股不干净。”律师如是说。和田想，比起丹尼尔，自己的确幸运，儿子还在，房子也在，不过是损失了律师费。回中国之前，他决定去寺庙里还愿。

他照旧在寺庙外点了三炷香。香炉里已经有好多炷香，有些已经烧尽，成了灰，细柱的灰，还没有瘫散，立在那儿；有些还在燃，红红的香头一闪一闪。和田想，这些香是求佛的，还是还愿的?一样的香，一样的燃烧，对每一个人，却是不一样的含义。天上的菩萨知道每一炷香后面的故事和每一炷香暗藏的愿望吗?

他走进了佛堂。他看到一个跪在佛前的人。和田放慢了脚步。那个人站了起来，然后双膝跪地，双手直直地扑在前方，然后整个身子都伏在了地上，他的手掌上下翻转了一下，然后站了起来。他行的是藏传佛教里最至诚的磕长头。他如此做了三次，然后站在那儿合掌低颌，念念有词。过了良久，他转过了身子。和田看到了他的脸，一头微卷的棕发，暗绿色的眼睛。那个人是丹尼尔。

和田没有想到会是他，有些尴尬。丹尼尔却朝他笑了一下，只是那笑也是勉强，半生不熟的，像是绳子扯着木偶的脸，嘴一咧就转瞬消逝。丹尼尔转身出了庙门。和田看了一眼他的背影，也跪在了佛前。他跪在佛前，跪在那尊并不看他的佛前，心里想着回国之前得和王静再好好谈一次，得和儿子多沟通沟通。他算算这个流年还差一个月就要结束，他求佛保佑安安稳稳地度过这个多事之秋。

他还了愿，又许了新的愿，出了寺庙。他看到了丹尼尔，他还没有走。

“如果你不介意，也许我们可以一起喝一杯咖啡？”丹尼尔说。

和田点头。

他们去了附近的一家星巴克咖啡店，各点了一杯咖啡，在外面的小阳伞下坐了下来。冬阳暖和地照在两个人的身上，照在干净的褐色桌椅上。他们身后是几棵高大的棕榈树，棕榈树羽状的树叶间隙里洒下一缕一缕的阳光，一切看起来如此平和而静谧，天堂一般。

“南加州的冬天真好。”丹尼尔说，“我小时候是在缅因州长大的。你知道，新英格兰地区的冬天太长了。”

和田点头，他想起了在纽约住的那段日子，冬天漫长得令人抑郁。不过外面再冷，屋里总是暖和，不像他南方的老家，冬天是没完没了的冬雨，里面和外面一样冷。冷而湿，让人里里外外不得安生。

丹尼尔开始诉说他的故事。他并不怎么看和田。和田想，他大概就是要找个人诉说。他太需要一个人倾听了。

丹尼尔无疑是个非常聪明的人，学习好，体育好，一路顺风顺水，一切看起来都很正常。但是他却有抑郁症。第一次抑郁是因为一个误诊。

他那时医学院毕业没多久，年轻，没有经验。那个病人太年轻了，只有三十出头。他说他的肚子总是隐隐作痛。丹尼尔诊断为肠炎，给他开了消炎药。他压根没有想到要小伙子去做肠镜检查。半年后小伙子去了另外一家医院，确诊为肠癌，过了一年就去世了。丹尼尔那之后很长时间都陷入深深的自责。他晚上睡不着觉，开始尝试了一点大麻。

好在他人聪明，吸取了那次教训，经验越来越丰富，慢慢地成了有口碑的好医生。他于是出来开独立诊所，他的病人越来越多，病人信任他，家人和朋友都尊重他，他成了别人眼中的成功人士。

“你知道什么叫看起来很美吗?”他问和田。和田笑了，可不是，他不也是别人眼里的看起来很美吗？金融行业的海归精英，中国、美国都有房产，到处飞来飞去，随时有女人愿意和他上床。

“然而只有我自己知道那背后的辛劳和痛楚。”丹尼尔皱起了眉头。

丹尼尔工作的时间越来越长。长时间高强度的工作和巨大的压力，再一次诱发了他的抑郁。作为一个癌症专科医生，他目睹了太多的死亡、太多的不幸，死亡，像是随时会凋零的花，死亡的气息缠绕着他，让他窒息。他的情绪变得非常不稳定，他开始更频繁地使用毒品。

“有一次我吸食过量，出现幻觉，我看见到处都是蓝色的、紫色的花，到处都是白色的小鸟，它们在我眼前上下翻飞，美妙极了。我在墙上或者衣橱上就能看电影，我能听到遥远的地方有人说话，我能听到风的声音，听到花开的声音，这就是所谓的幻听。”丹尼尔的脸上露出了一种古怪的笑，“那个时候，我觉得自己是快乐的，我觉得这个世界上没有生，也没有死。我什么都不用想，什么都不必顾忌。”

和田看着他，他只用过一次摇头丸，整个晚上都 high（亢奋）得不得了，第二天头昏脑涨，以后再也没有用过。

“你知道吗，医生中也有人用毒品。”丹尼尔看着和田，喝了一口咖啡，“医生的自杀率是普通人的两倍。”

和田的喉咙有些涩，他母亲曾经要他做医生，说是这样她老了看病就容易，和田上学那阵医学院不好考，他分数低了几分，没有考上医学院。只是，那又有什么区别呢？所有的道路上似乎都充斥着甜到苦涩的孤独和虚空。

丹尼尔接着又自顾自地说他的故事，他的眼神越过和田，落在他身后的那棵棕榈树上，仿佛是在说一件和自己无关的事情。这期间他又去沃顿学了个 MBA（工商管理硕士），毕业后开始从事医院行政管理工作，直到后来一路做到加州大学的医学院院长。他是个非常有能力的人，特别能说会道，先后挖来了几十个各个医学领域的专家，加州大学医学院的地位一路飙升。他似乎是朝着更大的成功阔步迈去。

“但这后面是一个巨大的虚空。能力越强，责任越大，痛苦也越多。”丹尼尔的手按在太阳穴的地方，“我开始嫖妓。我在女人的身体里释放自己的压力。毒品和女人，它们加在一起让人更加快乐，只是快乐之后是更多的痛苦，更大的空虚。”

和田心猛地一跳，他注意到丹尼尔用的英文词是“deep void（深深的虚空）”。是的，巨大的虚空，像宇宙黑洞一样深不见底的虚空。他像是看到了自己的灵魂在对面那个男人身上爬升了出来。他们的灵魂无法抵挡各种诱惑。一开始，那诱惑不过是做一个更称职的医生或者是基金经理。他们做到了，而且做得足够出色。对于他们出色的答卷，上天给予的是更多的诱惑，更多权力的诱惑，更多金钱和肉欲的诱惑。他们大概躲过了一两次，可是这个时代的诱惑那么多，多得塞满了地球村的每一个角落，如何躲得过？他们放了手，任凭灵魂在各种欲望里打滚。与诱惑同时降临的是死亡的震撼。他们的肉体被死亡震慑着，这震慑让他们坠入了更深的痛苦和迷惘。那些空虚的灵魂四处寻找出口，释放压力。那诱惑让他们得到短暂的快乐，然而痛苦和空虚总是摸着快乐的踪迹而来。他们的快乐和痛苦纠缠在一起，分不清前因后果。他们的灵魂在深渊里挣扎，在欲望的缝隙里呼吸。

“我一直在寻找一个出路，灵魂的出路。我是这几年才开始接触佛教的。”丹尼尔又开始了他的叙说。他的眼睛里有一种游离。

“我的父亲和母亲都是基督徒。我一生出来就是一个基督徒。我从来没有想过放弃基督教。但是我觉得佛教里有一些东西是基督教里没有的。”丹尼尔说。和田想，这倒和他恰恰相反，自己什么都不信，他却是什么都要信。只是，信与不信有什么区别？所有路的尽头难道不都是虚无和死亡吗？死亡和虚无难道不是所有路的尽头吗？

“佛教里的智慧叫我反思自己的沉迷，慈悲让我看到万物之间的关联。它叫我活在当下，叫我放下。我觉得我慢慢地朝着一个有光亮的地方走。我觉得，佛教是会帮我成为一个更好的基督徒的。我这几年吸毒慢慢地减少了。”丹尼尔绿色的眼睛突然又变得让人捉摸不透，“但是，我没想到迈克偷了我的毒品。我没想到会发生这样的悲剧。我的生活突然就出现了断层。”他突然情绪激动，变得难以自持，“儿子的死对我是一个巨大的打击，我又开始嫖妓、吸毒。然后，就被记者抓了个正着。”

丹尼尔大大地喘了口气，良久不再说话，只是盯着和田的咖啡杯。两个人突然就陷入了一种沉默，一种突如其来，合乎情理却又令人不安的沉默。

“对不起……”过了许久，和田开了口，他真诚地为他难过。

他看着和田，他的脸很白，是酒店里被单的那种白，一双暗绿色的眼睛慢慢加深。和田心里一阵阵战栗，他像是看到黑夜里郊狼的眼睛，这个人要做什么，他身上带了枪吗？

“我现在又掉进了谷底，我开始怀疑佛教，怀疑基督教，怀疑一切。我不明白，为什么我作的孽，要报到我儿子身上？我不明白，上帝不是无条件地爱我们所有的人吗？”丹尼尔的眼睛还是那么直勾勾地看着和田。和田觉到了一种戾气，如同白玉老虎身上一样的戾气。

“Karma.”和田喃喃地说，“对不起，我去上个洗手间。”

他回来时，丹尼尔的眼神涣散，嘴里不停地念叨着那个词“Karma”。

阳光在棕榈树羽状树叶的分割下，一下子变得破碎。和田突然有些发瘆，棕榈树，咖啡杯，丹尼尔的脸，周围的一切都在细细碎碎地晃动着，一切都像是陷入了一种迷境，似乎有一张看不见的网，向他慢慢逼近，他突然想逃离这个地方，“我得回去了。谢谢你跟我分享你的故事。谢谢你撤了诉。”

“你的咖啡还没喝完呢。”丹尼尔说，他指了指桌子上的咖啡。和田拿起一饮而尽。丹尼尔定定地看着和田。

和田转身上了车。丹尼尔瘫软在椅子里。

只有上天看到了。

上天看到了丹尼尔在和田去洗手间的工夫，在他的咖啡杯里放了一种可卡因，那种会让人染上毒瘾的细细的白的粉。

是的，上天看到了所有的一切。

费城实验

天气有点儿阴晦，吴望坐在费城到波士顿的火车上看着窗外，极目望去，青灰的天空，暗绿的原野，天地间是浅灰的云，一丝丝，一抹抹，稀稀疏疏布满了大半个天空。

吴望在费城的一家高科技咨询公司工作。波士顿的这家客户临时出了点问题，公司派他去。从费城到波士顿，不远不近，开车五个小时似乎远了点，坐飞机其实也折腾，开到机场就要一个小时。想想最合适的倒是坐火车，虽然慢了点。

他要去一星期。星期一他起了个大早，把车子停在停车场，坐上了去波士顿的火车。他看着窗外发了一阵呆，拿出手机，打开微信，刷了一下朋友圈，有一个不是很熟悉的朋友转了一篇文章，题目是《费城实验》。“费城实验?”他心里一激灵，忍不住点了进去。

作者署名六月。“六月？柳月？难道会是她?”吴望惊住了，他极为细致地把文章看了一遍，心里有一种莫名的激动。居然是一篇科幻小说。说的是 1943 年初夏，一个大雾天，美国海军在波士顿做著名的费城实验时，因为强大的磁力，军舰上所有的人员都在一片浓雾中瞬间进入另一个时空。他们在另一个星球，发生了许多故事。一个星期以后，所有人又突然出现在弗吉尼亚海港的另一艘军舰上。他们行为怪异，互相之间却会用一种特殊的语言交流。地球上的人把他们关进了疯人院。他们一直等待那个星球的人来解救他们，等了六年，终于绝望。最后他们想了法子自救，集体越狱，一起逃离了地球，又回到了曾经去过的那个星球。故事曲折，充满了意识流，吴望被吸引住了。

手机上的字小，他看完了整篇故事，眯起了眼睛，看着窗外飞速后退的高高的行道树。正是六月的初夏，新英格兰地区到处郁郁葱葱，入目之处都是惹眼的绿。他想起了老家的槐树，到了夏天，也是满眼的绿，开了花，那绿色里便掺了细细的白——一嘟噜一嘟噜的小白花，满街满巷都能闻到那清香。

吴望那年匆匆出的国门，那之前他从未想过出国。那个漫长的夏天过去后，他去美国驻华大使馆签证。那天人山人海，院子里长长的一溜桌子。他后来回想如果不是各种机缘，是不是根本不需要漂洋过海远走他乡？命运的每一个拐点都是那么出其不意又似乎是充满了随机性。没有人清楚命运之手是怎么连接每一个节点和每一条道路的，像是个万花筒，轻微的一点变化都会导致完全不一样的结局。

飞机飞了二十多个小时。降落的时候，他从窗口往下看，那个被称作纸醉金迷的国度却是美丽得像一个童话世界。正是秋天，各种颜色斑斓的树叶交错在一起，仿佛是打翻了颜料盒，大红、橙黄、墨绿、深紫……一片片渲染开来。吴望想起了那句“似这般姹紫嫣红”。再细看，五彩的调色板里点缀着一座座精巧的房子，美妙得让人以为里面住着王子和公主。几个月前的混乱和眼前的宁静绚烂对比如此鲜明，吴望直觉得时光错乱，恍若隔世。

他下了飞机，拉住了一个中国人，“是费城吗？”

“是的，费城。”

“费城，美丽的费城。”他喃喃自语，他觉得眼角有一点湿润。

此去经年，故国只在梦里。

十年后的夏天，吴望第一次踏上了故土，他是回国为父亲奔丧的。柳月就是那一次在北京开往哈尔滨的火车上遇见的。

他们交谈得颇愉快。她穿着件红裙子，他喜欢那种深远纯粹的红，喜欢她笑起来弯弯的眼睛。他在告别的时候把电子邮箱给了她。

父亲的葬礼之后，吴望回到费城。他心里有了隐隐的小小的期待，他自己都不太抱希望的等待。等待像一层薄薄的白纱，不痛也不痒地立在那儿。到了秋天，他终于收到一个以pku. edu. cn 结尾的电邮。他打开一看，结尾署名“liuyue”。他想一定是“柳月”，果然是她。他笑了，知道那层薄纱终于撩开了一个小角。他想起那个笑起来像春天一样明媚的姑娘，心里有阵阵春风吹过。

她是来询问申请美国大学的一些情况，他仔细地回答了她的问题。“费城的秋天非常美好，也许哪一天我可以陪你看看这边的红叶。”他在信的最后这么说。他想了想，还是把最后一句删掉，改成了“费城的秋天非常美好，我很喜欢”。

他在实验室发了信给柳月，一个人走路回公寓，他住的地方离学校不远。他一个人走在路上，街灯闪亮着，把他的影子拉得长长的，他觉得他的孤寂也像这影子一般长，或许更长。路上没有一个行人，街面不时有车飞驰而过。他抬起头，月亮端端正正地挂在行道树细细密密的枝丫上，清冷冷地看着人间。他突然想起，今天是中秋呢，怪不得月亮这么圆。人在他乡，居然可以把中秋也忘记了。他想起了父亲，心里有些难受。

第二天，他收到了柳月的回信，祝他中秋快乐，他笑了，毕竟还是有人记得他的。他马上回了信。他们的通信越来越长。他和她说起他年轻时候的事情。大一的时候一个人跑到新疆的天山，碧绿的高坡上有一团一团的羊群，像是白云在草皮子上飘浮。大二的时候他和几个朋友沿着大运河从北京骑自行车到南京，天热了，几个人脱了衣服扎到水里避暑。大三的时候他参加学校的话剧团，排演荒诞剧《等待戈多》，他演那个老流浪汉戈戈，台下的观众比他们还投入，一直在叫着、喊着。他也不知道为什么会有那么多话。柳月好像也很喜欢和他通信，她和他分享她生活的点滴，分享她的作家梦。他渐渐变得很期待她的回信。她成了他与青春和故土唯一相连的小径，成了他孤独的异乡生活的慰藉和等待。世事如尘，那时候的他，全然没有想到他们后来会完全失去联系。

“火车就要到纽约了。”广播里的声音一下子打断了吴望的思绪。是的，纽约，现在是 2017 年，十八年了。他们失去联系也有十多年了，他叹了口气。

过了纽约，很快就到了波士顿。吴望下午就去了客户公司，忙得焦头烂额，回到旅馆已经 9 点多了。躺在旅馆白色纯棉的床单上，他不知道为什么又想起那篇文章。他爬起来又仔细地看了一遍，心里涌起一种无以言叙的惆怅和失落。他很笃定地觉得一定是那个柳月写的。他给微信后台发了一个信息：

"我认识一个叫柳月的，不知道她是不是《费城实验》的作者六月。我叫吴望，想知道怎么能和她联系上。"

第二天他收到了后台回信，给了他六月的微信联系方式。他心里一跳，不知道该不该加她。到了星期四，他终于还是加了她的微信。她很快就回话了。

"是北师大的吴望吗?"她问。

"是的。六月？你是北大中文系的柳月吗?"他回得也很快。

"是。真没想到，隔了这么多年，又能联系上。微信太强大了。"她打了几个笑脸。

他也回了几个笑脸，他似乎听到了风铃在耳边响，清脆悦耳，动人心弦。他想，她的眼睛一定又笑弯了。他点了一下她的头像，她的头像是个小猫站在礁石上，他想象不出她现在是什么样子。

"你终于实现了自己的作家梦。"他说。

"作家？坐家还差不多，我现在是全职妈妈，闲得无聊写写字。"柳月笑了。

"孩子多大了?"吴望问。

"一个八岁，一个六岁，都在读小学。"柳月回说。

他们聊了好一阵，吴望很少和人私聊这么久。他们好像昨天才分开，聊起来就跟老朋友一样，那么多年的时光好像在一瞬间就重合在一起。他们互相说了一些彼此的情况。她和她物理系的男友结了婚，陪读到美国，转行念了个会计，现在也不上班了。

“《费城实验》构思精巧，富有想象力。”他又说起那个小说。

“谢谢，我其实很久没写了。年少时的作家梦早就没影了，现在就是写着玩。”

“不过，不知道是我没看明白还是你没说清楚，里面的时空转换是怎么发生的？他们是怎么回到地球的？”

“地球和某种神秘世界之间存在着一种不可捉摸的通道。通道的两边是两个不同层次的时间和空间，又叫四度空间。他们通过这些位于空间与时间的裂缝回到地球。”柳月说。

“哈，你怎么知道这么多空间物理的梗？”

“我先生是学物理的啊。”

“原来你有一个好帮手，真的写得好。字外有字，很有深意。”他笑了。

“谢谢，真是知音，能读懂的人不多了。”她打了个调皮的眨眼的表情。

“我一直住在费城。不过我现在出差在波士顿。”他接着说。

“噢，波士顿，我住在纽黑文，离波士顿很近。”

“是的，很近。我明天回费城。”

“明天……你开车吗？”

“不，我坐火车。”

“我可以到火车站接你，我们可以见一面。然后你赶下一班的火车。”

“噢，这主意不错。”他这么回着，心里却有一点慌张。他摸了一下自己的头发，年轻的时候是一头的黑发，这几年却是斑白了。

他犹豫了一下，还是把火车车次告诉了她。

“明天见！我们好多年没见了！”柳月颇有些兴奋。

吴望回了个笑脸。

他给妻子发了个信息，告诉他可能要晚点到。

“不是说下午到吗？怎么推迟了？”妻子又问。

“嗯，这边客户有点事，坐晚一班的火车回来。”他心里小小地跳了一下，他好像很久没有撒过谎了。他和妻子说了几句就收了。他们是一对普普通通的夫妻，没有太多争吵，也没有太多的话说，日子过得像白开水。

第二天一大早他坐上了回费城的火车。他把蓝色拉杆箱放在行李架上，坐在靠窗的座位上。对面坐着的是一个三十多岁的白人少妇，棕黄色的头发，皮肤白皙，瘦削的脸庞。她冲他笑了一下，像一朵绽开的白玫瑰。他也笑了一下，在脑海里想象柳月现在的样子，却怎么也凑不出来。

火车到了哈特福，下一站就是纽黑文了。他给柳月发了个微信："火车到哈特福了。"

"好，咱们回头见。"柳月回了微信。吴望闭上眼，头靠在窗户上，准备打个盹儿，养好精神。

他没睡多久，火车就到了纽黑文，车窗外都是雾，什么都看不真切。吴望高一脚低一脚地下了车，拉着那个蓝色的拉杆箱出了站。雾渐渐地更深了，从原野上慵散地飘过来，漫过了铁轨，漫过了他脚下的草地。他在越来越深重的雾气中走到月台，那里有几条长凳，坐着三五个等人来接的旅客，都低着头看手机。

他没有等太久，柳月就在一团轻飘的迷雾中出现在他眼前，她居然还是穿着件深红色的裙子。他记得他第一次在火车上遇见她，她也是穿一件红色长裙。只是这一次，她的裙子开口低，是个V形领，若隐若现地露出一道深沟。这让他徒然生出了一种不真实感。他还没来得及梳理思绪，她大大方方地伸开了双臂，"这里需要抱一下的。"她笑。是的，十八年了，他便也笑了，伸出了双臂，拥抱着她。她的身子很软，温润如玉的感觉，有一丝若有若无的女人的暗香。他松开了手，心里有一种古怪的感觉，像啤酒的泡泡一样往外冒。

"我们去吃个中饭。说吧，想吃什么？意大利饭，还是中餐？"她微微笑，和暖的笑。岁月在她的脸上留痕不多，她还是一双弯弯的眼睛，像两泓清泉，尽管眼角有了细细的皱纹。长长的头发染成了棕黄，眉毛是画过的，眉梢轻微地上翘，像是不驯服的样子。她胖了一些，这样倒好，她以前似乎太瘦了，现在这样，像是成熟了的番石榴。他知道她不能算特别美，但是她的样子让他喜欢。他觉得她合了他的眼缘。

“意大利饭吧，环境好一些。”他说，“其实就是想说说话。”他心里有些惭愧，只是想说说话吗？

他把蓝色拉杆箱放在后座，她的白色宝马在雾气中开离了那个小站。他打开车窗，有风吹来，卷不动身后的浓雾，却吹起了她的发梢，在他眼前不停地晃动。

车里放着一首老歌，是王菲的《流年》，“有生之年，狭路相逢，终不能幸免”。很有些宿命的感觉，他便想，如果不是她那篇《费城实验》，如果不是他此番正好去波士顿出差，他们此次必定是遇不到的。这么巧的机缘，这么多的偶然，居然遇见了，真是有些宿命的意味。

“你相信或然论吗？”他开口了，“人生的际遇其实有千百种，就像不断分岔的小路，很微小的一个事件，就会导致完全不同的结局。”

“听起来有些像蝴蝶效应。”她开着车，侧过脸朝他一笑，“一环扣着一环。”

她笑起来嘴角有些歪，但是那一丝缺陷让她更真实。车子里有一种黏稠的温存，他突然觉得自己踏上了一个危险的旅程，他有些害怕自己在这浓雾中迷失自己。

她是个经验老到的司机，车子在迷雾中没有迷路，而是在一家连锁意大利餐厅前稳稳当当地停了下来。

她点了一份龙虾起司面，他点了一份三文鱼烤芦笋，他现在不太敢吃面食，太多的热量，虽然他现在身材还没怎么走样。他们还点了两杯红酒。她轻轻地抿了一口红酒，然后用叉子卷起长长的面条，卷成小小的一团后，慢慢送入口内。接着她一手拿刀，一手拿叉，切了一小块龙虾，叉起来送入嘴内。她的动作很轻巧，也很熟稔。他喝着酒，看着她吃，手里慢了下来。

“怎么，想尝尝我的龙虾吗?”她看到了他的目光。他有些窘，掩饰地说：“看起来很好吃的样子。”

“缅因州运过来的龙虾，味道很不错。”她说着，切了一块龙虾，放在他的盘中。他接过来，顺口问：“你要尝尝我的三文鱼吗？火候很好。”

“好啊。”她的眼睛里充满了好奇，“我很馋的，每次出去吃饭一定要尝尝我老公点的菜。”她说，那样子真像个馋嘴的孩子。

他觉到了这个女人的危险，是一种让男人无法抗拒的配置。漂亮女人的脸，成熟女人的身体，却是孩童的心。像是柳树枝儿在春风里轻轻荡漾，他心里的湖水也向四周一圈圈荡漾。他没有说话，夹了很大的一块三文鱼给她。

他们聊得很开心，比在微信上还开心。他喝着红酒，看着她笑，看着她说话，像是走在一幅流动的风景画里。红酒有一些劲道，他有了轻微的淡淡的醉意，如沐春风的感觉，他好像很久没有这么美妙的感觉了。窗外还是一片迷雾，他祈祷这雾气不要那么快散去。他觉得所有这些美好的感觉会随着迷雾的散去而消逝，这真是一件令人疑惑的事情。

他们走出餐厅，外面的迷雾还没有散。

“我送你回车站吧，相信吗？两个小时就过去了。”她笑着说，“不知道下一次什么时候见了。”离别的忧伤突然涌上来，他抱住了她，四周的雾气还很重，这真是一个奇怪的夏天。她有些吃惊，但是她没有推开他。他觉得有一种欲望从身体的每一个细胞里蹿出来，在他的身体里四处奔跑。他更用力地抱住了她，他能听到彼此的心跳。“开车带我到处再逛逛吧。”他嘴里的酒气轻轻地吐在她的耳边，撩拨得人发痒。他把脸转了过来，她忙转开了头，轻轻地推开了他。

白色宝马很快开出了小城，在墨绿色的田野里奔驰，像是一匹脱缰的白马。到处都是雾，看不清方向了。她专心致志地开着车，他伸出一只手，抓住了她的一只手，她有些慌，低声说：“这不行的，我得好好开车。”她把手抽了出来。

她默不作声认真地开着车，像是一直在思考着别的更重要的事情。她一直地开。他很想跟她说，她是他青春和孤独的见证人，她的信曾陪伴他度过无数个异乡寂寞的夜，他曾经无比地渴望过她。但是在这样一个白雾茫茫的荒野里说这些多少有些不合时宜，他便什么也不说，只是看着前方。突然，对面有一辆车子穿过了黄线，直朝着他们的车子奔过来。她吓得赶紧把方向盘往一边打，那辆车擦着他们的车身疾驰而过。她的车子停在了路边。她突然大声地哭泣了起来，差一点，差一点，两辆车子就要迎头撞上了。他也吓得魂飞魄散。看到一旁哭泣的她，他强迫自己定下神，伸过手，抱住了她。他温柔地抚摸着她的长发，把她拥入怀中。他们都在发抖，这战栗不知是源于对擦肩而过的死亡的恐惧还是对即将来临的未知的震慑。在彼此可以感知的颤抖中，她抬起了头，他低下了头。

他和她换了个位置，他坐在了司机的位置上。鬼使神差的，他把车子拐进了一条偏僻的小路，小路的尽头是一片树林。他把车子停在了树林里。树叶郁郁葱葱，有些像老家的槐树，只是少了那一嘟噜一嘟噜的白花。她还在颤抖。他下了车，把她拉了出来，他在一片白茫茫的雾气中亲吻着她。她一开始还有些抗拒，但是周围的一切都是那么迷离，那么安静，她终于像是接受了命运的安排，也一心一意地回吻着他。他们缠绵着躺倒在车子后座。他不敢相信他思念了十八年的女人如今在他的身下安静得如一只小猫。他撩起了她的红裙，她温润如水，他轻轻地撩拨着那水面。他温柔地亲吻着她每一寸肌肤，她的脖颈上挂了一根细细的镀银项链，下面是个小鱼儿的吊坠。她发出了轻轻的呻吟，然后她的嘴角露出了一丝迷人的微笑。她的指尖掐进了他的左肩，他感到了疼。他伏在她细滑如天鹅绒般的红裙上，心里生出一种强烈的不可置信感。那首

《流年》的旋律和零星的歌词还在他脑海里回响："手心忽然长出/纠缠的曲线/懂事之前/情动以后/长不过一天。"他希望时间就停留在这一刻。他使劲地掐了一下自己，他感到了疼——不是梦。

一阵风吹过，他突然觉到了一阵尿意，他从柳月的身上站了起来。他下车的时候有点急，一不小心把那个蓝色拉杆箱也带了下来。他冲柳月歉意地笑了一下。雾还没有散，世界如同凝固于时间之外的亘古荒原。

突然之间，所有的一切都剧烈地颤动，车子在颤动，树林在颤动，地面在颤动，吴望像是被一种无形的力量推动着，他的身子突然完全失重，他越飞越高，像是飞进了一个神秘的黑色的令人眩晕的通道。"费城实验！"他的脑子里猛然闪现出这四个字。然后，他就什么都不知道了。他醒过来的时候，发现自己再次坐在了火车上，对面坐着的是一个老太太，银白色的头发，瘦削的脸。她在打盹儿，似乎已然进入了另一个时空。他的蓝色拉杆箱还在行李架上。他满腹狐疑地看着那个箱子，又看了一眼对面闭着双眼的老妇人。难道原来那位妙龄女子瞬间变老了？

"这是哪里？"他问一个路过的乘务员。

"哈特福，下一站是纽黑文。"黑脸膛的乘务员答道。

"哈特福！"他大吃了一惊，为什么又回到了这个地方？他想起了大学那部荒诞剧《等待戈多》，这是第二幕吗？他心里充满了惊奇、疑惑和不安。

“现在是几点?”他颤抖地问。

“11 点 40 分。”

“11 点 40 分?11 点 40 分不是该到纽黑文了吗?”他几乎叫了起来。

“那是早班的火车。这一班火车是下午 2 点 50 分到。”黑脸膛看着他，像是看着一个外星人。他颓然地把头靠在椅背，脑子一片空白。他怀着强烈的惊惧看了看窗外。天色有些阴晦，他看不清楚，更想不清楚，他明明记得自己赶了个大早，难道记错班次了吗?他见过柳月了吗?他们曾在那辆宝马的后座上纵情欢娱了吗?

他脑袋发胀，左肩突然一阵阵发疼。“费城实验。”他的脑海里再一次闪过这个词。十多年前他们通信的时候，她曾说过:“有一天，我要写个小说，就叫《费城实验》。”

“为什么叫这个名字?”他颇感兴趣。

“嗯，因为你在费城啊。”

他心里一暖，觉得她的心中也是有他的，他心里有小小的涟漪在一圈一圈地荡漾，都荡出了湖面。那天晚上，他喝了点酒，又乘兴写了一首诗，一首情诗——他已经很多年没有写诗了，他改了又改，只是觉得蹩脚，终于改得稍微满意了一点，趁着酒劲发给了她。

他开始等待她的回信，心里像是有细砂布来回磨，磨得人心慌，那磨人的难受中又掺杂了一丝希冀，空洞又具体的希冀。等待是一种最深情又最无趣的游戏。一天，两天，她一直没有回信，像是石头丢到了深井里，一直下坠，也听不到个响声。他恨这无望的等待，又多多少少期盼着什么。那种熟悉的惶恐、尴尬、无所适从又找了他来，就像是他大学里出演的那出荒诞剧，戈多始终不肯出现。

到了第四天，他终于收到了她的电子邮件，她说他的诗写得挺好呢，然后又说她的男朋友申请美国的大学拿到全奖了。他心里猛地一沉，他从来没想过这一点。但是很奇怪吗？这么可人的姑娘怎么会没有男朋友？她的男朋友大概和她一样年轻，富有朝气，是他自己一心一意忽略了这个非常有可能存在的事实。他把他们的通信一封封翻出来读，他突然意识到他们的通信从来没有特别亲昵的称呼。她是保持着一种小小的距离的，尽管那些信里到处荡漾着似有似无、如轻纱一般的暧昧和柔情。他心里发酸，把电脑关了。房子里也没有开灯，周围变得漆黑一片。寂静的黑夜里，他什么都听不见，但是他似乎又听到了遥远的喊叫。他想了起来，那是他大三出演那个荒诞剧最后的一幕，台上漆黑一片，台下却有观众大声地呐喊和吼叫。而此刻却是他一个人的独角戏，悄无声息的独角戏。

他们通信越来越少了。后来他的邮箱被人盗用了，他进不去了，也因此丢掉了她的邮箱地址，他为此久久难以释怀。再后来，他换了车子，换了房子。结婚，生子，发生了很多的事，唯一不变的是他一直待在费城。他住进了他第一次从飞机上看到的那样的房子。一公顷的地，孤零零的就一栋房子。他时不时会想起柳月，想起她像柳叶一样弯弯的眼睛。他和她早就失去联系了，但是她就像发黄的宣纸上的墨字，一点点淡了，却还有痕迹。

然而他们之间似乎情缘未了，不然命运为什么让他们再次对接？只是，他真的把握住这次机会了吗？他的手曾经握在她柔软的腰肢上吗？她那件深V领的红色裙子，摸起来是多么滑腻诱人。一想到红裙子，他突然心里有了一丝隐隐的痛。似乎那红色搅动起他记忆的深井。是什么呢？他闭上了眼睛，想捕捉到那痛的根源，然而他想不清楚。他似乎走到了一个空旷的荒野上，到处是萋萋芳草，草丛里有星星点点的白花，他心里突然涌出一股难以言述的悲哀，刹那间，已然泪流不已。他忙睁开了眼，对面坐着一个学生模样的姑娘，瘦削的脸，梳着马尾巴，穿着件深红色的裙子。他觉得她像极了一个人，却怎么也想不起来是谁。

他听到火车咔嗒咔嗒的声音，看看窗外是黑魆魆的，什么也看不真切。火车像是穿行在一个时间黑洞里。

“这是哪里？”他慌张地问。

“北京开往哈尔滨的火车啊。”对面的红裙子说。

“北京？哈尔滨？”疑惑再一次盈满了他的脑袋，他看着她年轻的面庞，对面不是一个银发苍苍的老妇人吗？他蓦然看到斜对面的桌子上摆着本电影杂志，他隐约看到 99 和《喜剧之王》几个字。

“现在是什么时候?”

“晚上 11 点。”红裙子说。

“不，我是说，哪一年?”

“1999 年啊。”红裙子疑惑地看着他。他又一次望向了窗外，黑漆漆的一片，火车像是穿行在一大片虚空里。他四处寻找他的蓝色拉杆箱，好奇怪，那个箱子却是无影无踪。他心里再次充满了惊慌，接踵而来的是深深的困惑和忧伤。他不再言语，只是看着窗外，听着火车哒哒的声音。

对面的姑娘开始泡方便面。他顿觉自己饥肠辘辘，他转回了脸，目光落在了那盒红彤彤的方便面上。

“你要吃方便面吗?”红裙子问，她的眼睛弯弯的，清亮亮的。

他本想拒绝，但是看到她那张笑意盈盈的脸，突然就改了主意。

“好啊。”他也真是饿了。

“等着啊，我去给你泡一包。”红裙子从背包里拿出一盒方便面，从他身边走过往车厢的一头走去，他似乎闻到了她身上的一股清香，像家乡的槐花瓣儿一样的清淡的香味。他注意地看着她婷婷的背影。

他从来没有觉得方便面有这么好吃。

“我叫吴望。你叫什么名字?”吃完方便面，放下筷子，他微笑着问她。

“我叫柳月。”红裙子回答。

“人约黄昏后，月上柳梢头吗?”他有些打趣地笑看着她。

她有些羞涩，并不作答，而是绕到他的名字上：“你叫吴望，我记得师陀的小说《无望村的馆主》里的主人公就叫吴望呢。”红裙子说着也笑了。她笑起来眼睛就更弯了，他看着她，心里有一丝动。她的脖颈修长，没有戴项链。

“你是中文系的吧?”他问。

“是啊。”红裙子说，“你一定也是吧?”

他点头，“我是北师大的。你想当作家吗?”

“才不呢，我们老师第一天就说了，北大中文系不是培养作家的地方，想当作家的，要去北师大的中文系。”她一咕噜说了一大串。他笑了。

“你现在在哪里?”她问。

“嗯，我住在费城，但是……”他刚想说自己是去了波士顿，马上意识到有什么地方不对劲，便把那句话咽了下去。

“听说过著名的费城实验吗?”她问他。

“是的，略知一二。”他回说。他们交谈得很愉快，他留了一个电子邮箱。

说了一阵话，他突然觉得有些疲惫，便又闭上了眼睛，父亲的样子又出现了。他猛然意识到自己是坐在那列回家奔丧的火车上。他出国的时候走得匆忙，等不及回老家看父母就跑了，谁料到这一别，就是一辈子。他心里的忧伤再度逆流成河，然而他似乎找到了那记忆的深井的源头，他舒了口气，闭上了眼。

再一次睁开眼的时候，他看到对面坐着的却又变成了那个老妇人，银白的头发，瘦削的脸庞。这一次，她是醒着的，并且对着他微笑，她一笑，皱纹就堆积在一起，像一朵白菊花——父亲葬礼上的白菊花。他的心又是一惊："这是怎么回事？自己难道做了一场梦？还是时间又一次进入扭曲的细缝？"他觉得头脑再次混沌，不由下意识地看了看行李架——蓝色拉杆箱还在。他疑惑地看了一下手机。

"I love you！"妻子的微信对话框突然出现了这几个字。他又吓了一跳，正在纳闷，妻子那边又来了一条微信，"是宁宁发的，这孩子。"宁宁是他的女儿，就要上高中了。他释然，他知道妻子断断不会发这样的信息，他们之间好像很多年没有说过这句话了。"Dad，come back early.（爸爸，早点回来。）"宁宁又打了一句话。他心里的暖流缓缓而至。

他看着窗外晃眼的绿，迅速在微信上写了几个字："对不起，客户这边还有些事，我得坐晚一班的火车回去，等以后有机会再见吧。"他犹豫了一下，还是发给了柳月，但是她起伏有致的身体又浮现在他眼前。她是他青春的想望，是他中年的激荡。他需要见到她，需要证实他已经在纽黑文见过她，吻过她，并且拥有过她，那些温柔和激情都不是一场梦。他马上又撤回了那句话。为了掩饰，又写了一句："火车马上要到纽黑文了。"

"好，我这边稍微晚一点，咱们回头见。"过了一阵，柳月回了微信。

吴望在纽黑文下了车，奇怪的是，外面虽然阴晦，却并没有雾。他胆战心惊地拉着那个蓝色拉杆箱走到月台，那里有几条长凳，还是三五个等人来接的旅客，都低着头看手机。他满腹狐疑地坐了下来。

时间突然就变得滞缓，像是在油面上滑动。过了十五分钟，柳月没来，又过了二十分钟，她还是没来。吴望看了好几回微信，她那头没有一点动静。怎么回事？他心里很有些焦急，他一遍遍刷看着微信，像是孤岛上的人一直盯着茫茫大海等待船只到来，他突然有了一种深深的茫然和困惑。

他心思乱得像夏天的柳絮，正想着，微信提示响了，是柳月的留言："实在是太抱歉了。正要出门，儿子学校打电话说他发烧了，我刚把他接回家，吃了退烧药。"她没有说更多，吴望是个聪明人，如何不知，不说美国的法律不允许孩子单独在家，即便是，扔下发烧的孩子去见一个异性的朋友也说不过去。

“啊，那你好好陪孩子，我们等下一次有机会再见吧。”吴望回了一句话。

“好。”过了好一阵，柳月简短地回了一个字。

是柳月看到了他撤回的信息，知道他在犹豫，所以也犹豫了吗？吴望黯然。

“告诉我，你是不是戴着一根银色的项链，下面是个小鱼儿吊坠？”吴望又敲了一句话。

“是。”过了许久，那边发来一个字。

“你开的是一辆白色的宝马吗？”他又敲了一句。

“是。”

他呆坐在那儿，左肩隐隐发疼，震惊，苦涩，疑惑，糅在一起，搅作一团，他竟有些气闷。他没敢再问她是不是穿着一件深 V 领的红色裙子。他记起他的手游走在她身上的每一寸肌肤，轻轻地拂过她细长的脖颈上那根银质的项链。她那么温存，那么柔顺，全然不是现在这样冷淡。原来《等待戈多》的第二幕是和第一幕完全不一样的。时间的隧道上突然生出了两个不一样的节点：他女儿的信息和她儿子的发烧。而这两个节点导致了完全不一样的选择。他们走上了完全不一样的命运之途。一切似乎都在瞬间被改写，命运的或然性吗？

三个小时后，他终于等到了下一趟回费城的火车，火车晚点了半个小时。他看着周围来来往往的人，看着月台角落一棵光秃秃的枯树，好生奇怪，那棵枯树上居然挂着几片碧绿的叶子，绿得就跟假的似的，像是来自四度空间。他上了火车，坐在一个靠窗的座位。火车缓缓地开出了纽黑文，窗外的天气还是阴晦，正如他来那天一般，清灰色的底，云很低，天空很远，没有一丝风。隔了清浅的云层，太阳也变得似隐似无。夜色悄无声息地降临，太阳慢慢地落山，那红亮在云层里陡然闪了一下，就没了光亮，隐没在广袤的荒野里。

他想起了《等待戈多》里最后一句台词：“他们让新的生命诞生在坟墓上，光明只闪现了一刹那，跟着又是黑夜。”黑暗里他感觉到两旁的行道树在一点点后退，如风的岁月一点点袭来。北京，费城，中间隔着太平洋，隔着他的青春岁月和人到中年昙花一现的激情。他闭上眼，眼前是一层一层的红，那红色里掺杂了一根一根细细的银线，一条似有似无的小鱼儿在那银线之间穿梭。

十年前的一个冬日，我收到一个电邮，路透社让我去芝加哥面试。我发了一秒钟的愣，很快想了起来。秋天的时候他们来学校招生，我和他们IT部门的一个主管聊过。我们聊得不错，最后模样俊朗的主管递给我一张纸，上面写着一道题：（x-a）（x-b）（x-c）……（x-z）=？我盯着题目看了好一阵，一边还巧笑着和主管搭着话，试图让他给我一点提示。年轻的主管变得神色严峻，什么也不肯说。我只好低着头在纸上画来画去。我把公式从头看到尾，又从尾看到头，突然想到，x-z，x-y，x-x，天哪，那不就是0吗？我赶忙把答案写下来递给主管。他的脸上露出笑容，这道题很有欺骗性，我今天在这里坐了一上午，你是第一个答出这道题的人。我要邀请你去风城看看。风城？我笑着问。就是芝加哥，他说，你不知道吗，芝加哥又叫风城。

但那之后，我一直没有收到他的信，而我这边，已经收到三四家公司的 offer（录取通知书），条件都还不错，我很快和休斯敦一家世界 500 强的公司签了约。收到电邮的第一个反应就是告诉他们已经定下去向，风城就不去了。但我很快想起一个人，我改了主意。我给睿红打电话，我去芝加哥面试，顺便去看看你和索菲亚。好啊，睿红说。林大维回来过圣诞节吧？我又问。电话那头顿了一下，说，是啊。

我跟陈斌说，我要去一趟风城。陈斌说，马上期末考试，那么多事，你应付得过来？我说可以。我要去看睿红，你也去吧。我去干吗？陈斌问。当司机啊，从芝加哥到她住的卡拉马祖，有两个小时呢。我那时还不会开车，陈斌也是半年前才会。好啊。陈斌想了下说。

飞机抵达芝加哥上空时，天色已然大亮。云朵下的芝加哥和所有美国的大城市并无二致，城中心是高耸入云的玻璃摩天大厦，矗立在乌泱泱的一片矮楼之中，城市毗邻五大湖，黑色的鸟群盘旋在水面上，上升，下沉，像一串音乐符号。湖面如此辽远而空旷，有一刻，我竟以为那是大西洋，而水边伫立着的是纽约城。

陈斌把我送到路透社的大楼前就开车走了。他说要去现代艺术博物馆逛逛。他的车子一溜烟儿不见了。我转身，上楼。前台的人说面试的人就来，我在等候区稍等就好。

等候区的桌子上有一盒饼干，奶黄色，中间有花生，看起来很好吃的样子。我拿了一块，竟然有一点点霉味，我忙吐了出来。又拿纸巾擦嘴，狼狈之时，一个男人走了过来，问，你是晓纯？我说是。他看看我，又看看那盒饼干，说，我是 IT 部门的副主管，我带你上去。我忙不迭地点头。

整个面试过程并不顺利。他们要的是前台界面开发人员，而我之前并没有做过，几道技术题也答得别别扭扭。最诡异的是那个在校园面试我的主管提前两天休假了。面试草草结束。我刚准备走，副主管说，吃了午饭再走吧。我有些感激。

饭店的屋檐是挑高的，灰褐的色调，前台有大盆的鲜花。副主管毫不犹豫地点了生蚝，不错，这个地方好久不来了。他看起来很享受，他是借面试之名吃顿好的吗？我有些不舒服，不过想一想又释然了，自己的目的也不单纯。

吃过饭，我给陈斌打电话。过了好一阵他才过来。怎么这么快就结束了？他说，我还没看够呢。现代艺术有啥好看的，一个马桶摆在那儿就是艺术品，骗鬼啊！我撇嘴。我们往卡拉马祖的方向开。卡拉马祖在密歇根州，离芝加哥两个小时车程。在睿红告诉我她拿到这个学校的 offer 之前，我从未听说过这个城市。

我和睿红是怎么成为闺蜜的呢？大概是我主动的缘故。友情这东西，和爱情差不了太多，两个人从认识到熟悉，到关系稳定或者分手，过程相仿，唯一缺少的是性，或者说性吸引。一段关系，总得有个人主动，而我似乎总是主动的那一个，爱情如此，友情也是如此，我认定这是我的命，但睿红说是性格。我入校第一天听说睿红是郑州人，马上跑到她宿舍找她。我说我小时候住在郑州，后来我爸复员回到四川老家。她看着自报家门的我，有些诧异。我接着说我那时住在中原区，走路就能到郑州一中。我就是一中毕业的。睿红说。一中，好牛啊！超级难进的学校啊。我说着，两眼放光。睿红看着我，不说话了。我有点不知所措。我们成为闺蜜后，睿红说过一句话，你这个人，有点没心没肺的。

芝加哥开往卡拉马祖，一开始是高速，和南方高速并无太多差别，似乎南方的匝道更短。下了高速后天色渐黑，可见度也低，路旁灰色的积雪让我有了一丝不安。雪是在快到小城的时候开始下的，进入小城便有些堵车，车辆成了白色的乐高，一个个排列在道路上。我们好不容易开进了睿红住的公寓区，那些公寓楼从外观看简直一模一样，都是两层的红砖房，斜斜的屋顶上堆满积雪。我们找了好久才找到她的公寓。睿红开的门，她那张鹅蛋脸比几年前略微丰满了些，但是似乎有丝冷。我心里咯噔了一下。我和陈斌进入房中，一个五十多岁的女人手里抱着个小娃娃从里屋出来了。是晓纯吧，睿红常说起你的。她笑着说。阿姨好！我说。睿红的脸和她酷似。睿红说过，她生了孩子后，是她妈妈在帮着带孩子。索菲亚，你看，有人来看你了啊。睿红的妈妈说着，要把孩子递给我。索菲亚刚满一岁，粉嘟嘟的小脸，也不认生，乌亮的眼睛看着我们。我把她抱在手里，心里有一丝颤，这张脸，像极了林大维，尤其是她上扬的嘴角，让我感慨基因的强大。

小婴孩的脖子上挂着一串项链，一粒粒黑色的念珠，最下面的坠子有些像一个小纺锤，椭圆形状，两头稍细，坠子是漆黑的底色，米黄色的纹路穿梭其间，把纺锤分隔成几小块，每一块中间都有一个黑色的圆圈。我摸了一下那串项链，有些凉。那是天眼天珠，睿红的妈妈说，托人从西藏买的，可是个宝物，可以保佑我们索菲亚长命百岁呢。哦，我又看了一眼那个天眼天珠，黑色的圆圈的确看起来像眼睛，深不可测的天眼，有几分诡异。我心里抖了一下。睿红的妈妈又说，这个很贵的，要……妈妈，睿红打断了她，你去倒杯茶给他们吧。

我说，不用的，也不渴，你看，索菲亚多可爱，幸亏你当初留下她。

睿红那时到卡拉马祖没多久就怀孕了，她还是留学生，林大维又远在加州念书，很是犹豫要不要生下来，她那时打电话问我意见。我说我的意见不管用，主要看林大维，这是你们的孩子。嗯，她在电话那头也不怎么作声了。我很奇怪她会给我打电话，她这个人很有主意的，一般都不问我意见，就像那时她和林大维结婚，我是在他们准备领证的时候才知道的。

那之后没多久，一个加州的老同学来休斯敦玩，我们一起吃了个中饭。她说林大维和一个 ABC 女孩在一起。我说，你亲眼见到了？她说没有，也是听人说的。那就不要瞎说，他们都要生孩子了。我跟那个同学说。其实我心里有些不安，想给睿红打电话，又觉得无从说起。

林大维呢？陈斌问了句。明天到，睿红的脸上居然还是没有一丝笑。他们住的是一个两居室的公寓。晚上我和陈斌睡在睿红的房间，她睡在外面客厅，睿红妈妈和索菲亚睡。夜里索菲亚哭闹了几回，我睡得不踏实。

林大维是第二天中午到的。大维！陈斌看到他，拍了拍他的肩膀。大维也拍了拍陈斌的肩膀，嘴一咧，笑了。我越过陈斌的肩膀看着大维。他有着舒展的眉眼，好看的双眼皮，但是的确没有陈斌高。我的嘴角露出一丝若有若无的笑，心底却涌起一丝莫名的悸动。索菲亚凑了过来，她还不会说话，嘴里咿咿呀呀的，往林大维身上靠。睿红看着大维，这一回，她的脸上堆着棉絮一般柔软的笑容。回来了啊。她说着，拿过他的行李箱。

上大学时，大维是我们工业设计课的助教，模样好，又有几分傲气，就是个子稍微矮了点，班上好几个女生都偷偷喜欢着他。而我，也是其中一个。有一回，我去图书馆，大维正好从里面出来，他背着个单肩包，右手搭在单肩包上，额前的头发有些长，他把头一甩，继续前行。很多年后，我看《致青春》，男主角让我想起的是大维，而不是陈斌。他甩头的那个动作简直就是那些拙劣的青春片里的经典镜头。有一次上设计课的时候，我在画一个模型时不得要领，林大维走到我身边，抓起我的右手在画框上左涂右抹。然后他后退一步，看着图，像是问我，又像是自言自语，怎样？我不记得自己如何作答，我只知道自己的脸涨得通红。那之后，我竟然连着好几天梦到他。那一阵，我总是去图书馆自习，守株待兔吗？我暗自嘲笑自己。我跟睿红说，你知道暗恋一个人的滋味吗？谁啊？睿红笑着问。算了，不说了。话到口头，我又打住了。

那年元旦有个化装舞会，我约睿红一起去。睿红说她要晚点去，要我先去。我一个人去了，在学三，学生第三食堂，我戴着个廉价的塑料面具坐在角落。没过多久，我看到了睿红和她旁边的林大维，她戴着个黑色的半脸面罩，林大维也是同款黑色半脸面罩。虽然半边脸被遮住，我依然能看到她的鹅蛋脸放着光，我从未见过那样的光芒。我感觉心猛地被划了一道，自卑，气恼，嫉恨，那么多情绪混杂在一起，我觉得自己像浸泡在冰凉的海水里，每呼吸一口都那么痛。我的脚步却由不得自己，我走到他们面前，厉害啊，睿红，神不知鬼不觉就把帅哥追到手了。睿红只是笑笑，也不解释。她旁边的林大维扫了我一眼，嘴角露出一丝带着点俏皮的笑，我的脸又开始发烫，我很庆幸我戴着面具。

我碰到陈斌的时候，他刚刚失恋。我们在同一个羽毛球俱乐部。他的初恋女友之前经常来看他打球，那一阵不来了。他很颓丧。我说，我比你还惨，还没开始就结束了。他坐在我右侧，若有所思地看了我一眼，我的右侧脸不算难看。陈斌的个子很高，比我高一头。那之后，我们开始约会，大概我们都需要填补一些空白。我总是买学三餐厅的小炒牛肉给他，还去自习室给他占座。我总觉得我没有得到林大维是自己不够努力，我把满腔热情倾注到陈斌身上。我和他约会了几次后，他开始拉我的手，我喜欢那种酥酥麻麻的感觉，有时候，我会傻傻地想，不知道握着林大维的手会是什么感觉？我和陈斌好了之后他说，有些男人很坏的，知道男人的身体碰触容易让女人心动。什么叫很坏，难道不是他喜欢那个女人才想碰她吗？我气呼呼地和他争辩起来。我想到林大维和那堂设计课，心里有些闷，又有些生气，生谁的气？陈斌，林大维，还是自己？我说不清楚。吃晚饭的时候我喝了好几杯燕京啤酒，晚上在楼道里碰到睿红，我没头没脑地说，我要找个男友，个子比林大维高，学历也要高。她吃惊地看着我。第二天下午上大课之前，她跟我说：林大维说了，他的个子是长不高了，学历肯定是要读到最高的博士的。我没想到她当真了，林大维也当真了。其实我自己又何尝不是认真的？她大概猜到我暗恋的那个人是谁了吧，我又羞又恼，嘴里却说，那天喝了点酒，开玩笑的话呢，你当真？

有一次，我和陈斌去二教上自习，路上碰到睿红，她看看陈斌，又看看我，她看我的眼神有点复杂，好嘛，个子真的挺高的呢。她说着，低头看了我一眼，我是个矮个子。我说，是啊，比我高一头呢。我们还是继续着我们的友谊，但她似乎有点提防着我了。奇怪的是她总安排我们四个人出去玩，她说这样才好玩。那年秋天，我们四个人一起去了北京的不少名胜，颐和园，雍和宫，还有京郊的潭柘寺。有几回，陈斌和林大维走在前面，我默默地看着他们两个人的背影，心里有一种莫名的惆怅。

我没想到一个学期后他们两个人就掰了。我听说林大维喜欢上了中文系的一个女生。那几天，睿红躺在自己宿舍里看书，也不去吃饭。不用为这种人难过，不值得的。我嘴里安慰着睿红，心里居然有一丝快意。我便又有些羞愧，自己竟然可以如此虚伪。睿红说，其实也不奇怪，他就是那种有女人缘的男人，不过，只有我最了解他。她说话的口气相当淡定，好似根本不需要我的安抚。我尴尬地笑了一下。

毕业时，陈斌、睿红和我都拿到了全奖。林大维的英文不好，GRE 考了两次也没过 2100，只拿到加州一个小学校的录取通知书，没有奖学金。那时候，没有全奖是拿不到签证的。毕业前不久，睿红跟我说她准备出国前和林大维结婚。居然没有透露一丝风声，你们厉害啊！我笑着说。他们是什么时候和好的？结婚是睿红主动提出来的，还是林大维？我心里有好多问题，但都不好开口的。我觉得她从来没有真正把我当朋友，或者是她知道我对林的情愫？我的心里有一丝酸。他们准备去睿红老家郑州办婚礼。我送了他们一床被子，但是很不巧，他们把这床被子落在出租车上了。多年后，我想到这件事，还是觉得诡异，冥冥之中，是睿红不想接受我的祝福，还是预示着他们的结局？

出国之前，我们四个人一起去校园里有个叫药膳的餐馆吃了一顿。林大维不停地笑，他笑起来嘴角上扬，带着点俏皮。我就坐在他斜对面，有一刹那，我们的目光相交，但是很快都把目光移到别处。那之后，我们各奔东西。睿红去了卡拉马祖，林大维拿着结婚签证去了加州那个小学校，而我和陈斌都去了休斯敦。

这次，是两年来四个人头一回聚在一起。睿红说，大维，你要不要先吃点东西？我抬头看林大维，他的脸上带着点无所谓的懒散的神情，不用了，他说，我在机场吃过了。好吧，那要不我们去校园走走吧。睿红又说。大家都没有意见。一行四人就出了公寓楼。那天有漫天的白雪，雪花纷纷，舒缓地飘落在白色的校园里，校园似乎在一寸寸变厚，本来平淡无奇的建筑也有了光彩。我们四个并排走在白色的校园里，我想起了几年前我们去潭柘寺的那次。也是下了大雪，整个的寺院成了白茫茫一片，我们四个在寺院外的雪地里打雪仗。好多年没见这样的大雪了，我欢呼着，手里的相机不停地按着快门。睿红、大维，给你们来一张合影吧，我对着他们喊。睿红看着林大维。林大维头发一甩，说，好啊。我就给他们照了一张。再想照，他一转身往另一个方向走了。睿红低着头，跟在他后面。我看着林大维的背影发了呆，他的背影还是那么挺拔。陈斌说，走了。我跟上他们的步伐。

连续两天，我们都是困在附近，因着这场突来的大雪。晚上我说，要不要去看个电影？睿红还是看着林大维，林大维打了个哈欠。睿红的妈妈说，你们去吧，我在家带索菲亚。睿红再度抬头看着林大维。终于，他叹了口气，说，好吧。我心里松了口气。我和睿红走在前面，林大维和陈斌跟在后面。我们都不怎么说话。商场里到处放着圣诞歌。我们踏着“A white Christmas（一个白色圣诞节）”的歌声走到商场尽头的电影院，看了一下有两个选择，一个是爱情片，还有一个是正在热映的007系列电影。我想去看爱情片，林大维看着我，嘴角上扬，露出那种我熟悉的笑容，你真要看？又是老套的爱情，看海报就知道结果。我望向他，心里有一丝乱，说，这个电影我早就想看了。林大维不置可否地耸了一下肩膀。睿红说，这样吧，我和大维去看007，你们两个看爱情片。我看看陈斌，陈斌看看我，我们点点头。林大维走到爆米花机器前，买了两桶爆米花，他笑着递给我一桶。我接过爆米花，看着他们两个往那个放映厅走去，心里有一丝失落。我和陈斌才看了十分钟不到，就看到睿红和林大维走进我们这个放映厅。怎么回事？我问睿红，那个放映机出故障了。她说。这样？我说着，心里有一丝窃喜，放映机出问题，这样小概率的事件也让我们碰上了。我和睿红坐在中间，隔着睿红，就是林大维，我们四个坐成一排，安安静静地看完了这个爱情片——的确是很俗套的一个爱情片。但是我喜欢，座位很舒服，爆米花也好吃。然而出了电影院像是另一个世界。小路上几无路人，四下黑茫茫的一片，我们踩在雪上，发出吱吱的响声，有些沉闷，又有些凄然，冬夜也变得格外寂静。

晚上休息的时候，我还是和陈斌睡一间卧室，睿红妈妈带着小索菲亚在另一间卧室，睿红和林大维留在客厅。关了灯很久，我还是睡不着，我听到客厅窸窸窣窣的声音。小林，我睡了啊。是睿红的声音，然后我听到她妈妈房间的门吱吱呀呀地开了。小林？我听到这个称呼，心里惊奇，她在我们面前都是叫他大维啊。我压低嗓子对陈斌说，你有没有觉得有啥不对劲？嗯，是有点，我们这次来得不是时候。陈斌说，我困了，明天再说吧。我说，明天，明天我们就走了。我翻来覆去就是无法入睡。我起身去上厕所，穿过客厅，黑暗中，我看到林大维一人独自睡在客厅。我盯着他看了一会儿，突然，他睁开了眼，眼睛熠熠发光，然后冲着我笑了一下。我吓了一大跳，忙不迭地逃回房间。

睿红的床正对着一个大窗户，我侧身躺在那儿，窗外是一棵赤裸的美国红枵，闪烁着寒意。我的手露在被子外，有一丝凉，身子却无端燥热。我翻过身，抱住了陈斌。过了须臾，他的手摸了过来，然后他一转身，压在我身上。我们像两条就要干涸的鱼，紧紧地缠绕在一起。

第二天早上，我们得返程了。他们一家人出来相送。林大维抱着索菲亚，睿红、睿红妈妈站成一排。林大维站了一会儿说，雪好刺眼，对宝宝眼睛不好呢。我先进去了，你们开车小心。我说好啊，你们快进去吧，到时候来得州找我们玩。林大维还没作声，睿红就接过话，笑着说，好啊，一定会的。林大维没有接话，只是有点促狭地笑了一下，然后抱着索菲亚转身而去。我心里有很多疑问，还想和睿红说几句，但她看起来并没有什么心情说话。她似乎总戴着半脸面罩，这一次尤其如此，她似乎决意要把自己用一层薄冰包裹起来。我想到自己不远千里地跑来看她，却是和她愈发疏远，有点灰心。或者，这个世界上，有些人我们永远无法靠近。我不明白当年的我是如何穿过她的面具和她成为好友的。或许，那只是单向度的友谊。

回去的路不是很顺畅，一直有些堵。我们比预计晚了一个小时返回芝加哥。但我们还是想去 sears tower（西尔斯大厦）看看，那是芝加哥的坐标。我们上到那座高塔的顶端时，我感觉到了风。风，从四面八方而来，团团围住沉默的高塔，发出令人不安的呼啸声，高塔似乎也在风声中战栗。我终于明白为什么叫风城了，但我始终没有搞清楚风从哪个方向来。

我们大约只在高塔上待了五分钟就匆匆下楼，赶往机场。我们的车在芝加哥的车水马龙里穿来穿去，陈斌闯了两个红灯。

到了候机厅，听到机场广播正在播送我们的名字，敦促我们快点登机。我们过了安检，大踏步向登机口狂奔，我手上拖着一个行李包，脚上踏着细高跟鞋，小小的个子跑得跟一阵风似的，居然不比陈斌慢。几乎是我们一上飞机，机舱门就关闭了，我们一边道着歉，一边走到自己座位，还没坐稳，飞机已经开始滑行。

我目不转睛地看着云朵下浩瀚如海的湖水，陈斌也看着机窗外若有所思。别了，芝加哥湖。我说。什么，芝加哥湖？陈斌笑了，这是密歇根湖，晓纯同学。哦，我应了一句，又看了一眼湖水。青绿的一大片，半清半浊，似绿非绿，这一回，竟然没有海的感觉了。

几天后，我在电脑上看到一个叫 windy 的目录。我心里一激灵，打开一看，居然是陈斌和另外一个女人的合影。他们站在现代艺术博物馆的一幅抽象画旁边。女人在笑，他也在笑。那个女人是他的初恋。我冲到他面前，好嘛，我说你怎么这么好，愿意陪我去芝加哥！他不作声了。我接着质问，说，你们是不是一直有联系？他沉默了好一阵，突然冒出了一句，那你自己呢？去芝加哥只是为了见睿红？我愣住了。陈斌叹了口气，说，有些东西，不是说忘就能忘的。我抬头看他，说，你这个人一直都粗粗拉拉的，看不出来啊。

大约一年后，睿红带着林大维和索菲亚来休斯敦玩。我们一起去了休斯敦航空中心，还去了圣安东尼海洋中心。他们两个都喜欢玩过山车，还都喜欢坐最前排。我看到他们坐在最前面，过山车慢慢攀升到最高点，然后以极快的速度俯冲而下，风一样一晃而过，他们尖叫的声音隔着好远都听得清清楚楚。我和索菲亚在扭七扭八的过山车下面抬头看到翻转了 360 度的过山车。索菲亚说，他们两个经常声音比这还大呢。我问索菲亚，他们经常吵架吗？吵架，吵架是什么？索菲亚乌黑的眼睛看着我。她的脖子上还是戴着那串天眼天珠。黑色的天眼凝视着我，我不知道说什么好。说话间，他们已经过来了。太刺激了，睿红说，我喜欢，有挑战性。你啊，还是这么好胜。林大维看着她，嘴角上扬，笑了起来。

我们那天晚上去一家川菜馆吃饭，点了山城辣子鸡和冒菜。辣子鸡里面的辣椒和鸡块一样多，红彤彤的一大盘。冒菜是一碗红亮亮的油，里面是各种菜蔬和肉品的大杂烩。味道极好，也很辣。睿红吃得满脸红光，好辣，她说，大维，再给我倒点茶。林大维就把水壶凑过去，手一上一下，茶水在空中划出一道好看的弧线。我看得有些呆了。你要来一杯吗？他的大眼睛盯着我。要的，我点点头，不敢抬头再看他。

十年后的某一天，我看到一篇文章，说西藏的天珠大部分是河南大批量生产的，他们开发出一种古法，先把玉石放到烤箱里烤，再用紫外线照，模拟千年的风化效果，接着用各种药水浸泡，最后连天珠上的小裂纹都能伪造出来。作假技术极高，一般人根本看不出是假的。我想起了索菲亚脖子上那串天珠项链。我把那篇文章转给陈斌看。陈斌说，有点像你和睿红的友谊。什么意思？我问。你们是真正的朋友吗？他说。我不作声了。

有一天，我躺在泳池边休息，阳光落在纯蓝的水面上，反射出一条条金黄色的纹路，那纹路又把水面分割开来，有如一块块蓝色的宝石，每一块都晶莹璀璨。我看得有些着迷。我的手机正在循环放着一首歌，名字叫《大风吹》，“取一杯天上的水，照着明月人世间晃呀晃，爱恨不过是一瞬间，红尘里飘摇”，特别有旋律有踩点的歌。我的微信里蹦出一张图片，是睿红的婚礼的电子请帖。请帖里照片上的男人看起来个子很高，肯定比林大维高，应该也比陈斌高。不，不是应该，是肯定吧。但我觉得，这个男人没有林大维好看，嘴巴有点大，笑起来有点傻，不如林大维，他的笑那么轻扬。婚礼的地点是在密歇根湖旁边的一家酒店，是的，就在风城。眼前的一湖池水突然变成了一整块，一块块的蓝宝石瞬间无处可觅。原来，那不过是一场光和影的游戏。我站了起来，打了个电话给睿红，你和林大维是什么时候离的婚？

十年前。她说，就在你来风城的前几个月。有一阵，我们还想着要复婚来着。

放下电话，我有点怀念林大维的笑，那么不可捉摸，那么迷人，就像索菲亚脖子上的天珠项链。

玉沁在谷歌地图上敲下两个地址，起点：洛杉矶；终点：西雅图。一共是一千一百英里。玉沁抽了一小口凉气，单程就要开十八个小时。

前几天云飞问她春假准备去哪儿玩的时候，她也没细想。玉沁是个随性的人，做事总是没有计划，出去玩总是最后一分钟才安排，这次也是如此。“要不我们去西雅图?”玉沁试着问云飞。“西雅图？要开好几天呢！这么晚了买机票太不划算。”“我查了，单程十八个小时，两天能开到。”她见云飞不作声，又加了一句，“我问了朋友，可以白天玩，晚上开车，这样九天来回没问题。”

"好吧，我知道你心里想什么。"云飞叹了口气。玉沁不作声，算是承认了。

出发前一天，公司的事特别多，玉沁晚上九点才把公司的事忙完。匆匆打包，把衣服收起来。快十二点了她才去Priceline（美国最大的在线旅游公司）把第二天住的旅馆订下来。第二天又起了个大早，装车，把两个孩子弄好，已经是九点了。车子出了洛杉矶城，进了山，玉沁开口了："我问一下陈林吧，看能不能联系上文怡。主要是让孩子们见个面。"云飞在开车，看了一眼玉沁："你真的要见她？""就是想让孩子们见个面。""好吧，孩子们也该见见。"云飞不再说什么。

玉沁给陈林发了个微信："我们在去西雅图的路上，你有文怡的联系方式吗？"微信那头是反常的沉默，过了许久陈林才回信："你真的要见她？"和云飞问的一模一样。"是。"玉沁回了一个字。在陈林面前，她都懒得掩饰，她的确是想让孩子们见见，但是她最想的是去看看她，那个八年前一手毁了她的婚姻和家庭的人现在是什么样子。八年里，她无数次想象着两个人再见面的情景。她会劈手给她一巴掌吗？她会和她一笑泯恩仇吗？她们能平静地面对吗？为什么要去见她呢？她又想起出发前给大学闺蜜林芳发微信说要去见文怡，"你疯了吗？要是我，只盼这一世都不见呢！"玉沁没有回话。林芳又发了个信息："好吧，大概也就是你会这么做。真是个疯子。"玉沁回了个笑脸。她想她大概就是别人说的"二"吧。

往事不堪回首。八年了，人生有多少个八年呢？八年前，玉沁还在科罗拉多的丹佛，那个城市美得让人心醉。都说到美国的第一个城市容易给人第二家乡的感觉，玉沁觉得丹佛就给她家的感觉，她觉得丹佛市中心那条河就跟她家乡的小河一样旖旎，也都是从市中心流过，小桥流水，垂柳依依，让她想起江南的春天。她上班的地方离河很近，河岸的一棵歪脖子柳树叶子都垂到水里，几只天鹅便在垂柳中悠闲而来。中午吃了饭，她会走到河边，就坐在那儿，听河水流动的声音，把手里的面包片扔给那几只天鹅。而每次开车在路上，看城市的轮廓和背后的雪山连成一片，那种人和自然交错的情景总让她轻叹。

陈林和玉沁是大学同学，班上的金童玉女，毕业后都拿了美国大学的奖学金。陈林去了东海岸的一个名校，玉沁去了科罗拉多大学丹佛分校。两个人先是分开了两年，好在前后脚又都在丹佛找好了工作，然后是顺理成章地结婚、生子，日子过得平静顺当，让人羡慕，以至后来那瞬间降临的暴风骤雨差点一下子就把玉沁压垮了。

玉沁清楚地记得那是一个周三的下午，她还在公司上班，接到了一个电话，一个陌生男人的声音：“是陈玉沁吗?”玉沁一向对声音敏感，隔着电话线，她觉得这个男人不同寻常，语音出奇的平静，他的声音其实还好听，南方口音，还带着点磁性。玉沁回说：“是，你有什么事?”“我只是想告诉你，你老公有外遇了。如果你不想他的裸照传到网上，就先准备好十万美金。”电话就啪的一声挂了，玉沁震惊，心里像是有个开水瓶子炸了，又惊又慌又乱又痛。她马上拨电话给陈林，但是没人接。想想也快到下班的点了，玉沁马上回家，家里的住家阿姨见玉沁回来早，有点诧异。两岁的婷婷看到妈妈，倒是高兴得很，马上跑过来，要玉沁陪她搭积木。玉沁哪有心思做这个，只一边敷衍着，一边看着门。陈林终于回来了，耷拉着个脸，垂头丧气的，玉沁一看他这样子，心里凉了半截。到底还是知识分子，要面子，两个人在饭桌上都心照不宣地一句话也不说。那顿饭，玉沁根本吃不下。大家吃完饭，玉沁说：“张阿姨，要不你带着婷婷出去玩，我们来收拾吧。”张阿姨也不问，只说好。

屋子里只剩下两个人的时候，陈林开口说的第一句话是“对不起”。玉沁心一痛，说：“那么是真的了，那个女人是谁?”陈林犹豫了很久，说：“是文怡。”玉沁想起去年陈林公司的新年晚会上，那个叫文怡的女人穿着绿色的短裙子，长发披肩，远远地看着她，玉沁被她目光中的那种冷刺激了一下。玉沁是个很随和的人，一般的人都是很快就能混熟，但是看见她，觉得有一种无论如何也无法逾越的距离。那天晚会玉沁忍不住朝文怡那儿看了好几眼。有一次，玉沁吓了一大跳，文怡旁边站了个男人很有几分像陈林，两个人看起来关系不同寻常。那个男人留着一头长头发，不苟言笑，在一堆中规中矩的老中工程师里显得特别打眼。如果不是那个男人留着长头发，玉沁一定以为是陈林跑过去献殷勤了。玉沁看看坐在自己旁边的陈林，再看看那个男的，觉得两人的确有几分像，尤其是鼻子。玉沁问陈林：“他们两个是一对吗?”陈林看了一眼，只说不知。

陈林这下一说是文怡，玉沁就很绝望，她知道自己遇到对手了。还是两年前，陈林回家说公司总算来了个美女，叫文怡。玉沁还打趣说：“这回你有了新目标了?”一语成谶！玉沁自那以后，说话小心，这个世界太诡秘，你说什么，老天都给你记着呢。“那她怀孕了吗?”玉沁慌慌地问。陈林头低了下去：“三个月了。”“有人给我打电话，要你出十万美金你知道吗?”“知道。她是逼我呢。”玉沁突然一软，那种坠入深渊的感觉是她从未有过，却想忘也忘不掉的。

车子还在五号公路上飞驰，玉沁出神地看着窗外，到了波特兰了，路两边一下子就变得葱郁，到处都是惹眼的绿。“看，火车。”云飞对后排的两个孩子说。孩子们兴奋地叫了起来。玉沁看着云飞，心里有一丝暖。

那天之后陈林很快就搬出去住了。两个人离婚折腾了好一阵，主要是为孩子的监护权。那一阵，玉沁不仅人掉进了深渊，灵魂也掉了进去，如果不是因为云飞，她不知道还要在那深渊里挣扎多久。她觉得云飞就是上帝派来拯救她的天使。云飞是她小时候一个大院的邻居，比她大三岁。她记得小时候院子里孩子们玩捉迷藏的游戏，云飞总爱来找她。她也记得有一次她坐在他自行车的后座，他们一起唱《让我们荡起双桨》。有一次云飞的妈妈开玩笑问她要不要做她家的媳妇儿，玉沁涨红了脸不说话。玉沁觉得自己是喜欢他的，他也是这样吧。以前每年他上大学回家过年，会到她家拜年。后来他家搬到了新地方，大人之间的交往少了，他还是照来不误。但是后来她上了大学，就遇见了陈林。她喜欢陈林高高大大的样子，喜欢他满脸孩子一样的笑和顽皮的神情。云飞的影子淡了，不过两人一直都有 E-mail 联系。每年玉沁过生日，总能收到云飞的生日祝福，有时候就是很简单的一句生日快乐。

玉沁其实一直都没跟他说起过自己离婚的事，是玉沁妈妈凑巧碰上云飞的妈妈，多年的老邻居，路上碰上了，聊起来，玉沁妈妈只是抹眼泪，说玉沁看走眼了，嫁了个负心汉。玉沁很快就收到了云飞的 E-mail。他的 E-mail 不是来安慰她的，而是给她看他的作品，他喜欢摄影，自己开了博客，作品放在那里。她觉得这样好，免得尴尬。她慢慢变得很期待他的 E-mail，听他说说他的摄影和他周围的一些有趣的人和有趣的事。他在洛杉矶，刚刚结束一段马拉松的恋情。那些 E-mail，在她最痛的时候，给了她慰藉。后来就变成了电话聊天。两个人一拿起话筒，就有话说。玉沁想，老天待她不薄，在她最难的时候，派他来陪她疗伤。

离婚后的一个星期五中午，玉沁接到前台一个电话，说大厅有人找她。她下楼一眼就看见了云飞。自从玉沁出国以后，他们已经有六年多没见过了吧。他站在那里，冲她笑，她也笑了，她很想给他一个大大的拥抱，但是当着周围那么多人的面，到底还是不好意思。她看着他，如同看见小时候那个一起唱歌的少年，那个一起捉迷藏的少年。他还是那样安静，安静得让她一点也没有觉到时光的流逝。“你没有变。”玉沁说。“你变了，变得更美了。”云飞说。玉沁笑了。玉沁觉得时光怎么会这么奇妙，这么多年，居然没有给他们一丝的距离感。他们之间原来从来就没有距离，只不过是被命运放在两条平行道上，然后，现在又无缝对接。

云飞说是公司派他到丹佛出差。两个人结婚以后，玉沁还问他到底是公差还是私差。云飞只是笑，却不给个答案。那个周末，云飞和玉沁带着小婷婷去市中心的河边划船。河水清澈，能看见河底的小乌龟在游，那天微风习习，把岸边的花香都吹了过来。云飞划，玉沁带着婷婷坐在另一头。云飞说：“这样的时光真好。”玉沁也是在想这样的时光真好。她体会着那久违了的温馨和踏实感，心里有万般滋味。

玉沁和云飞远距离正式谈了快一年了，云飞并无提结婚的事，但是玉沁知道他的心思，他一直在耐心地等她。有一天，陈林却忽然来了，他颓废了很多，玉沁看着他，心里有一丝疼，都说过去了就过去了，可是又有什么是可以真正过去的呢？两个人带婷婷去社区的公园玩，天气很清爽。“我们还可以重新开始吗?”陈林突然说了一句，玉沁吓了一跳，她想问问他和文怡怎么了，但是她没有。她看着玩耍的婷婷，心里很难过，但是，她马上想到了云飞，她看着陈林说:“对不起，我要结婚了，祝福我吧。”

玉沁的公司在洛杉矶也有分部，玉沁和云飞结了婚以后在公司内部调动，去了洛杉矶分部。三年后，生了儿子元元，一儿一女，凑了个好字。他们一家四口有时候出去玩，有人说婷婷像爸爸，玉沁只是笑笑。陈林一年会来洛杉矶一次，带着婷婷去玩几天。玉沁想，如果不是有共同的孩子，她这一辈子也不会和陈林联系了吧。她也知道了他和文怡最终还是没有结婚，只听说文怡是带着女儿薇薇搬到了西雅图。玉沁不知道他们最后为什么没有在一起，她也不想知道。她只是觉得文怡不是个好伺候的主。她暗自高兴他们最终没有在一起，她说不好这是什么心理。陈林最终还是从国内又找了一个人结了婚，又生了个女儿。玉沁想，他这一辈子就被女人纠缠住了，又想他这一摊一摊的，可真够折腾人的。

玉沁回想着这一切，再回头看看微信，陈林终于把文怡的电话号码给她了。她不敢给文怡打电话，只发了个短信。“我是玉沁，我们到西雅图玩，可以见见薇薇吗?”玉沁不敢确定她会不会想见她。文怡倒是回了信，不冷不热：“可以。但是我们周三去加拿大玩，我们可以周二见一面。”

文怡给了个地址，说是在湖边。玉沁准备下午去 Mount

Rainer（雷尼尔山）玩了回来就直奔那个地方。回西雅图的路上，玉沁决定跟婷婷好好说说，这么多年，她其实也没怎么说起薇薇。

“婷婷，你有一个 half sister（同父异母妹妹）薇薇，你知道吗？我们待会儿要去见她。”

“half sister？就是同一个爸爸或者妈妈？”

“是这样，就是你爸爸和另一个阿姨生的孩子。”

“那她为什么不和爸爸住在一起？”

“嗯，因为……”

“我知道了，因为那个阿姨又找了一个她喜欢的叔叔，就像你找到云爸爸一样？”

“嗯……是这样吧。你待会儿要喊阿姨好。”

“好吧，my goodness（我的天哪），我的 half sister 和我长得很像吗？”

婷婷一路兴奋得很，玉沁却是紧张。她不知道自己为什么要心慌，她突然觉得自己就是林芳说的疯子，跑这么老远就是要见见昔日的情敌？虽然她给自己找了个理由是让婷婷见见她的 half sister。有这个必要吗？

路上云飞提醒她是不是该给薇薇买点礼物。玉沁暗叹云飞想得周到。他们拐到一家 Target（塔吉特百货），玉沁也不知道买什么好，问婷婷，婷婷说买个相框吧，玉沁就买了，又买了个一百美元的礼卡，买了张小卡片，和一个礼物袋。事后玉沁才意识到那个礼物袋是绿色的，她觉得真是讽刺。

正是樱花盛开的季节，西雅图到处都是一片片的红云，落英缤纷，整个城市都弥漫在一种轻淡的雾气中，颇有几分桃花源的安闲。好美的城，玉沁暗想，文怡倒是会挑地方。云飞把车停在一个居民住宅区，小斜坡上，往下能看见整个湖，那湖那么浩瀚，竟有几分似海，湖水是那种纯粹的蓝，蓝得晃眼。玉沁带着婷婷先走过去。她看到不远处一个女的带着个七八岁的女孩子，仔细一看，正是文怡，那个小姑娘，想必就是薇薇。玉沁看着她的身影，忽然心一紧，差点把眼泪都逼了出来。原来那伤痕还在，只是这些年，被时光和琐碎包着，自己不觉。头两年的时候，她真的是恨透了文怡，她到处搜和文怡有关的消息，她的脸书，她的 linkedin，她关注着她的一点一滴。但是现在，她知道自己已不再恨文怡了，她甚至有些感激文怡把云飞推到她身边。但是她没料到那痛还在，还是那么真真切切，扎着人疼。

她一步步地走过去，文怡站在那里，像是感觉到她的临近，猛一下回过头，和她的眼神碰了个正着。玉沁想伸手，犹豫了一下，到底没有伸出来，只是微笑。文怡很拘谨地回笑了一下。文怡还是原来那么瘦，穿着米色的风衣，戴着墨镜，时尚，冷艳，只是额头多了丝细细的皱纹。岁月在她身上留痕不多。玉沁想，她一定也在打量自己吧。

玉沁说：“婷婷，这是文怡阿姨，这是薇薇。”婷婷开口叫

“文怡阿姨好”。文怡也说了句“这是玉沁阿姨和婷婷”。两个女孩子就手拉着手去湖边的一个儿童游乐园玩，留下玉沁和文怡，却是冷了场。玉沁想起给薇薇的礼物，就把它递给文怡。文怡只说了个谢谢就再无话。所幸云飞带着元元来了，他冲着文怡开心地笑了，说“你好，文怡”。然后变成云飞和文怡说话。玉沁就看着三个孩子玩成了一片。他们好像是在玩 tag me（标记我）的游戏。玉沁想，小孩子就是容易熟络，一点也没有距离。

云飞说了一会儿话，就跟玉沁悄悄说：“你不是专门要来看她吗？你们说说话。”说着就去跟孩子们玩了。玉沁和文怡站在湖边，两个人都看着玩耍的孩子，却是说不出太多话。玉沁勉强找了个话题：“好像西雅图天气还好，并无下雨。”“嗯，这几天正好不下雨。”文怡答得简短。两个人沉默了片刻，玉沁又问：“你上班远吗？”“不远，开车十五分钟。”沉默，又是无声的沉默。玉沁不知道再说什么好了，她只觉得她们之间隔了一个太平洋，和她们最初相见一样，她给她的距离感一点也没有减少。她又想起很多年前见她的第一面，可惜无法透过墨镜正视她，看看她眼里的冷是否依旧。云飞在远处给孩子们拍照，玉沁决定不再开口，她仔细看看婷婷和薇薇，倒还像，尤其是那鼻梁，都很挺直。玉沁想：“到底是一个爹生的。”

两个女人都在那儿想自己的心事。过了几分钟，文怡接了个电话，然后她说：“晚上还有事，我们可能要先走了。”玉沁说：“好。”文怡就跟薇薇说：“我们得走了。”“妈妈，再玩一会儿吧?”薇薇并不想走。“就两分钟，好吗?”又玩了几分钟，文怡执意要走，薇薇只好和婷婷告别。玉沁看看表，她们在一起，不多不少，正好三十分钟。

文怡和薇薇刚走，玉沁才发现她们忘了拿礼物袋了，忙追过去。玉沁看见有辆车子开过来，停在路边，文怡和薇薇坐了进去。玉沁快步跑过去，敲了敲车窗，车窗打开的时候，玉沁听到了一个声音，一个男人的声音，带着点磁性和南方口音。玉沁心猛一跳，然后就看到了坐在司机座位上的那个人，文怡也没想到她会来，脸上写着尴尬，玉沁下意识地把礼物袋递给文怡，她依稀听见薇薇在说：“爸爸，我们走吧!”“爸爸。”玉沁在心里重复着。

那个人是许多年前在陈林公司新年晚会上的那个长头发。那个声音是许多年前那个星期三下午给她打电话的那个男人。错不了，玉沁一向对声音敏感。

玉沁机械地往回走，她觉得空气里充满了诡秘。她心里有一万个问题，她很想打电话问问陈林到底是怎么回事。但是，她知道她不会去打这个电话了。玉沁远远地看着跟婷婷和元元疯玩的云飞，心里叹了口气。她忽然大着嗓子问云飞：“你说从洛杉矶到西雅图有多远?”“一千一百英里。怎么了?”“没什么。”玉沁站在那里，嘴角露出了一丝微笑。

图书在版编目(CIP)数据

心的形状/二湘著. --郑州:河南文艺出版社,2024.1
ISBN 978-7-5559-1595-9

Ⅰ.①心… Ⅱ.①二… Ⅲ.①中篇小说-小说集-中国-当代②短篇小说-小说集-中国-当代 Ⅳ.①I247.7

中国国家版本馆 CIP 数据核字(2023)第 220667 号

策　　划　杨　莉　孙晓璟
责任编辑　杨　莉　孙晓璟
责任校对　梁　晓
装帧设计　张　萌

出版发行	河南文艺出版社	印　　张	10
社　　址	郑州市郑东新区祥盛街 27 号 C 座 5 楼	字　　数	178 000
承印单位	河南瑞之光印刷股份有限公司	版　　次	2024 年 1 月第 1 版
经销单位	新华书店	印　　次	2024 年 1 月第 1 次印刷
开　　本	890 毫米 × 1240 毫米　1/32	定　　价	68.00 元

印厂地址　河南省武陟县产业集聚区东区(詹店镇)泰安路
邮政编码　454950　　电话　0371-63956290